DU MÊME AUTEUR

Aux Éditions Gallimard

Dans la collection Série Noire

MEURTRES POUR MÉMOIRE, *n° 1945* (« Folio policier », *n° 15*). Grand prix de la Littérature Policière 1984 — Prix Paul Vaillant-Couturier 1984.

LE GÉANT INACHEVÉ, *n° 1956* (« Folio policier », *n° 71*). Prix 813 du Roman Noir 1983.

LE DER DES DERS, *n° 1986* (« Folio policier », *n° 59*).

MÉTROPOLICE, *n° 2009* (« Folio » *n° 2971*, et « Folio policier », *n° 86*).

LE BOURREAU ET SON DOUBLE, *n° 2061* (« Folio policier », *n° 42*).

LUMIÈRE NOIRE, *n° 2109* (« Folio policier », *n° 65*).

12, RUE MECKERT, (« Folio Policier », *n° 299*).

Dans « Page Blanche » et « Frontières »

À LOUER SANS COMMISSION

LA COULEUR DU NOIR

Dans « La Bibliothèque Gallimard »

MEURTRES POUR MÉMOIRE. Dossier pédagogique par Marianne Genzling, *n° 35*.

Aux Éditions Denoël

LA MORT N'OUBLIE PERSONNE (repris en « Folio policier », *n° 60*)

LE FACTEUR FATAL (repris en « Folio policier », *n° 85*). Prix Populiste 1992.

ZAPPING (repris en « Folio », *n° 2558*). Prix Louis-Guilloux 1993.

EN MARGE (repris en « Folio », *n° 2765*).

UN CHÂTEAU EN BOHÊME (repris en « Folio policier », *n° 84*).

MORT AU PREMIER TOUR (repris en « Folio policier », *n° 34*).

PASSAGES D'ENFER (repris en « Folio », *n° 3350*).

Suite de la bibliographie en fin de volume.

RACONTEUR D'HISTOIRES

BONJOUR, LES PETITS ENFANTS...

1

Ça éructe, ça pète, ça chie, ça gueule, ça feule, ça hurle, ça barrit, ça blatère, ça cacarde, ça turlute, ça caquette, ça chicote, ça coucoule et ça s'ébroue ! Derrière, dans l'orangé tournoyant des gyrophares, une escouade d'Africains en uniforme vert, bandes fluorescentes sur les coutures, joue du jet et du balai pour effacer le passage de la jungle apprivoisée. Une môme ramasse une plume de paon dans le ruisseau et la plante dans les poils du lévrier afghan que tient son père, laisse assez lâche, et qui montre les dents. Plus avant, un nuage de vapeur colorée jaillit de la calliope qu'un géant en habit de dresseur accorde pour lui arracher les premières notes de *Big One Blues* qu'on dirait jouées par un orchestre de sirènes de paquebots. Il grimpe sur les cylindres de l'orgue, ouvre les vannes, tire les câbles, disparaît dans les volutes, revient le visage dégoulinant d'une gelée amarante tout en brandissant une énorme masse en caoutchouc dont les rebonds, sur la ferraille de la machinerie, impriment à son corps des mouvements désordonnés tandis que les notes s'installent en musique. Sur les trottoirs, on se pousse du coude, on rit, on échange des clins d'œil, on se laisse aller à l'enfance. L'air est chargé de l'odeur brusque des ménageries dans laquelle flottent des parfums de barbe à papa et le souvenir du croquant des pommes d'amour. Une écuyère en tutu fait du hulla-hop sur le dos incurvé d'un percheron, un auguste agite un poulet en plastique devant la bouche fumante du cracheur de feu, un antipodiste progresse en imitant le pas de l'oie avec ses bras, tandis qu'un nain déguisé en mousse se tient en équilibre sur les semelles du contorsionniste dressées vers le ciel. La marmaille des cités provoque les lamas, pour vérifier la légendaire puissance du crachement. On s'essuie, hilare. La multitude chamarrée serpente dans le fouillis du cœur de ville avant de faire une halte sur la place de l'église, submergeant le maigre cortège qui se met en place derrière un corbillard. On regarde en noir, en flou, au travers des larmes. Les éclats de la fanfare donnent à la scène des allures d'obsèques à La Nouvelle-Orléans, et quand la parade prend ses aises sur le boulevard pour filer vers les limites où se dressent le chapiteau comme les croix, le mort et les éplorés, à leur corps défendant, font partie du spectacle.

2

À l'école, dans une poésie, elle a fait rimer « bungalow » avec « Chamalow ». On s'était moqué d'elle et la maîtresse avec. Un cinq dans la marge. Pour un pauvre « galop » Pierre, son amoureux, avait eu un dix qu'il avait racheté par un sourire. Celui qu'elle habite de bungalow, tout pareil aux autres, est l'un des derniers du village, deux étages en lisière des champs de maïs. Au milieu des tiges feuillues, à cent mètres, une large plaque de béton fait comme une cachette, les épis en barricade. C'est son secret. Elle se tient là, en équilibre sur un pied. Les yeux fermés, elle serre dans ses mains les pièces bicolores, fort, très fort, puis les ouvre d'un coup. Les mains et les yeux. Une Semeuse s'imprime dans sa paume droite, un profil de roi belge dans la gauche... Elle vacille, se rattrape en poussant le palet de la pointe de sa chaussure. La pierre plate franchit la frontière de craie, glisse sur le sept. Elle saute à cloche-pied, écarte les jambes, se retourne en tourbillonnant. Sa robe en corolle jette son ombre sur la terre, le ciel, le paradis, l'enfer. L'argent ira dans sa cagnotte, pardon maman. Elle préfère la marelle au cirque, car elle sait que les animaux savants ne rêvent pas de piste de sciure mais de savane, de courses sans barrières. Elle ne l'a pas vu venir, le maïs n'a rien dit par ses frémissements, mais un homme est accroupi qui la regarde. Il joue avec un foulard. Entre ses doigts, le tissu passe du vermillon à l'azur, de l'émeraude à l'indigo, s'épanouit en rose au cœur tendre, dresse sous le soleil le velours sombre des violettes. Elle s'approche. Seule la flamme aux reflets changeants l'interroge. Elle ne veut pas comprendre, simplement s'approcher du mystère, et s'étonne encore quand le ruban lui saute à la gorge.

3

Les murs sont si proches les uns des autres qu'on se dit qu'à inspirer trop fort, le vide se fera dans la pièce. On a pourtant réussi à caser un lit et un cosy-corner au long duquel s'alignent des souvenirs d'étapes. Ils sont maintenus sur le bois verni à l'aide d'une pâte bleutée qui déborde sous les chaussures du marin breton, cache l'initiale de la conque peinte à Biarritz, et fait comme une vague contre la coque de la gondole clignotante. À trop se frotter, dans l'exigu, ça fait des étincelles. Ils ne se souviennent même pas sur quoi, cette fois, les éclats de voix sont nés. Peu importe la raison, ce que l'on règle en se jetant au visage une haleine lourde de mots macérés n'a plus d'âge. Ils sont dressés, à se toucher, et seul leur souffle les gifle. L'homme n'a pas quarante ans, un marcel noir accentue le triangle de sa carrure. Des bretelles pendent sur ses jambes de pantalon, comme des béquilles de caoutchouc. La femme est plus jeune, ou peut-être est-ce la colère qui lisse son visage. Elle porte une combinaison transparente et se baisse après chacune de ses répliques pour tirer ses bas vers sa gaine. Un gamin entre, alors que l'homme, tremblant de rage, se sert un verre d'alcool. Il se précipite vers sa mère, entoure sa taille de ses bras, pose sa tête sur le ventre plat. D'un geste, l'homme sépare le couple, précipite l'enfant sur le lit défait où la femme se jette. Il sait que, cette fois encore, il a perdu. Il fait claquer les bretelles sur ses épaules et va s'enfermer dans une minuscule salle de bains au sol encombré de lotions. Le néon creuse ses traits. Il pose ses doigts sur le haut de ses joues, étire ses yeux à la chinoise en remontant la peau vers les tempes, puis il se force à sourire, découvre ses dents jaunies par le tabac. Il ouvre un pot, plonge le majeur et l'index dans une crème épaisse dont il s'enduit le visage, les paupières. Quand seul le bleu de son regard brille dans l'ovale devenu blanc, il saisit un crayon gras pour tracer au noir de larges auréoles autour de ses yeux, de sa bouche qu'il agrandit bientôt démesurément, à l'aide d'un tube de rouge à lèvres. On peut croire qu'il rit. Il s'ébouriffe les cheveux, se pince une boule en plastique écarlate sur le nez avant d'apostropher son reflet dans la glace :

— Bonjour, les petits enfants...

De l'autre côté de la cloison en aluminium, un fauve arpente le bois souillé de sa cage à roulettes. Il rauque sous les quolibets des enfants. Tous les tigres d'Inde vivent en lui, mais il ne peut que retrousser les babines sur des crocs qui n'ont jamais connu chair vivante. Plus loin, le long du rideau de maïs agité par le vent, une file impatiente se forme devant les caisses.

4

Manuela portait le harnais de voltige ce soir-là, comme tous les autres soirs. Sa mère l'avait précédée au trapèze, la tête au plus près du ciel de toile, et lui avait appris à tourner le triple saut périlleux. À l'entraînement, par bravade, il lui arrivait parfois d'ajouter une boucle qui mettait les cœurs en apesanteur. Elle n'avait pas eu peur quand, dans la valse des projecteurs, les mains de son partenaire avaient glissé sur les siennes et que le vide s'était ouvert sous elle. Elle se souvenait du tournoiement de son corps, du mélange des couleurs, des cris montant du public... À cent reprises, le filet de protection avait tendu ses mailles pour la recevoir, et il suffisait ensuite de maîtriser les rebonds. Là, elle était partie en vrille, incapable de terminer sa chute sur le dos. Le premier sursaut l'avait envoyée à la limite des rets, près de la structure d'acier. Le deuxième, d'une sécheresse de pierre, l'a laissée pantelante, les reins brisés contre un arceau. Depuis, du fond de son fauteuil électrique, Manuela régente la caravane et ne retrouve le bonheur du vertige qu'en plongeant ses mains, ses bras, dans l'amoncellement de billets et de pièces que son mari ramène des caisses dans le jute d'un vieux sac postal. Si elle confectionne les liasses de manière presque mécanique, il n'en va pas de même pour la mitraille. Elle examine chaque rondelle sur l'avers comme sur l'envers, juge à la seconde de la qualité d'un spécimen. Elle est parvenue à constituer trois collections complètes du métal d'euros en circulation dans les quinze pays de la communauté, monnaie rare du Vatican incluse. Elle a cinq enfants, ce qui est une raison suffisante pour continuer la quête, puis elle s'inventera d'autres prétextes. Le soir, quand les bêtes s'assoupissent, elle passe ses doigts dans les oreilles des grands ciseaux de couturière et découpe les articles que la presse locale a consacrés aux numéros du cirque Guiardiano. Le bruit du papier pris en cisaille dans les mâchoires de fer fait naître en elle des frissons que rien d'autre ni personne ne lui procure. Elle note le titre, la date dans les marges, archive les coupures sous Cellophane et garde les journaux mutilés qu'elle entasse dans la remorque, sous la grande bâche. Vers minuit, Jack, l'homme canon, lui apporte une Marie-Brizard dans un verre bombé aux parois embuées, puis il la soulève lentement pour la poser sur son lit. Manuela demeure les yeux ouverts une partie de la nuit, attentive aux mouvements qu'une jongleuse quelconque, une acrobate, imprime à la caravane sous les assauts de son mari. Elle ne lui en veut pas d'être heureux.

À moins d'un kilomètre de là, assise sur le skaï d'une

chaise bancale dans un bureau aux peintures passées, une femme, regard cerné, répond pour la centième fois aux questions de deux jeunes policiers. Frappées à l'index, les phrases lasses qu'elle prononce s'affichent sur l'écran. Elle rectifie le prénom de sa fille : « Anne-Lyse ». C'est le père, qu'elle ne voit plus, qui l'avait déclarée à la mairie. Normalement, ça ne devait pas être séparé par un tiret, une faute de l'état civil, comme le « y » à la place du « i ». On s'y était fait. Oui, elle était rêveuse, elle faisait confiance à tout le monde... Elle signe le procès-verbal. Les policiers ne lui font pas remarquer qu'au début, personne ne parlait à l'imparfait.

5

Au petit matin, les tchécos ont dressé leurs échelles sur les flancs du chapiteau. Les hommes s'affairent sans un mot près des alignements d'œillets, les cordes filent, désolidarisant la toile des armatures, et des silhouettes absorbées par la nuit amènent les oriflammes qui claquaient au plus haut des mâts. En contrebas, on plie le velours rouge, on enroule des kilomètres de fil électrique, les Fenwick chargent les barrières, les gradins, les madriers, sur les plates-formes des camions, tandis que les quatre éléphants gris, entourés par la meute frisée des caniches jongleurs, marchent vers la gare des marchandises de Montluçon où stationnent les wagons-ménagerie. Un peu plus loin, les otaries battent des nageoires sous le jet branché sur la borne d'incendie par le dresseur lapon. Au coup de sifflet, chacun des voltigeurs s'est arrimé à un élément fixe de la structure, et la toile bleue striée de jaune, retenue par l'espace qu'elle délimitait, s'affaisse lentement.

6

Manuela pose sa tasse de café puis déplie la carte sur ses genoux. Cette année, l'avant-courrier a mal fait son boulot. On est parti de Bourges, il y a quatre jours à cause de ce crochet par Montluçon, et il faut reprendre les mêmes routes, en sens inverse, pour atteindre Orléans. Après, on ira au Mans, pour repartir sur Dijon ! Il a beau dire que les municipalités sont de plus en plus pointilleuses, qu'on lui oppose chaque fois de nouvelles règles, de nouveaux règlements sanitaires, cela n'explique pas pourquoi Amar et Zavatta obtiennent des emplacements qu'on refuse au cirque Guiardiano ! Ça décourage, depuis la caravane, de revoir défiler les mêmes paysages. Avant, on allait droit devant, un itinéraire réglé comme du papier à musique qu'on aurait pu croire calqué sur celui du Tour de France. On démarrait invariablement au printemps dans le Nord, qu'on écumait ducasse après ducasse, avant de sillonner la Lorraine et l'Alsace, puis on se faisait les routes des vins, bourgogne, beaujolais, côtes-du-rhône, rosés de Provence, avant de longer la Méditerranée, tout l'été, jusqu'à Perpignan. On évitait la montagne, pour ne pas fatiguer le matériel. Cap sur Bordeaux par le chemin des écoliers : murailles de Carcassonne, ville rose et capitale du pruneau... Le périple serpentait une partie de l'automne dans le Centre et la Bretagne. On prenait quelques semaines de repos dans un haras en Normandie, à l'entrée de l'hiver, pour être en pleine forme avant d'affronter les rangs serrés de gamins de Paris tout au long des fêtes de Noël et du jour de l'An.

7

Le terrain est en pente, et comme il ne cesse de pleuvoir, les eaux de ruissellement des parkings du centre commercial ont formé un véritable lac, là où doit se dresser le chapiteau. Tout le monde s'est mis au travail, planteurs de piquets aussi bien qu'équilibristes, palefreniers ou funambules, caissières comme écuyères, pour dresser une digue de dérivation et creuser une rigole d'évacuation. Quand il n'y a plus que de la boue, des camions s'y enfoncent jusqu'aux moyeux. Ils déversent leur cargaison de sable, de sciure, de terre végétale, qu'on disperse au râteau avant d'y tracer le cercle, le *circus* romain, autour duquel tout s'organisera. Immuablement, on amène Manuela au centre, sur son fauteuil. Elle tient entre ses mains la chambrière, ce long fouet qui claque aux oreilles des chevaux. Son mari, Phil Guiardiano, se saisit de l'extrémité de la lanière de cuir et s'éloigne jusqu'à ce qu'elle soit tendue à son maximum. Il commence alors à tourner autour du fauteuil, à treize mètres exactement. Ses pas, dans le sable, délimitent l'aire que la lumière emplira. Quand les mâts se dressent, que les piquets inclinés hachurent les façades du supermarché, du grossiste en salons, du Kiloutou, du fast-food, l'apparente anarchie de la parade s'organise. Dans son réduit, un verre d'alcool ambré posé près de sa perruque rousse, l'auguste se maquille. Assise sur le lit, sa femme apprend au gamin quelques tours de magie. Manches relevées jusqu'aux coudes, elle prend des boules de mousse multicolores qui semblent faire des loopings entre ses doigts, de larges pièces scintillantes naissent sur ses paumes blanches, des cordelettes touchées par son seul souffle se nouent, se dénouent, se scindent et s'accouplent. De son poing fermé, elle fait éclore une rose de tissu. Un mouvement imperceptible, et c'est une violette sombre qui pousse dans le cône. Elle se défait. Les pétales, soudain, se transforment en rubans qui passent du vermillon à l'azur, de l'émeraude à l'indigo. Elle dit « tu as compris », et l'enfant émerveillé répond que non, pour que le miracle se perpétue. La porte s'ouvre. Le père, sans un mot, l'haleine pleine de malt, quitte la caravane pour aller faire le clown. Il rejoint son compère enfariné, habillé de blanc, qui quelques années auparavant promenait un numéro de contorsionniste sur tous les continents.

8

Rien d'autre ne l'intéresse autant que sa Game-Boy. Comme un sprinter ne pense qu'à ses jambes, lui n'en a que pour ses pouces. Il a cherché à comprendre d'où venait cette précision quasiment instantanée qui lui permet d'atteindre un ennemi virtuel, quel chemin emprunte l'image, depuis l'écran, quels relais l'analysent, où se situent les récepteurs qui commandent aux nerfs, intimant l'ordre aux phalanges de se plier. Les réponses se trou vaient également au bout de ses doigts, sur le clavier de l'ordinateur. Des heures à consulter des sites spécialisés, même s'il ne saisissait pas tout, à lire des articles d'encyclopédies, à poser des questions sur des forums avec Mario pour pseudo. À l'école, en moins de trois mois, il est passé dans le groupe de tête. On lui fiche la paix, maintenant, quand il s'installe dans un coin de la cour de récréation pour exterminer une armée d'envahisseurs, pendant que les autres se contentent de marquer des buts. Le soir, pour rentrer, il longe la nationale, un œil rivé à l'écran où survivent ses personnages, l'autre en embuscade sur tout ce qui les entoure. À un moment, il s'est arrêté sur la minuscule aire de repos, la place pour trois voitures, une table en rondins flanquée de deux bancs, à l'abri derrière une haie. Il a posé sa sacoche dont les sangles lui scient les épaules, s'est assis pour tenter l'impossible : faire sortir le géant Kostork du piège tendu par les Hélémites. C'est toujours à cette étape qu'il échoue. Il ne l'a pas entendu venir : le vélo était là, appuyé contre la poubelle, quand il a levé la tête. L'homme silencieux, derrière lui, tend les bras pour se saisir de la console que le gamin lui abandonne. Ses pouces vibrionnent sur les deux plots et le crâne de Kostork, pour la première fois, se pare d'une couronne tandis qu'un hymne aigrelet accompagne l'apparition d'un sceptre dans sa main. L'écran s'ouvre sur la quête ultime, le quatrième âge du jeu, puis se couvre de sang.

9

Pacific-Wolfgang est le roi de l'Unicycle, et personne ne lui dispute ce titre. Près de trente ans qu'il vit juché sur des jantes orphelines. Il en fabrique des minuscules, des cabossées, avec des fourches à rallonge, des biscornues équipées de systèmes de chaînes à rappel, de vérins pneumatiques, des musicales avec crécelles ou rayons xylophones, le tout c'est qu'on s'y tienne en équilibre, que ça étonne et que ça roule sur la piste, au milieu des applaudissements. Il n'a pas fait que ça dans sa vie, pédaler sur une roue, mais tout le reste a été englouti. Pourtant, ce n'est pas rien, d'où il vient. Une lignée de quatre générations de chasseurs de grands fauves pour le compte de la firme Hagenbeck, le Barnum allemand. Il conserve des piles d'albums où l'on voit, dans leur couleur sépia, de robustes colons capturer des bêtes de légende : zèbres couaggas, antilope saïga, hippotrague bleu, émeu noir des îles Kangourou, onagre, iguane des Galápagos, rhytine de Steller, rhinocéros à corne double... Sur la fin, son grand-père prenait moins de risques. Assis en tailleur, il négociait avec les chefs de tribus la venue de Somalis, de Kalmouks ou de Pygmées dans des villages indigènes qu'on installait aux faubourgs, la durée d'une foire ou d'une exposition internationale. Un maître de ballet leur apprenait des danses sauvages qu'ils devaient accompagner de grimaces, de borborygmes. Il avait eu plus qu'une aventure avec Maeva, une vahiné montrée au zoo de Cologne à l'automne 1931, et contre toute attente l'avait épousée. Peu de temps après, couple dégénéré, ils avaient pris le chemin des camps d'où ils n'étaient pas revenus. Leur fils au teint bistre avait survécu, recueilli par les propriétaires forains d'un train fantôme, qui étaient, par miracle, arrivés à se réfugier en Suisse. C'est en souvenir de cette grand-mère venue des antipodes, et morte à Ravensbrück, qu'il s'était appelé Pacific pour faire l'artiste. Dès qu'il en avait l'occasion, seul métis des pelotons, il s'inscrivait à des courses, des critériums cyclistes, en remportait souvent, et décorait sa caravane de coupes, de trophées rutilants aux socles gravés à son nom.

10

Depuis que deux frères sont devenus ministres, l'un de la Défense et l'autre de la défonce, c'est cent fois par mois que Christophe doit subir les mêmes plaisanteries quand il enfile son léotard, ce maillot de trapéziste à large échancrure baptisé ainsi en l'honneur d'un Toulousain qui inventa la discipline. Sa petite taille a fait de lui un voltigeur que se repassent deux porteurs qui, et c'est là l'une des originalités de leur numéro, sont des femmes. Chose rare pour un volant, il n'est pas issu de la grande famille de l'itinérance. Son père, huissier au palais de justice, le rêvait en robe noire rehaussée d'hermine sauvant des têtes par sa seule éloquence, tandis que sa mère lui faisait dispenser des cours de piano par un médiocre musicien du conservatoire d'arrondissement avec lequel, l'après-midi, elle révisait ses gammes, au lit. Enfant, lecteur d'Hector Malot, il s'inventait des parents perdus, les cherchait le long des routes accompagné d'un ours savant qu'il faisait danser, sur les places des villages, au son d'un tambourin. Pour le Noël de ses dix ans, un oncle perspicace lui avait offert la maquette d'un cirque miniature. Il avait passé toutes les heures grises de janvier, de février, à ajuster le bois des piliers, à tendre la toile, à coller la gardine rouge sur les banquettes, à peindre en vert les roulottes, à faire coulisser les grilles des cages, à tordre les arceaux du tunnel pour l'irruption des fauves... Puis il avait disposé l'ensemble des figurines en plastique sur la piste ou dans les coulisses, ajouté toutes sortes de moulages puisés dans son coffre à jouets, des Indiens Mokarex, des cyclistes en plomb coloré, des bisons, des martiens pêchés en sachet dans la poudre de Bonux. Pour finir, il avait décalcomanié les lettres ombrées AMAR, entourées d'étoiles, sur le flanc des voitures, les drapeaux, au-dessus de la ménagerie, des caisses, de la tribune d'orchestre. Il ne s'en est jamais séparé, c'est sa seule enfance. Sous le chapiteau, au centre, retenu très haut par un fil invisible, un voltigeur au corps moulé dans un léotard bleu se balance indéfiniment.

11

On ne sait trop comment le feu a pris alors que les chevaux se préparaient à entrer en piste. Un rideau peut-être, trop proche d'un barbecue. Les hommes qui forment la barrière se sont précipités pour maîtriser les flammes et contenir les animaux. L'orchestre a forcé la note, couvert les hennissements, tandis que la sarabande des clowns éclatait en cabrioles. Le public ne s'est aperçu de rien. Il ne serait resté de l'incident qu'un tissu calciné et une discrète odeur de brûlé, si un cheval saisi de panique ne s'était débarrassé de son cavalier en se cabrant. C'était une bête magnifique, une monture mongole de Prjevalski, crinière et queue tressées, harnachée de cuir de Tolède, le regard protégé par des œillères en forme d'ailes d'aronde. Ses pattes frappaient l'air, ses sabots envoyaient des éclairs. On tentait de l'approcher de toutes parts, de se saisir des rênes, de s'accrocher aux étriers. Autant vouloir s'emparer du vent. À un moment, il a paru se calmer, en appui sur ses quatre pattes. Tout s'est figé.

Le dresseur a fait un pas vers lui, puis un autre presque glissé en prononçant doucement des mots venus des steppes. L'animal le regardait, les naseaux tremblants, les babines relevées sur l'écume et des dents impeccables, inclinant la tête comme s'il acceptait la progression de son maître. Il a suffi de presque rien, que quelqu'un bouge sur son flanc gauche, pour qu'il parte en ruades. En un instant, il avait fait place nette, s'était ouvert un chemin vers l'extérieur entraînant écuyers, acrobates, clowns, garçons de piste et tchécos dans son sillage. Il avait passé les barrières, sauté par-dessus le mur de bottes de paille, traversé le champ de foire que la chasse ne s'était pas encore organisée. Seul Pacific-Wolfgang, debout sur son vélo, les muscles ramassés, s'arrachait à la boue du terre-plein qui entourait la place. L'étalon filait maintenant au galop sur les parkings déserts, sa silhouette allongée entre deux rangées de candélabres. Les pneus à leur tour s'appuyaient sur l'asphalte, et le trapéziste, peu à peu, réduisait son écart. L'animal obliqua soudain en direction des néons verts d'une station-service, se cognant aux pompes, bousculant les panneaux publicitaires, pour finir par s'engager dans le tunnel hérissé de poils de nylon de la chaîne de lavage automatique. Wolfgang effectua un long dérapage contrôlé, et vint se placer près des boutons rouges du tableau de commande. Derrière la paroi de plexiglas, le cheval s'ébrouait, reprenait son souffle. Les premiers éléments de la troupe bariolée lancée à sa poursuite arrivaient à leur tour, exténués. Ils s'immobilisèrent à une dizaine de mètres du portique garni de tuyaux. Seul le dresseur de la monture mongole s'est avancé sur le béton humide. Entre ses mains, le cuir d'un licol glissait dans un nœud coulant. Quand il a tendu les bras, le cheval a baissé la tête, comme s'il reconnaissait sa défaite.

12

Les lames affilées, posées au nombre de six sur un coussin violet, scintillent dans les projecteurs. Il saisit l'un des poignards. D'un geste vif, il coupe net l'une des franges de daim qui décorent sa veste de trappeur. Cela fait sourire sur les gradins, d'autant que son accoutrement le fait ressembler à un chanteur de rock vieillissant. Il plie les genoux le temps qu'une assistante pose un foulard sur ses yeux et le noue. Elle traverse ensuite la piste pour s'approcher d'une roue sur laquelle une femme, en culotte et soutien-gorge à froufrous, est attachée par les poignets et les chevilles. Elle pose la main sur le bord du cercle de bois, s'arc-boute pour la mettre en mouvement, se recule vivement. L'homme pince la pointe d'un couteau entre ses doigts, lui donne de l'élan. L'arme se fiche, vibrante, dans le bois tendre à quelques centimètres du corps de la cible vivante. Les autres traits sifflent dans l'air en cadence, et tracent une forme d'étoile. Il défait son bandeau, se précipite vers sa partenaire dont il freine la rotation, la détache, délivrant le public de son angoisse. Une partie de son secret est cachée au fond de son oreille. Un bruit imperceptible produit par un cliquet, contre la roue, lui indique la fraction de seconde dévolue au lancer. Tout le reste est affaire de confiance.

13

Il arrive encore à Mosling de se jucher sur les grandes échasses qui promènent son crâne à plus de quatre mètres de hauteur, mais il ne fait plus l'acrobate. Pendant près de quinze ans, c'est lui qu'on propulsait au sommet de la pyramide humaine, sur les épaules des deux hommes du quatrième niveau. Il aurait aimé que son fils unique, Harwey, prenne sa suite. Jusqu'à l'adolescence, il faisait l'affaire, puis il a été évident qu'il n'aurait jamais le physique râblé des voltigeurs. Ses envols étaient poussifs, de plus il avait le vertige. En désespoir de cause, il a formé Sigheki, un jeune Japonais, qui l'a remplacé dans le numéro de planche à bascule. Il y a aussi un Turc et deux Roumains, ce qui n'empêche pas Monsieur Loyal d'annoncer chaque soir avec emphase « Les Mosling Brother's », comme au bon vieux temps. Les premiers mois de sa semi-retraite, avec les trous béants laissés dans son emploi du temps par la disparition des entraînements, il ne se reconnaissait plus que dans les animaux de la ménagerie arpentant leur cage, le regard vide. Il a essayé de se rendre utile au montage, à la barrière, et même à l'épicerie, sans jamais trouver sa place. On le rabrouait. Jusqu'au jour où le Triporteur a cassé sa pipe. Il a fallu qu'il meure pour qu'on apprenne, dans la caravane, qu'il s'appelait en réalité Gaston Diderot et descendait en droite ligne du philosophe des Lumières. Mosling a récupéré le tricycle, avec sa caisse pleine d'affiches, ainsi que les pochoirs grâce auxquels il compose l'impression des bandeaux. Il monte l'engin à bord du camion des électriciens et des plombiers qui précèdent le cirque d'un jour ou deux pour préparer le terrain. Agrafeuse à la main, ficelle dans les poches, il quadrille la ville dont il décore les réverbères, les arbres, de feulements de tigres, de rugissements de lions. Pendant toute la durée des représentations, il n'a de cesse d'entretenir la présence de son cheptel de papier. C'est ce qu'il faisait ce soir-là dans les rues pavées du vieux Mans, remontant des berges de la Sarthe jusqu'à la cathédrale, en négociant sans trêve avec les commerçants l'apposition d'affichettes sur leurs vitrines. Autour du palais des Congrès, les parkings désertés se hérissaient de piquets pour le marché du prochain matin. La voirie nettoyait les trottoirs au jet. Avec l'aide d'un cantonnier, Mosling avait réussi à passer son triporteur entre deux bornes pour accéder aux jardins, puis il avait choisi un banc où se reposer un instant, col relevé, en fumant une cigarette. Il s'était laissé aller contre le dossier, les yeux mi-clos, les talons posés sur le capot de la malle, bercé par la rumeur de la ville. À un moment, il avait cru entendre des gémissements qui s'étaient confondus avec les heurts métalliques venus de la place où l'on montait les stands. Il guettait l'apparition progressive des étoiles quand une plainte était distinctement montée d'un fourré. Il s'était approché pour en avoir le cœur net, avait écarté les branchages. Une fillette d'une dizaine d'années finissait de vivre sur un lit de feuilles sèches, la gorge tranchée. Mosling hurlait encore, agenouillé, la petite tête livide entre ses mains, quand les policiers avaient fait cercle autour de lui, leurs armes braquées. Menotté, jeté sans ménagement dans un fourgon, on l'avait conduit au commissariat central. Pas moins de dix inspecteurs s'étaient relayés, toute la soirée et une partie de la nuit, pour lui poser indéfiniment les mêmes questions auxquelles il avait répondu tout d'abord avec conviction, puis de manière de plus en plus mécanique. L'écœurement, la fatigue, la lassitude, la faim, la soif, tout le poussait aux limites de l'aveu. La délivrance, cette fois, s'était habillée de haillons et s'appelait Marcel. Pour gagner quelques sous, Marcel aidait à tirer les remorques chargées de toiles, à planter les montants dans les alvéoles ménagées sur le sol des parkings. De temps en temps, il prenait un peu de champ, près des jardins du Palais des Congrès, pour se remettre de l'effort en buvant une rasade. Dès qu'il avait entendu parler du meurtre de la gamine, au comptoir d'un des bars du quartier de la gare, il s'était mis en chemin. Le policier de faction l'avait laissé frapper à la porte vitrée pendant une bonne demi-heure avant de l'autoriser à entrer dans le hall. Assis dans un coin, il ne cessait de répéter : « J'ai à déclarer, j'ai à déclarer... », et ne voulait voir que le commissaire divisionnaire Sarrasin avec lequel il était en primaire. La rencontre eut lieu à près de deux heures du matin, offrant une pause inespérée à Mosling. Le clochard jura sur ce qu'il avait de plus précieux, sans en préciser la nature, qu'il avait vu un grand type revêtu d'un manteau s'éloigner dans le parc en tenant une fillette par la main. Il était formel : ce n'est qu'une dizaine de minutes plus tard que le triporteur était venu se garer près du banc. À midi, l'employé de la voirie qui avait aidé Mosling à franchir l'obstacle des plots confirmait le témoignage de Marcel. Dans la foulée, le procureur de la République donnait l'ordre de relâcher l'ancien voltigeur.

14

Les camions rouges et les caravanes s'échelonnent sur deux kilomètres le long de la deux fois deux voies qui file sur Orléans. On a prévu de faire une halte aux environs de

Montargis, une aire de routiers, juste avant de rejoindre l'autoroute qui mènera le cirque sur un terrain proche de l'aéroport de Dijon. Dès que l'arrestation de Mosling a été connue, la veille alors que s'achevait la dernière représentation en pays manceau, Manuela s'est fait apporter par l'homme canon les piles de vieux journaux sur lesquels se sont exercés ses ciseaux au cours des années précédentes. Elle est installée à l'arrière du mobil-home devant une table recouverte d'une marée de papiers qui dégage une odeur où se mêlent des souvenirs de gas-oil, de pisse de chat et d'humidité. Le frein du fauteuil est serré. De temps en temps, elle semble prêter attention au paysage qui défile derrière la fenêtre, mais son regard n'atteint même pas la vitre. C'est comme si ses yeux étaient tournés vers l'intérieur. Elle se souvient avoir croisé, indifférente, le sourire des victimes sur les photos d'identité fournies par leur famille au localier du *Berry républicain,* du *Dauphiné libéré* ou à celui de *Nord-Éclair*. Trois cette année, une la précédente, trois aussi celle d'avant... Elle a déplié une carte de France sur ses genoux : les sept croix noires jettent leur ombre au bord de trois parcours tracés au feutre, une couleur par tournée. La verte de 2000, la violette, et la jaune encore inachevée d'aujourd'hui.

15

Cela fait des lustres que Phil Guiardiano n'a pas eu de geste tendre. Elle sent un frisson l'envahir quand il pose la main sur son épaule, que son bras frôle sa nuque. Il se penche pour regarder l'écran où Manuela organise les listes de ceux qui étaient présents au cours des étapes tragiques. Il porte toujours cette eau de toilette qu'elle lui offre pour son anniversaire. L'imprimante aspire les feuilles de papier qui se couvrent d'une centaine de noms. Il les lit un à un ponctuant chaque ligne d'un définitif « Non, c'est pas possible ». Le meurtrier est nécessairement étranger à la troupe, il ne peut faire partie de cette famille dont Phil a choisi tous les membres. Il invente d'improbables scénarios pour rejeter le possible à distance. Le hasard tout d'abord, puis un concurrent cherchant à lui nuire, un employé licencié le poursuivant de sa haine, l'amoureux éconduit d'une écuyère... Elle n'a même pas à le contredire : il sait que rien ne tient mais a besoin de s'y accrocher. Une coïncidence, ça intrigue, deux, ça interroge, on s'inquiète à la troisième, ensuite on passe d'un coup du doute au soupçon. Phil n'a jamais eu à l'affronter, la suspicion, mais il pressent qu'à la moindre estafilade dans la toile, c'est tout le chapiteau qui s'offre à l'ouragan. Les descriptions que donnent les rares témoins concordent sur plusieurs points. L'homme est de grande taille, âgé d'une trentaine d'années, habillé avec une certaine recherche. Il ne s'approche pas des enfants, ce sont eux qui viennent à lui comme si c'étaient les siens. Jamais de violences sexuelles : la mort seule.

16

Olaf Jannings promène autour du monde un spectacle familial d'animaux savants. Le grand-père avait commencé, en Suède, avec une scène d'escarpolette. Une ourse habillée à l'ancienne imprimait du mouvement à la balançoire de son oursonne déguisée en fillette. Son père, pour la relève, avait construit de ses mains une moto qu'un grizzli faisait pétarader tout autour de la piste. Olaf a tout gardé, il a simplement ajouté un tableau comique, deux petits ours jongleurs de Ceylan, dans les rôles de Pince-Mi et Pince-Moi, traversant une piscine sur un pédalo. L'entretien des animaux, les exercices de dressages quotidiens, la perpétuelle mise au point des numéros, tout cela n'est rien. Ce dont Olaf est le plus fier, c'est de parler six langues, les lire, les écrire aussi, dont l'ouralien et le toungouze. Cette passion lui vient de sa grand-mère maternelle qui en pratiquait une dizaine, et s'était mise au japonais sur la fin de sa vie, après une tournée sur l'archipel. Dans la caravane, c'est le plus souvent lui qui sert d'interprète. On l'appelle à la rescousse pour débrouiller un conflit entre un fildeferiste balinais et une prestidigitatrice magyare bien qu'on sache qu'il ne domine ni l'un ni l'autre de ces idiomes : ils s'inventent à trois un parler macaronique dont les clowns, sur scène par la suite, font leurs délices. Depuis quelque temps, le thème du cirque est à la mode. Des princes exigent même qu'on vienne planter des toiles sur leur rocher. Les magazines exhibent leurs sourires ridés de vieux enfants ravis. Le problème, c'est que les représentations ne suffisent plus : pas un maire qui ne ressente le besoin d'avoir une trapéziste à sa table, pas un conseiller général qui ne souhaite épingler, entre les brandebourgs d'un uniforme de dresseur, la médaille en métal plaqué de citoyen d'honneur de la Sarthe ou de la Côte-d'Or. Prisons, maisons de retraite, écoles maternelles, lycées, personne ne résiste à l'attrait renouvelé de la piste aux étoiles. Là encore, c'est Olaf qu'on envoie. À Dijon, il est invité par l'équipe pédagogique du Centre de Documentation et d'Information du collège Jacques Vallet. Les élèves des cinq classes qui doivent assister au spectacle du lendemain ont été rassemblés dans le réfectoire débarrassé de ses tables, pour l'occasion. Il porte un long manteau dont il ne se défait qu'à la dernière minute, devant les dizaines de regards émerveillés qui découvrent son habit de lumière : pantalon de cuir gris constellé de minuscules éclats brillants, ceinture à boucle d'argent, chemise de soie brodée des rives du lac Vänern. Il ne se lasse pas de raconter l'histoire de Gargantua, le gorille fou du cirque Ringling, mort à vingt-deux ans après avoir glacé d'effroi des millions de spectateurs. Alors qu'on l'extrayait de la cale du bateau l'amenant d'Afrique, un homme lui avait jeté le contenu d'une fiole de vitriol au visage. L'acide avait rongé les chairs du grand singe, les révulsant en un rictus effroyable qui s'était accentué avec l'âge. Il se jetait en hurlant sur les barreaux dès qu'un humain approchait. La moindre imprudence pouvait être fatale : son gardien n'avait dû la vie sauve qu'à la présence d'un couteau dans sa poche avec lequel il était parvenu à couper sa veste agrippée par Gargantua. La cage, à Chicago, n'avait pas résisté à l'une de ses colères. Un artisan qui d'ordinaire travaillait pour la police et les bootleggers s'était chargé de la remplacer par une pièce aux vitres et aux montants blindés.

Après, on était passé aux questions soigneusement notées sur les pages des cahiers, aux doigts empressés levés vers le ciel. Les élèves se demandaient si on était clown de père en fils, comment les enfants de la balle allaient à l'école, combien de kilos de poissons mangeaient les otaries, d'où venaient les femmes à barbe... Olaf faisait semblant de réfléchir tout haut, en suédois ou en letton, puis il assurait sa propre traduction. Quand il a repris le chemin du chapiteau, à pied comme à l'aller, il ne s'est pas aperçu qu'on le suivait. Grand, la trentaine bien entamée, Olaf fait partie des « interrogations » que Manuela et Phil Guiardiano ont placées sur leur liste.

17

Les quinze noms figurent sur un fichier sécurisé, sous une fausse appellation, dans un recoin du disque dur. À part Manuela et Phil, seul Jack, l'homme canon, possède la clef du bureau. Ils sont restés aussi discrets que possible sur ce qui les poussait à organiser ces filatures, n'utilisant que les services de leurs proches, mais il est impossible d'éviter qu'on ne s'interroge sous le chapiteau. D'autant que Mosling fait une sorte de fixation sur son séjour au commissariat du Mans. Il ne parvient plus à enfourcher son triporteur, et dit à tout le monde qu'il n'a pas supporté d'être traité comme un criminel. En vérité, l'image du sang qui refluait de la gorge tranchée ne le quitte plus : il la fuit en s'enfermant entre les seuls quatre murs d'un poste de police.

Une lettre a été glissée sous la porte de la caravane, dénonçant un des hommes préposés au montage. Phil a vérifié : le tchécos visé anonymement fait partie des possibles. Lors d'une beuverie, dans une discothèque, cet ancien équilibriste se serait épanché, jurant que la gamine pour laquelle il avait fait cinq ans de prison était consentante. Une autre rumeur désigne le maître de volière, un homme aussi doux que ses oiseaux et auquel on ne connaît pas d'aventures féminines.

Le soir, le public a fait un triomphe inhabituel au numéro d'ours savants. Olaf Jannings a même été obligé d'ajouter un tableau pour répondre à l'enthousiasme de ses auditeurs du collège Vallet de Dijon.

18

Après une semaine entière passée à Lyon, la route suivie par le convoi reprit une certaine cohérence. Il s'aventura dans le Massif central, serpentant sur le flanc des volcans arrondis ou égueulés, piqua sur Decazeville où l'on joua près de l'ancien carreau de mine de la Découverte. Pendant les représentations, des téléphériques ne cessaient de hisser leurs grappes de skieurs sur les pentes du cratère revêtues de lamelles synthétiques. Ensuite, on rejoignit les rives de la Garonne qu'il suffirait de longer jusqu'à son embouchure, pendant une dizaine de jours, en faisant des haltes dans des villes toutes plus accueillantes les unes que les autres. La surveillance ne s'était pas relâchée un seul instant, elle s'était même resserrée puisque deux suspects avaient quitté la caravane au terme de leurs contrats. Manuela connaissait leurs nouveaux engagements, et elle redoublait d'attention, aux informations, redoutant qu'un crime n'endeuille le sillage de Mariano ou Czener, des cirques concurrents.

Ce fut à Agen, près du pont-canal, que tout se dénoua.

Au matin, la voiture de tête surmontée de son panneau clignotant « convoi exceptionnel » s'était rangée sur le bas-côté, imitée par l'ensemble de la file. Un deux-mâts blanc, toutes voiles dehors, traversait la vallée, dix bons mètres au-dessus des eaux jaunes de la Garonne. Illusionniste, hypnotiseur de foule, amadoueur de fauves, éclairagiste sculpteur d'ombre, trapéziste ou nettoyeur de cages, la foule des itinérants s'était massée au milieu du ruban d'asphalte, saisie par ce miracle vers lequel, insensiblement, ils marchaient. L'énigme se dissipa dès qu'ils eurent franchi le rideau d'arbres et, chose rare, la révélation de sa solution ajoutait encore à la beauté du spectacle. Éclairées par le soleil naissant, une vingtaine d'arches en pierre de taille beige supportaient, sur près de six cents mètres, un aqueduc à ciel ouvert assez large et assez profond pour accueillir péniches ou navires venus du canal du Midi. Le terrain accordé par la municipalité se cachait loin de ces merveilles, dans une zone artisanale sur laquelle flottaient en permanence les parfums de sauces tomate cuisinées que rejetaient les cheminées d'une usine agroalimentaire. Une ouvrière à la chevelure prisonnière d'un bonnet transparent offrit, le midi, de pleins saladiers de bolognaise aux équipes de monteurs qui finirent à la cuillère ce que les pâtes n'avaient pu absorber.

19

Avant, il fuyait la maison quand les hurlements de sa mère parvenaient à s'imposer à la musique du Walkman poussée à fond. Maintenant, il les précède. Il traverse la cité, longe la nationale sur un kilomètre avant de couper à travers champs. Il grimpe à flanc de colline pour venir s'installer en surplomb de la première écluse du pont-canal. Il ne s'intéresse pas aux plaisanciers, aux capitaines de pacotille. Il apaise son regard en suivant l'avancée des péniches, les étapes du transbordement, puis la lente progression aérienne du bateau sur le tapis liquide. Ses rêves épousent les ondulations des drapeaux, le dessin des noms de femmes ou de villes, sur les coques. Quelquefois, il se fait corsaire d'eau douce, arraisonne l'embarcation dont la ligne de flottaison est au plus près du bastingage, promesse d'un butin généreux. Il lui arrive aussi de délivrer une adolescente blonde, étrangère, recluse en fond de cale, dans l'odeur écœurante du gas-oil.

Il s'apprêtait à trancher les liens à l'aide de son sabre d'abordage, quand il eut conscience d'une présence derrière lui. Il a incliné la tête, regardé par-dessus son épaule. Un homme de l'âge de son père est accroupi, les pans de son manteau reposent sur l'herbe. Des cartes semblent voler entre ses mains, il les mélange, les fait bondir d'une paume à l'autre, sépare le rouge du noir, les dresse en éventail, les lui présente, lui demande d'en choisir une, au hasard. Allez, n'aie pas peur, décide-toi... La surprise passée, le gamin lui a trouvé bonne figure, mais dès qu'il a tendu la main l'inconnu s'en est emparé, lâchant les dames, les rois, les valets, qui se sont éparpillés dans la luzerne. La lame en se dépliant a capté un rayon de soleil, comme pour se purifier. Le cri s'est bloqué dans sa gorge, et au moment où il acceptait de mourir, une ombre les a recouverts. Le bout effilé de la bottine de Jack, l'homme canon, fit voler le couteau pour finir son mouvement sur la joue de l'agresseur. Il y eut un craquement d'os, du sang. L'assassin tenta de se relever. Il n'avait pas fait trois pas, à demi courbé, qu'il se cognait aux poings de Pacific-Wolfgang le métis, roi de l'Unicycle.

20

Manuela et Phil vérifièrent que les derniers spectateurs avaient quitté les allées de la ménagerie. Ils patientèrent jusqu'au départ d'une voiture de retardataires, des amoureux sans lieu, et quand le parking fut vide, ils se dirigèrent ensemble vers le centre de la piste. Tous ceux qui assuraient la vie, le renom, de l'entreprise Guiardiano avaient pris place aux premiers rangs, maquillés pour la lumière de la scène, revêtus de leurs costumes de saltimbanques. Leur gravité, sous le chapiteau, était plus profonde encore que celle qui s'installe après la chute d'un ange virevoltant, ou qui suit le départ d'un dresseur sur un brancard. Ceux qui l'avaient appréhendé apparurent par la barrière, tenant à bout de bras une sorte de pantin désarticulé. Un murmure parcourut l'assistance qui se souleva pour mieux distinguer les traits du tueur. Derrière les lèvres boursouflées, les yeux pochés, le nez brisé, les mâchoires édentées, les joues tuméfiées, l'Auguste aux cheveux rouges reconnut son partenaire le clown blanc sentencieux. Il se mit debout, enleva son nez écarlate, arracha sa perruque, puis il se rassit lourdement, incapable de prononcer le moindre mot. Au fur et à mesure que se précisait l'identité de celui qui avait attenté à la réputation du cirque, on s'apostrophait, le ton montait, la haine avançait son mufle. Une ballerine qui faisait la toupie sur le dos d'un cheval, jolie comme un cœur, réclamait la mort sans délai, applaudie par le maître de la volière qui ignorera toujours qu'on l'avait souhaitée à la place du meurtrier. Le prestidigitateur lilliputien sortit de sa réserve, exigeant qu'on lui coupe les couilles séance tenante, ce qui eut pour effet de déclencher une vague de rires dont ils se sentirent aussitôt coupables. Le fakir se proposa de l'occire, il possédait le matériel. Seul Olaf Jannings, le montreur d'ours, eut le courage de dire qu'il fallait le livrer à la police. Il était bien près de faire basculer la salle en faveur de sa proposition quand Mosling, plein de larmes, se mit à raconter en détail les derniers instants de la gamine égorgée dans les fourrés du Palais des Congrès, au Mans. Le clown blanc tomba à genoux, hurlant. Les fauves lui répondirent en écho. Phil et Manuela estimèrent que le moment était propice. On vota à main levée entre le recours à la justice et le lavage du linge sale en famille. Une large majorité décida que le tueur, préalablement assommé, serait introduit dans la cage des tigres. On ferait ensuite appel à la police pour déplorer un effroyable accident. Le dompteur, tout comme Pacific-Wolfgang, avait suivi Jannings. Il parvint à gagner quelques heures de répit, expliquant que ses bêtes étaient repues, qu'il fallait attendre la fin de leur digestion. Sinon elles ne feraient que jouer, à leur façon, avec le condamné. Il fut écouté : on agirait au matin. Le prisonnier fut attaché à un mât, dans la coulisse, sous la garde de Jack et d'un tchécos. Il reprit quelques forces en guettant le moment fatal où la surveillance se relâcherait. Pendant dix ans, immergé chaque soir dans un aquarium empli d'eau, il parvenait le temps d'une respiration à se défaire des chaînes cadenassées qui l'entravaient. Les cordes ne résistèrent pas plus longtemps à son métier.

21

Jack s'aperçut de la disparition du clown blanc à son retour de la cuisine, deux verres de café brûlant dans les mains. Il les jeta au sol par dépit, secoua le monteur assoupi, le traita de tous les noms avant de filer vers le mobil-home des patrons pour donner l'alerte. Un quart d'heure plus tard, une cinquantaine de volontaires se pressaient sous la toile. Phil Guiardiano fit renifler les vêtements du fugitif à deux chiens courants qui se mirent à tourner comme des fous dans le cirque. Une fois dehors, ils collèrent leur truffe au sol, entraînant les hommes sur la piste. Le jongleur distribua des torches, d'autres se munirent de lampes électriques. Les deux bêtes emmenèrent la troupe bien au-delà des limites de la zone industrielle, vers une forêt peuplée de chênes et de châtaigniers. Le groupe se déploya pour former les deux mâchoires d'un piège. Le lanceur de couteaux scrutait les ténèbres, les mains pleines de poignards. Jonathan, virtuose de la perche acrobatique, escaladait le tronc massif d'un arbre pour tenter d'apercevoir le fuyard. Les Mosling Brothers bondissaient de fourré en fourré sans faire le moindre bruit, tandis que seul à leur droite, l'Auguste s'étalait le nez dans la mousse, un pied accroché par une racine. Lorsque le jour commença à percer le toit de feuilles, il fallut se rendre à l'évidence : la proie avait réussi à leur échapper.

Sur les conseils de Manuela, Phil se résolut à téléphoner à la police. Vers midi, on vit tourner des hélicoptères, des barrages se mirent en place aux carrefours, la gendarmerie renforça ses contrôles, arrêtant des ouvriers agricoles en situation irrégulière, des fumeurs d'herbe, des conducteurs sans papiers, des racoleuses passives et un bouilleur de cru. Quand à neuf heures du soir Monsieur Loyal s'avança au centre de la piste, sous les projecteurs, pour annoncer la grande parade, le tueur courait toujours. Olaf ouvrait la sarabande avec ses ours dressés, puis venaient les femmes voltigeuses dans leurs maillots scintillants, l'hippopotame harnaché, les lamas langue pendante, Pacific-Wolfgang sur son Unicycle, les chameaux, les zèbres, l'auroch et le bison ombrageux, les éléphants flanqués de leurs petits, les ânes, les chevaux, et toute la ribambelle sautillante des acrobates. L'obscurité s'installa, à peine les coulisses eurent-elles avalé le dernier élément du défilé. L'orchestre fit donner ses cuivres. Des faisceaux lumineux oscillèrent avant de suivre les évolutions des trapézistes. Personne n'y prêta attention sur l'instant, mais il semblait qu'une tache blanche commençait à bouger au milieu du fil qui, à vingt mètres du sol, traversait le chapiteau. L'artiste s'y tenait dissimulé en faisant le grand écart. Maintenant, il redressait le buste, la tête, effectuait un incroyable effort pour ramener ses cuisses l'une contre l'autre, ses mollets, ses chevilles. Chacun put alors reconnaître un clown en habit blanc, son cône sur le crâne. Dès qu'il fut en parfait équilibre, il salua et se jeta dans le vide, bras écartés, poitrine bombée, effectuant un parfait saut de l'ange sous le regard d'un Auguste orphelin.

LES PASSEURS DE LIBERTÉ

à Dominique Roger

Le chef se tenait dans l'ombre, tassé sur un fauteuil en retrait de la fenêtre basse, et devant lui le soleil oblique traçait comme une flèche sur la table du cabaret. Puebla, en parlant, agitait des mains tavelées qui brisaient la pointe de lumière. Il retint ses mots au passage de deux marins et attendit qu'ils soient installés au fond de la salle pour reprendre, à voix basse, le cours de la conversation. Il repoussa son verre et se pencha vers l'avant, les bras posés sur le bois auréolé de vin. De temps à autre, il cherchait à croiser le regard de l'homme qui lui faisait face, mais les paupières masquaient, en une fraction de seconde, le moindre éclat. Puebla se forçait à parler lentement pour maîtriser l'accent cantabrique, évitait de hérisser son discours de mots espagnols comme d'autant de récifs, bien qu'il sache que son interlocuteur maîtrisait le castillan et entendait le catalan.

— C'est la troisième fois, en moins d'un mois, que la douane se dirige droit sur les marchandises et les hommes lestés de notre contrebande. Plus rien ne passe, toutes nos ruses sont déjouées. La côte est à l'affût de Granville à Cherbourg : les mailles du filet sont tellement serrées que même l'eau a du mal à couler... Presque tout ce que nous avions caché sur le vapeur a été saisi dès le débarquement. Aux dernières nouvelles, Chandol, Lenoir et Renaud ont été amenés dans l'arrière-pays, à Saint-Lô, et dorment en prison.

Le chef l'approuva d'un mouvement de la tête, depuis son obscurité.

— On m'en avait déjà informé. M. Falle attendait sur le quai pour prendre le navire en sens inverse. Il a tout vu, la ruée des gabelous, l'arrestation des nôtres. Il m'a assuré qu'au moins ils n'avaient pas été molestés. Qu'est-ce que tu penses exactement ? Qu'on nous trahit, que tout est écrit d'avance ?

Puebla avait navigué sur tous les océans du monde, toutes les mers, Aral et Balaton compris. Pas une rade d'Orient, pas une crique atlantique qui n'ait vu au mouillage ses barques, ses bateaux ou ses radeaux d'après naufrage. En un demi-siècle de transports clandestins, de fraude à l'octroi, c'est plus que la surface émergée de l'île qui avait transité par ses cales, du drap grossier aux soieries argentées, du sel de morue acheté pour rien au retour des terre-neuvas, jusqu'aux lingots précieux mis en sûreté par des trônes vacillants. Il avait amassé autant de fortunes qu'il en avait dilapidé, tué à peu près le nombre d'hommes que son âge comptait de mois et séduit plus de femmes qu'il n'additionnait de jours. La légende qui l'entourait avait valeur de vérité pour tous ceux qu'on croisait sur le port de Saint-Pierre, et quand on disait « Puebla », il fallait entendre « Monsieur ». Il avait définitivement amené le pavillon dix ans plus tôt et vivait d'une maigre rente que lui servait le produit d'un ultime trafic de tabac entre la Corse et l'Écosse.

— Pardonnez ma franchise, mais nous n'avons pas même besoin d'être dénoncés. Les fonctionnaires ont l'œil exercé. Je les connais bien ; ils vous fixent du regard et c'est plus redoutable, pour un honnête homme, que s'ils lui faisaient subir la Question. Il faut avoir un sacré métier, alors qu'on a les poches pleines, pour prendre l'air dégagé de celui qui n'a rien à se reprocher. On ne devient pas hypocrite par nécessité : c'est une vocation. Je n'ai pas à faire beaucoup d'efforts pour imaginer Chandol, Lenoir ou Renaud sur la passerelle de *La Galande* ancrée à Granville ! J'entends même les pistons, les cames au ralenti, le chuintement de la vapeur, les cris des cormorans... Épaules rentrées, tête baissée, front plissé, ils font déjà le dos rond pour amortir les coups alors que les douaniers n'ont pas encore sorti leurs bâtons... Un froncement de sourcils sous le bicorne, et ils portent la main à leurs hauts-de-chausses où sont dissimulés vos trésors. Pas un mot n'a été prononcé, et pourtant tout est dit. Je vous avais mis en garde, on ne transforme pas du jour au lendemain des négociants en contrebandiers... Une vie souvent n'y suffit pas. Le chemin inverse est beaucoup plus facile...

L'homme, dans la pénombre, manifesta son impatience.

— Tout ce que camouflaient les hommes a été découvert, mais tu m'accorderas qu'il y en avait deux fois plus dans les entrailles des volailles de la ferme du Câtel, et que personne appartenant au comité de réception n'a eu l'idée d'inspecter les croupions. Rappelle-toi que l'idée te semblait folle. D'ici demain cette partie du butin sera en vente dans Paris. Le vendredi, ce sont des carcasses de moutons que l'on achemine sur le continent, et j'ai calculé qu'on pouvait au minimum tripler la mise... Tu peux t'en occuper ? Le matériel est entreposé à l'endroit habituel.

Il avait levé la main en direction du patron de l'auberge pour lui signifier que les consommations devaient être portées sur son compte, et il était établi que cela mettait un terme à l'entrevue. Puebla aurait dû se lever, se saisir de sa canne torsadée et rejoindre la rue sans se retourner tandis que le chef gagnait, par l'escalier, une porte dérobée. Ce n'est pas ce qu'il fit.

— Les arrestations des vivants ont servi de diversion aux cadavres des oies, des canards et des chapons. Chacun connaît le sort de nos passeurs entre les murs de force de Saint-Lô. Je ne pense pas que vendredi les volontaires se presseront avant l'embarquement pour revêtir nos manteaux à fausses doublures ou chausser nos bottes à talons creux. La douane se retroussera les manches pour plonger les bras dans la viande, et je vous prédis que rien, pas une bribe, ne prendra la route de la capitale. Tout sera pris et nous serons les seuls fautifs. Je voulais vous soumettre une idée qui m'est venue...

L'homme s'était redressé et le trait de lumière effleurait son gousset où brillait une montre tenue par une chaîne d'argent. Il l'ouvrit du bout de l'ongle pour lire l'heure française au cadran.

— Il est temps que tu te mettes en route pour la ferme du Câtel, dans une heure on égorge les bêtes. Prends soin d'entourer nos produits de linge ou de papier enduits de paraffine pour éviter que le sang ne les tache. Nous nous reverrons lundi, et si l'avenir t'a donné raison, j'écouterai ta proposition.

Il se coiffa d'un chapeau à large bord qui accentua l'ombre sur ses traits et disparut dans l'ascension des marches. La maison s'appuyait sur un rocher de granit, et tandis que l'auberge ouvrait ses salles sur la rue des Cornets, on pouvait accéder aux chambres des deux étages par des sentiers taillés dans la pierre. En fait, et c'était là une partie du mystère, il ne sortait pas aussitôt à l'air libre : en échange de quelques pièces, la fille du cuisinier, une rousse effrontée au nez en trompette, le laissait s'agiter en elle tout en récitant des *Pater*. Il partait à la nuit.

Puebla se mit en chemin, calant sa jambe tordue entre deux pavés disjoints avant de planter la pointe de la canne et assurer sa progression vers la place de l'église. Un mât brisé s'était abattu sur l'équipage et la cargaison de whisky alors que, partis de Limerick, ils passaient l'embouchure du Shannon. Seul survivant, il avait dérivé trois jours avant de s'échouer sur Inisheer, la plus petite des îles d'Aran. Un pêcheur silencieux lui avait bricolé une attelle au moyen de deux planches et d'un cordage détressé. L'alcool, pendant des semaines, avait tenu la douleur à distance. L'os s'était ressoudé, les chairs refermées, et il s'était juré de tout abandonner après un dernier exploit destiné à subvenir aux besoins de ses vieux jours. Il avait tenu parole dix années pleines, avant que le démon le reprenne. Cela faisait trois mois qu'il s'était lancé dans cette aventure de laquelle pas un sou n'était né. S'il respirait à nouveau le parfum du risque, son bénéfice se limitait aux pichets de vin rouge que le chef payait alors que lui-même ne buvait que de l'eau. Il s'adossa à un porche pour reprendre son souffle, et c'est de là qu'il vit Allix accroupi au beau milieu d'un carré de terre où la mousse le disputait à l'herbe, près de la fontaine publique. Il s'approcha en raclant le sol sans que l'agenouillé ne s'en alerte, absorbé qu'il était par le spectacle de deux escargots, des gros gris, qui rampaient côte à côte le long d'un tuyau d'évacuation.

— Les paris sont ouverts ? Je mise sur celui de droite...

Allix tordit le cou et lui montra un visage plus émacié encore qu'à l'ordinaire. De la peau grise et des nerfs tendus sur du cartilage d'où pointaient deux yeux incandescents, le tout encadré par de longues mèches de cheveux ternes.

— Ne parle pas si fort, ils sont sensibles aux ondes, aux vibrations. Regarde comme leurs cornes se sont rétractées... Approche-toi, tu es trop loin...

Puebla daigna se pencher.

— J'ai de bons yeux, mais la jambe est raide. Qu'y a-t-il de si remarquable ?

Allix promena un doigt décharné au-dessus des baves parallèles qui brillaient faiblement au soleil couchant.

— Tu ne constates rien, c'est pourtant évident ! Observe le mucus qu'ils déposent dans leur sillage : ils font les mêmes mouvements comme un couple qui s'accorde pour la danse...

Gémissant, Puebla porta la main à ses reins, pour se redresser.

— Et tu en tires quelles conclusions, si ce n'est pas indiscret ?

Un afflux de sang colora les pommettes et le front de l'épieur de gastéropodes. Il se releva à son tour puis emboîta le pas du contrebandier.

— Il y a là, sous ces coquilles, de quoi bouleverser le monde. Il est bien tôt, tu rentres déjà au Havelet ?

— Non, je vais farcir la viande fraîche du Câtel. Le chef veut tenter un nouveau passage de marchandise sur le vapeur de vendredi, et bien que ce soit voué à l'échec, j'obéis. Prends garde, Allix, un de ces jours, il exigera de toi que tu fourres tes colimaçons non de beurre aillé, mais avec son matériel. Ce sera moins digeste... Je ne comprends jamais rien à ce que tu racontes, c'est quoi, au juste, ta révolution escargotière ?

Bien que l'allusion au destin comestible de ses protégés l'ait heurté, il n'en laissa rien paraître.

— Les prétendus mystères de la nature sont tous, constamment, sous les yeux de tous et chacun peut, en conséquence, les découvrir. Ces animaux ne cheminent pas de manière aussi symétrique par le simple fait du hasard : ils communiquent entre eux au moyen de messages que captent leurs antennes. Des savants, Benoît et Biat-Chrétien, l'un de l'Hérault et l'autre des Amériques, ont identifié ce fluide vital qu'ils ont baptisé « commotion escargotique » et construit des « boussoles pasilaliniques sympathiques » habitées par des gastéropodes qui ont pu transmettre, à petite distance il est vrai, des mots, des sons, des couleurs. Un jour viendra où nous saurons domestiquer ces échanges à la perfection et y placer nos propres pensées. Les nouvelles traverseront le monde de coquille en coquille, à la vitesse de l'éclair... On détruira les sémaphores et tous ces poteaux télégraphiques de Chappe et de Morse qui encombrent le paysage !

Ils se quittèrent à proximité d'une maison en pierre, courtaude, dépourvue de fenêtres, où les marins îliens entreposaient les voiles, cordages et filets des bateaux mis en cale sèche. Courbant le dos, Puebla entra après avoir scruté les environs pour s'assurer qu'aucune curiosité ne s'y manifestait. Il frotta une allumette avec laquelle il alluma une lampe sourde, et se mit en devoir de dégager un alignement de rondins qui dissimulaient des paquets recouverts de papier gris, de la grosseur d'une brique. Il en compta vingt qu'il enfourna dans un sac de jute, replaça le bois en camouflage et sortit alors que les premiers traits du phare du Havelet déchiraient les ténèbres naissantes. Il demeura la tête enfouie dans les carcasses de moutons du Câtel, une partie de la nuit, protégeant la marchandise au moyen de linges enduits de paraffine, puis la maintenant aux os des cages thoraciques par des fils de raphia cousus dans la chair. Au matin, depuis son refuge du Cornet, debout sur un rocher qui dominait l'anse, son meilleur œil collé à la longue-vue, il ne perdit pas une seule phase de l'embarquement des ovins dépecés. Le battement grave des pistons de *La Galande* parvenait jusqu'à lui qu'accompagnaient les ordres des marins, au cabestan, et les cris de gamins en partance pour le continent. Il ne rentra qu'au moment où les cheminées du vapeur furent absorbées par la ligne d'horizon. Le soir, tête nue sous le crachin, il se tenait au même endroit, dans la même position et observait les visages de ceux qui retrouvaient les quais de Saint-Pierre, au retour d'une journée de commerce à Granville. Jusqu'au dernier instant, il espéra reconnaître la silhouette massive de Serques le boucher, mais il lui fallut bien se rendre à l'évidence quand on releva la passerelle : le redoutable manieur de merlin de l'abattoir du Câtel ne faisait pas partie du voyage. Le capitaine en second confirma que Serques avait rejoint les appréhendés du milieu de semaine, derrière les murs de la forteresse de Saint-Lô. Il raconta jusqu'à plus soif, dans les cabarets de la rue des Cornets, que les douaniers étaient allés droit sur lui comme s'il s'était appelé Panurge. Deux jours plus tard, il exhibait une lettre manuscrite à l'orthographe maladroite que Puebla récupéra pour la remettre au chef. Elle émanait d'un gendarme départemental appartenant à la 4e Légion de la Compagnie de la Manche, lieutenance d'Avranches, Brigade de Granville :

« *Ce jour 16 septembre, à deux heures de l'après-midi, nous Mauny Paul, Maréchal des Logis, et Ferret Jean-Pierre, gendarme à la brigade de Granville (Manche) revêtus de notre uniforme, soussignés, rapportant qu'étant de service vers les dix heures du matin, pour la visite de la vapeur des îles à Granville, monsieur Villedieu Gustave, sous-inspecteur des Douanes, ma dit au moment où la vapeur accoste l'escalier de la jetée où lon descend pour faire la visite de la vapeur :*

— Avez-vous visité les bêtes au dernier voyage ?

J'ai répondu, moi, maréchal des Logis :

— Non.

À quoi il me fut rétorqué :

— Cette fois ne loubliez pas.

Au voyage précédent, nous avions saisi, en flagrant délit, des marchandises illicites sur des hommes vêtus de pantalons très larges qui les tenaient maintenues à laide de ficelles, ainsi que dans leurs chausses. Elles étaient cette fois dissimulées en fraguements dans des cadavres de moutons appartenant à un marchand du Câtel nommé François Serques quil expédie chaque semaine à une maison de confiance, les Salaisons coutançaises, dont lhonorabilité doit être mise en cause. »

Ainsi qu'à son habitude, l'homme se tenait dans l'encoignure, les traits obscurcis par l'ombre du mur. Une chienne au poil cendré était couchée à ses pieds, et quand elle remuait il prononçait son nom sur un ton de reproche : « Chougna. » À un moment, la feuille de papier blanc capta un rayon de soleil qu'elle renvoya vers son visage, éclairant les mèches de cheveux gris qui enserraient des joues impeccablement rasées. Il reposa le rapport sur la table, y plaqua la main pour le faire glisser vers Puebla.

— Tu ne m'enlèveras jamais le doute que nous avons été donnés. Il suffit de lire la prose de ce Mauny, et je ne parle pas de son ignorance de l'apostrophe, de ses « fraguements » un peu trop généreux, pour constater que c'est tout sauf une flèche. Pourtant, au débarcadère, il se dirige droit sur le cœur de la cible sans la moindre hésitation... Ce furent nos moutons, mais l'innocence d'un agneau n'y aurait pas survécu. À mon avis, on a parlé. Bien sûr, cela ne remet pas en cause la promesse que je t'ai faite d'écouter tes conseils. Propose et j'ordonnerai...

Puebla se saisit du pichet pour emplir son verre de vin. Il se lança, la rasade lui donnant l'illusion du courage.

— Cela ne servirait à rien d'essayer par les lignes de Cherbourg ou Port-Bail, d'envoyer des barques vers les plages. Le Cotentin est hérissé de casemates, la douane tient la Manche dans sa main, c'est tout juste s'ils ne connaissent pas les prénoms des poissons. En comptant sur la chance, on pourrait tout au plus faire franchir la frontière, en un mois, à un petit dixième de ce que nous avons en stock. Le reste serait irrémédiablement perdu. Je ne vois qu'une solution : il faut nous tourner vers vos amis de Trégastel et Ploumanach... La route est plus difficile...

Le chef l'interrompit.

— Nous nous y sommes déjà frottés, Puebla, rappelle-toi ! Dans cette tentative nous avons abîmé *Le Salem* sur les écueils des Douvres. La mort de ces deux marins me hante encore. On m'avait rapporté ce proverbe bien avant le naufrage : « Si tu doubles de nuit les Douvres, les portes de l'Enfer tu ouvres », et je n'y avais pas prêté attention. Depuis, j'ai consulté les cartes. Les roches tranchantes affleurent, cachées par l'écume, au-dessous les épaves s'accumulent. C'est le cimetière le plus profond au monde. Je ne tenterai rien qui mette la vie des hommes en péril. Aucune contrebande ne vaut ce prix, et tiens-le-toi pour dit.

Puebla savait ces escarpements contournés dans sa jeunesse et qui, des dizaines d'années plus tard, nourrissaient encore ses cauchemars, transformaient ses nuits en tourments. Il n'y avait rien d'autre que les abîmes de mer et le vent qui semblaient naître ici et y mourir. Un seul homme, disait-on, avait survécu quelques jours accroché à un piton après un sinistre. Les crabes avaient attendu l'heure du festin, comme des vautours marins.

— Dans l'obscurité, personne ne peut échapper à ce piège mouvant, je vous l'accorde. Mais de jour, une attention de tous les instants suffit à passer le cap et à échapper aux remous. Les embarcations des gabelous sont désavantagées à la manœuvre sur ces hauts-fonds, elles sont trop lourdes, trop pataudes. Il faudrait pouvoir disposer d'un petit bateau à faible tirant d'eau, muni d'une voilure puissante et taillé de telle façon qu'il reste stable sur la houle... Il leur filerait sous le nez...

— J'ai observé depuis des mois ce qui s'amarre au port... Quand un voilier possède deux des qualités que tu décris, la troisième lui fait défaut. Cela nécessiterait de le dessiner, le donner à construire. Le temps nous manque, hélas.

Un sourire effaça les rides du contrebandier.

— Pas besoin d'affûter les rabots, il existe déjà ! N'entreprenez rien pendant mon absence. Laissez-moi deux semaines, et je serai de retour avec l'homme et le matériel qui régleront l'ensemble de nos problèmes.

Puebla s'embarqua sur le vapeur de Granville dès le lendemain, lesté d'un sac de marin et de quelques billets destinés à payer les malles-poste, plus rapides que les lignes régulières de voyageurs, ainsi que les aubergistes bretons. Les douaniers affectés à la porte du continent étaient jeunes pour la plupart. Ils ne le connaissaient que de réputation, et le regardaient comme on le fait pour une vieillerie soudain exhumée d'un placard. L'un d'eux, plus dévoué à sa cause ou plus ambitieux, se dirigea vers lui en se présentant comme maréchal des Logis et Puebla comprit qu'il avait affaire à Mauny, le gabelou orphelin d'apostrophes. Il se laissa fouiller, on ausculta même sa canne torsadée. Il vit naître de l'envie au comptage des valeurs, et salua la maréchaussée depuis son siège surélevé tandis que le cocher fouettait les chevaux du service postal de Rennes. On changea de montures à Avranches puis à Antrain où l'on dormit. Une autre voiture partait à l'aube pour la cité des ducs de Bretagne et de là, après une journée de repos, de retrouvailles avec un capitaine qui l'avait sauvé d'une mort certaine au large de Valparaíso, il fila vers Vannes dont il atteignit les remparts avant que ne tombe le soir sur le quatrième jour. Le reste du chemin, il avait décidé de l'effectuer à pied en longeant tout d'abord les eaux douces de la rivière Noyalo qui partageaient en deux cette partie du golfe du Morbihan, puis en bifurquant vers la presqu'île de Séné, terme de son voyage. Des haies tremblantes d'ajoncs séparaient le sentier des baules, ces prairies inondables couleur d'argile sur lesquelles paludiers et sauniers prélevaient la fleur de sel. Il en croisa quelques-uns qui ratissaient la fine couche liquide à l'aide du las et le regardèrent par en dessous tout en confortant leur tas nacré sur le trémet. Tout inconnu est une menace. Pour ces culs-salés, la vie avait le même attrait qu'a la saumure pour une plaie, et de tout temps on échappait à la misère au moyen de la contrebande. Ici, la méfiance était une seconde nature. Dans ce pays de marais, de vasières, de canaux, de rivières incertaines, la fraude devait disposer d'embarcations accordées au paysage et à ses éléments. Des générations s'étaient relayées pour mettre au point une chaloupe non pontée dont des dizaines d'exemplaires sillonnaient le golfe et la baie de Quiberon. Yann Le Bris appartenait à cette lignée, et c'est à sa porte que Puebla était venu frapper. À bord de son sinago, coque en bois noir et voilure rouge, il braconnait dans les parcs ostréicoles, emplissait des sacs de sel et transportait toutes les marchandises dont la différence de taxation, d'une province à une autre, procurait un bénéfice. Il parlait surtout le vannetais mais avait fait l'effort d'acquérir le français. Au-dessus de l'entrée de sa masure, un cadran solaire hérité de son père évoquait l'implacable enchaînement des heures, en latin : « *Omnes vulnerant, ultima necat.* » Toutes blessent, la dernière tue.

Puebla s'avança dans la pièce au sol battu. Une femme attisait le feu, courbée devant la cheminée. Yann Le Bris, un homme d'une cinquantaine d'années, râblé, visage rond et sanguin, désigna le banc à l'arrivant.

— Comme ça, tu es encore en vie, vieille carne ! Je ne croyais jamais te revoir... Quand je t'ai laissé devant Bayonne, tu étais en mauvaise compagnie. Les Guipúzcoans ne t'ont pas fait danser sous la grande hune ?

Ce n'était pas son meilleur souvenir. Puebla sentait encore le rêche de la corde sur sa gorge, et il l'effaça d'un geste de la main. Il prit place et serra ses doigts autour du verre empli de vin.

— Je suis venu te proposer une affaire, de l'autre côté des terres, au large de Bréhat...

Il surprit la lueur d'intérêt dans le regard que la femme lança à un Le Bris faussement indifférent.

— Je ne vois pas ce que j'irais chercher à l'autre bout du monde, il y a bien assez de travail par ici.

— Il y a du travail, c'est vrai mais il faut le payer cher. Je me suis laissé dire que la caserne des Quatre-Vents était pleine à craquer, qu'ils étaient plus de cent douaniers dans le cantonnement et le double encore sur tout le périmètre de la Petite Mer... Les bicornes sont plus nombreux que les récifs, et pas moins dangereux... En remontant le long du port, j'ai vu des bateaux sérieusement amochés, preuve qu'ils n'hésitent pas à vous tirer au pierrier. Ils t'ont déjà pris pour cible ?

Le contrebandier dut en convenir.

— Ils ne choisissent plus leurs nouvelles recrues chez les gars du pays, ce sont presque tous des gens qu'ils font monter de Paris. Avant, on se parlait... Maintenant, c'est la guerre. Et toi, qu'est-ce que tu trafiques du côté de Bréhat ?

La question avait valeur d'engagement. Au cours de la soirée, Puebla lui expliqua ce qu'on exigerait de lui sans masquer les difficultés qui l'attendaient. Les guetteurs du Cotentin étaient sur le qui-vive, plus rien ne passait, et les moindres tentatives se soldaient par des arrestations massives.

— On a tout essayé, pris tous les risques : appareillage par nuit sans lune, dans la brume épaisse, le brouillard glaçant, par vent de terre ou marée de morte-eau. Rien n'y fait, la maréchaussée est chaque fois au rendez-vous. Il nous faut délaisser les ports normands, nous diriger vers l'Armor, atteindre la pointe de l'Arcouest, les criques de Perros-Guirec.

Le Bris bourra sa pipe, se la ficha entre les dents et l'alluma tout en parlant.

— Pour aller de Saint-Pierre-Port à Bréhat, dis-moi si je me trompe, on pique droit sur les Douvres, non ?

Puebla acquiesça.

— On les a plein nez, et c'est pour ça que j'ai besoin de toi et de ton sinago. Si les garde-côtes te prennent en chasse, tu peux naviguer tellement près des rochers que même le plus intrépide de ces vautours se signera pour faire descendre sur toi la protection de la Vierge ! Ils amèneront les voiles comme on met chapeau bas devant un seigneur.

Le jour se levait sur le miroir salin des marais, les sternes, les goélands et les mouettes sillonnaient à nouveau le ciel orangé quand Le Bris se décida à conclure leur contrat tacite.

— Il n'y a qu'une denrée que je n'accepte pas de monter à bord : la fausse monnaie. La mise est trop élevée. Pour tout le reste, je suis ton homme, Puebla. Il faut simplement que tu me dises ce que je mets dans mes cales et comment se fait le partage.

Le vieil homme délaissa sa canne et s'aida du bord de la table pour progresser jusqu'à la cheminée où une bûche finissait de se consumer.

— Nous ne sommes que trois à partager le secret : le Chef dont il m'est impossible de te révéler l'identité, un proscrit du nom d'Allix qui tue son temps de relégation à observer la démarche parallèle des escargots, et enfin moi. La marchandise a le poids exact de la fausse monnaie mais ça n'en est pas, elle vaut davantage que l'or et est beaucoup plus explosive que la poudre... C'est tout ce qu'il t'est donné de savoir. Sur le chemin, on m'a confié qu'en pays de Vannes et de Lorient la coutume était d'abandonner un tiers du chargement au passeur. J'ai obtenu qu'on aille jusqu'aux quatre dixièmes qui te seront comptés au moment du débarquement réussi.

Puebla plongea une main dans la poche de son vêtement pour saisir la liasse dont il détacha lentement trois billets devant le regard fiévreux du contrebandier. Il les lui tendit, décourageant toute velléité de marchandage.

— Ceci te dédommagera du voyage vers Saint-Pierre-Port comme du retour... Vérifie ton matériel et procure-toi des vivres pour une semaine, nous partirons demain au premier cri de mouette.

Toute la journée ainsi qu'une partie de la nuit, une pluie si fine qu'elle ne marquait pas la surface de l'eau avait trempé le paysage, alourdi les voiles rouges du sinago. Au petit matin, alors qu'ils appareillaient, un vent de nord s'était levé, avalant l'humidité. Ils doublèrent la pointe d'Arradon et filèrent sous la brise entre l'île d'Arz et l'île aux Moines avant de suivre les promontoires rocheux de la presqu'île de Rhuys jusqu'au goulet de Port-Navalo. Le Bris reconnaissait les navires à leur silhouette, au premier coup d'œil, saluait les équipages.

— Tiens, regarde, c'est *L'Impériale*, le dundee de Jean Prévédal... Il est armé au thon et retourne à Concarneau. Et là-bas, en route pour Sauzon, c'est la gabare de Reybaut. J'ai navigué dessus pendant toute une campagne. Elle a été construite par un des meilleurs armateurs de Bretagne, le père Keraudren, dans les chantiers de Quelern. Les Vendéens lui ont volé le coup de crayon pour leurs Gazelles des Sables !

L'intérêt qu'il portait aux constructeurs n'était pas feint. Il avait lui-même dessiné les plans de son voilier, choisi les arbres de la coque et des mâts dans la forêt de Brocéliande, cousu et teint au cachou les deux grands-voiles rectangulaires, poli le bois dur du gouvernail.

Ils ne quittèrent jamais les côtes des yeux et se relayèrent à la manœuvre, ne s'accordant que quelques heures de mouillage dans les criques abritées de Bénodel puis de Lannilis, de part et d'autre des fins de terres. Au quatrième jour, ils furent en vue de Trébeurden. Puebla dirigea le sinago entre les rochers roses affleurant et vint accoster à l'écart du port de l'île Grande, près d'une falaise de granit qu'attaquaient les scies des carriers.

— Tu vois l'amas de pierres au bout de ce chemin ? Les gens d'ici l'ont baptisé le Corps de Garde. Le 15 de ce mois, à la nuit noire, j'agiterai une lampe de tempête depuis son sommet et tu te laisseras dériver jusqu'à la grève de Pors-Gwen. D'ici là, j'aurais eu le temps de rencontrer certains de nos solides amis et tout sera en place pour emmener le chargement vers Paris. Tu as bien retenu ce que tu dois faire dès ton arrivée à Saint-Pierre-Port ?

— Je te l'ai récité cent fois ! Je demande Allix l'escargoteur, à l'auberge de la rue des Cornets, et je le suis sur la lande où il me remettra les deux coffres que je transporterai jusqu'ici... On a bien dit les quatre dixièmes ?

Le front de Puebla se creusa de mille rides.

— Pourquoi reviens-tu là-dessus ? Je n'ai jamais trahi ma parole...

Le Bris donna un coup de talon sur le fond de cale de sa chaloupe.

— Entre l'enfer et moi, il n'y a que cette planche... Un dixième de plus, c'est beaucoup, mais ce n'est pas de trop.

Il se retourna, hissa la plus grande des deux voiles rectangulaires et gagna la haute mer. Une fine bisquine des douanes, dissimulée derrière un îlot noirâtre, fondit sur lui et l'arraisonna en limite des eaux anglaises. Il les avait vus se préparer, comme à l'exercice, et aurait facilement pu leur échapper. Il fit semblant de prendre du vent, d'organiser leur poursuite sans même qu'ils s'en rendent compte, pour mieux se mettre à leur disposition aux premières sommations, à quelques miles de son point de fuite. La chasse vite interrompue avait aiguisé l'appétit des gabelous et leur déception n'en fut que plus intense. Il dormit en mer devant les brisants du Tas de Pois d'Aval pour ne débarquer au Havelet qu'au petit jour alors que les pêcheurs vérifiaient leurs filets et préparaient leurs casiers. En ville, l'aubergiste n'avait pas encore soulevé de leurs encoches les panneaux de bois qui obturaient les fenêtres de la salle du bas. Le marin s'installa sur le banc de pierre qui courait le long de la façade et attendit en fumant des pipes. Si les passants le dévisageaient, il le leur rendait bien. Il sut qu'il avait trouvé son homme quand un escogriffe habillé d'un complet avachi et d'une redingote fripée, les cheveux raides et ternes dépassant d'un chapeau en forme de tuyau, apparut au milieu du raidillon, les mains retournées comme on le voit sur certaines représentations du Christ, un escargot gris alangui dans chaque paume. Le Bris marcha vers lui et le salua d'un simple mouvement de la tête. Le proscrit lui répondit par un large sourire qui découvrit deux rangées de dents déchaussées.

— Vous êtes l'envoyé de Puebla, n'est-ce pas... Quand on observe les mouvements de leurs cornes, que l'on ressent leur tressaillement, l'écoulement de leur fluide, c'est comme si l'événement s'était déjà produit. Ils le savaient et me l'avaient dit. Je vous emmène ?

Le Bris se plaça dans son sillage, à quelques mètres de distance, de crainte de manifester trop de familiarité avec l'original, aux yeux des habitants qu'ils croisaient. Parvenu devant la maison basse cachée par les ajoncs, Allix posa délicatement ses deux gastéropodes au creux d'un lit d'herbe et engagea une clef dans la serrure. La lumière du jour se posa sur deux coffres de bois, de cuir et de tissu épais, dont les couvercles étaient tenus fermés par des cadenas neufs et imposants. Ils les chargèrent et les assujettirent au moyen de cordes sur une charrette à deux roues à laquelle ils s'attelèrent avant d'emprunter un sentier étroit qui menait au Havelet. On vint les aider pour les transborder sur le sinago et Le Bris s'en étonna auprès d'Allix qui haussa les épaules.

— Les Anglais se contrefichent de notre contrebande. Ils laissent faire, ils n'y comprennent rien. C'est en face que ça gêne. Sur le continent...

Le sinago déploya ses voiles pour gagner l'abri des

esquifs des Hanois. Dans l'ombre du phare, Le Bris passa la journée à scruter les moindres pièces de son bâtiment et la nuit à dormir, enroulé dans une couverture, entre les deux coffres. Il s'élança au premier rougeoiement du soleil tandis qu'un vent de petite force se levait à l'ouest. La chaloupe glissait sur une eau presque dépourvue d'écume. La première partie du voyage se déroula sans encombre. Les choses se gâtèrent en vue des Douvres où deux pataches hérissées de bicornes s'étaient mises en embuscade. Le contrebandier se dirigea droit sur les pitons marins protégés par plusieurs lignes de roches coupantes comme le rasoir, pointues comme des lances et se faufila entre les dangers mortels pour la coque avec l'aisance d'un duelliste, la grâce d'une danseuse orientale. Sur les lourdes embarcations des douaniers tenues à distance, les canonniers ajustèrent leurs tirs. Les premières salves creusèrent des cratères vite engloutis par l'océan, puis ce fut le granit noir qui partit en éclats tout alentour. Le faible tirant d'eau du sinago, sa voilure mobile permettaient toutes les audaces et Le Bris dirigeait son étrave là où le meilleur des navigateurs aurait perdu une barque. Il traversa le récif tandis que ses poursuivants étaient contraints d'en faire le tour et mit toute la voile dès qu'il fut sur les hauts-fonds. La nuit le trouva devant les falaises roses de Ploumanach dont les découpes, en ombres chinoises sur un quart de lune, déroulaient tout un bestiaire fantasmagorique, des silhouettes d'autant plus inquiétantes qu'elles étaient immobiles. Il fut bientôt en vue du Corps de Garde de l'île Grande et mouilla au droit de la carrière marine jusqu'à ce qu'il distingue, trente mètres au-dessus des flots, la lumière du fanal. Il sortit la rame pour s'approcher des coupes dans la pierre, s'amarrer au montant d'un palan. Puebla était là, enveloppé dans une cape sombre d'où pointait sa canne torsadée. Les quatre hommes silencieux qui l'accompagnaient grimpèrent à bord pour se saisir des coffres. Ils les portèrent à travers la lande jusqu'à un dolmen, une allée couverte, où attendait une voiture tirée par deux chevaux. L'ancien flibustier s'agenouilla pour libérer les serrures. La lampe que tenait Le Bris éclaira des rangées de paquets gris de la taille d'une brique. Les six dixièmes passèrent de main en main pour finir par alourdir la malle arrière du coche. Puebla grimpa sur le marchepied, se saisit des rênes, du fouet tandis que ses complices prenaient place à l'intérieur.

— Il ne faut pas que l'on s'attarde : la marée va monter et nous interdire le passage du gué...

Le Bris les regarda s'éloigner, puis il s'accroupit à son tour pour prendre l'un des paquets et en déchirer l'enveloppe cartonnée. Une dizaine de petits blocs de couleur marron clair tombèrent sur le sol humide. Il en ramassa un et s'aperçut qu'il tenait un livre d'un format minuscule, la moitié d'un missel... Il le retourna mais la couverture tout autant que le verso et la tranche étaient muets. Interloqué, nerveux, il feuilleta l'ouvrage et lut l'indication portée en petits caractères sur la page de garde : « Genève et New York, 1853, Imprimerie Universelle, Saint-Hélier, Dorset Street, 19. » Un titre en capitales barrait la page suivante : *CHÂTIMENTS*. Il l'ouvrit au hasard dans la clarté blafarde :

Ceux qui vivent, ce sont ceux qui luttent; ce sont
Ceux dont un dessein ferme emplit l'âme et le front,
Ceux qui d'un haut destin gravissent l'âpre cime,
Ceux qui marchent pensifs, épris d'un but sublime,
Ayant devant les yeux sans cesse, nuit et jour,
Ou quelque saint labeur ou quelque grand amour.

*

Une semaine plus tard, après avoir déposé l'édition clandestine des *Châtiments* dans une dizaine de librairies parisiennes que la police et les mouchards de Napoléon III n'avaient pas repérées, Puebla fêtait son retour à Guernesey. L'auberge de la rue des Cornets était pleine de proscrits, d'exilés. L'homme qui se tenait rencogné dans l'ombre, le visage auréolé de cheveux gris, l'écoutait raconter les détails de son expédition. Quand il en arriva à l'épisode du dolmen, Victor Hugo s'esclaffa et, comme pour s'excuser, il eut ce mot :

— *Je contemple mon temps; j'en ai le droit, je pense,*
Souffrir étant mon lot, rire est ma récompense.

LE REPOS DE LA MONTAGNE

Une lumière de midi, blanche et sans ombre, découpe les toits, les clochers de Paris. Elle inonde les centaines de photos répandues sur la table parmi lesquelles Willy Ronis choisit celles qui composent aujourd'hui l'édition définitive du livre *Belleville-Ménilmontant.* Volutes épaisses des fumées de locomotives, cheminées chapeautées, escaliers à flanc de buttes enserrés par des grilles au garde-à-vous, passerelles élégantes jetées au-dessus des voies de Petite Ceinture, silhouettes solitaires s'étirant sur l'herbe rare des terrains de vague à l'âme, lampions, néons et quinquets illuminant le regard des amoureux.

Les montagnes de Paris ont toujours chaviré les cœurs, et si c'est en rangs serrés que les peintres se sont lancés à la conquête de Montmartre, de Montparnasse, c'est aux photographes que l'on doit de s'être aperçus que Belleville cachait pentes et côtes dans Ménilmontant. Terre ancienne de paysans puis de villégiature, le village libre avait accueilli les ouvriers chassés par la rénovation du centre de la capitale entreprise par le baron Haussmann. Annexés quelques années plus tard aux deux derniers arrondissements de ce Paris qui les avait rejetés, les habitants ne s'étaient jamais départis d'un caractère frondeur et rebelle :

leurs ombres, dans les venelles, faisaient peser comme une menace sur les façades rigoureusement alignées des quartiers favorisés. Les gens de la ville s'y aventuraient quelquefois, à la recherche de frissons de guinguettes, franchissant comme une frontière les vestiges de la barrière d'octroi. C'est que les plaisirs ne manquaient pas entre les boulevards et la zone : de retour du bagne de l'Île des Pins, un communard amnistié avait même ouvert un restaurant exotique où les garçons, déguisés en bagnards zébrés, servaient la clientèle traînant à leur pied un boulet de bois peint en noir ! Ici, chaque rue est une énigme, chaque maison possède sa légende, chaque visage recèle un trésor, et si les habitants y sont simples, leur vie n'est pas ordinaire. On n'y rencontre pas de têtes d'affiche, de vedettes, d'hommes de bronze au poitrail couvert de médailles, mais toute une humanité de figurants, de seconds rôles, sans lesquels, on le sait, l'histoire ne se fait pas.

L'appareil photo a inventé un temps le passé indéfini, qui intègre le présent des êtres, des choses, et la nostalgie de leur soudaine absence. Ce temps de la photo ne pouvait être plus perceptible ailleurs qu'à Belleville, dans ce décor qu'arpentait Georges Perec, l'auteur de *La Vie, mode d'emploi* et de *La Disparition*, qui tentait de renouer les fils rompus de l'enfance en tissant la trame inlassable de l'écriture : « Nous vivions à Paris, dans le 20e arrondissement, rue Vilin ; c'est une petite rue qui part de la rue des Couronnes, et qui monte, en esquissant vaguement la forme d'un S, jusqu'à des escaliers abrupts qui mènent à la rue du Transvaal et à la rue Olivier-Métra [...] La rue Vilin est aujourd'hui aux trois quarts détruite. »

Depuis, le dernier quart a été englouti à son tour, et ne nous reste de cette voie que ces mots et quelques clichés d'Henri Guérard, de François-Xavier Bouchart, de Willy

Ronis. Après un long hiver de friches, de détritus, de carcasses calcinées, de façades aveugles, un parc est né sur les pentes qu'adoucissent les rires des enfants. Il arrive que des objets échappent au désastre du temps. La presse se fait régulièrement l'écho de cartes postales, de lettres d'amour, tombées derrière une machine de centre de tri, comme dans une faille temporelle, et remises des décennies plus tard à un destinataire incrédule. Il m'arrive d'en imaginer et, les yeux fermés, de lire ces courriers virtuels sur l'envers de mes paupières. Cette missive, par exemple, adressée à « monsieur Ronis, photographe », dont le compostage, très pâle, indiquerait qu'elle a été envoyée du bureau parisien de la rue des Pyrénées. Le courrier comporterait quatre feuilles de papier ordinaire recouvertes au recto comme au verso d'une écriture serrée, élégante, tracée à la plume, semblable à celle que l'on voit sur les diplômes anciens. Pleins et déliés, majuscules emberlificotées... La date inscrite en en-tête, à droite, serait celle du printemps, la veille d'apposition du cachet de la poste. Une mauvaise photocopie sur papier thermique l'accompagnerait. On y verrait un homme fatigué s'apprêtant à escalader les degrés de la rue Vilin. Il regarde des enfants qui jouent sur le trottoir, tandis que, derrière lui, un ouvrier en salopette et maillot de corps profite de la fraîcheur enclose du Repos de la Montagne.

Belleville, le 20 mars 1985.

Cher monsieur,

Je vous écris ces quelques mots après m'être reconnu sur une des photos du livre *Belleville-Ménilmontant* que vous venez de republier et qui comporte une préface de Pierre Mac Orlan, un écrivain que je vénère. Croyez bien que cette intimité de papier avec l'auteur du *Quai des Brumes*, de *Quartier réservé*, m'honore et si je ne vous dévoile pas mon identité, je vous demande de ne pas ravaler la missive que vous tenez entre vos mains au médiocre rang de lettre anonyme. La discrétion seule me dicte ma conduite : ma vie n'a pas été sans reproches, et je ne voudrais pas mettre dans l'embarras ceux qui, par inadvertance, ont croisé ma route. Je me souviens de ce jour de l'été 1957, quand vous m'avez surpris. Je revenais dans mon quartier natal, au terme d'un long exil. Dix années avaient passé depuis la dernière fois où j'avais foulé les rudes escaliers de la rue Vilin. Le train m'avait laissé à la gare Saint-Lazare, et bien que je sois lourdement chargé, j'étais sorti du métro à la station Belleville, tout en bas de la colline, afin de refaire connaissance avec les rues, les façades, les terrasses de ce qui était encore un village, avant que des promoteurs sans âme ne le saccagent. À chaque pas, je faisais l'inventaire de ce qui subsistait et de ce qui n'était plus. Et ce n'est qu'arrivé devant le café du Repos de la Montagne que j'ai posé ma valise, pour reprendre des forces avant d'entreprendre l'ascension vers les Envierges. Je transpirais sous ma veste. Un homme en bleu de travail était attablé, dans la pénombre du café, un autre bricolait une motocyclette derrière les grilles rouillées, tandis que quatre enfants jouaient au bas de l'escalier, là où la chaussée butait sur les premières marches. J'allais me décider à grimper quand la gamine a levé la tête. Nos regards se sont croisés et une émotion intense m'a submergé. Dans cet échange de hasard, en une fraction de seconde, toute ma vie a défilé. J'étais anéanti, et c'est très certainement ce qui explique que je n'ai pas remarqué votre présence : le monde se résumait à l'éclat de ses yeux. Il m'a fallu me battre contre moi-même pour échapper à cette fascination. J'ai repris ma valise et je suis monté droit, croyant tourner à jamais le dos au passé mais l'oubli n'est jamais venu. J'ai ressenti un choc identique hier, tout aussi violent, en ouvrant votre livre sur cette double page. La seule différence, c'est qu'aujourd'hui je me sens capable de le regarder en face. Plus je fixe cette photo et plus je me dis qu'en un éclair, vous avez transformé le désordre de mon existence en harmonie. Autant vous l'avouer dès maintenant, la valise ne contenait pas de quelconques effets de vacances : on m'avait libéré de prison le matin même.

On me donne toujours plus que mon âge, mais je suis né deux années avant le siècle, au 104 de la rue de Ménilmontant, dans une petite construction de deux étages aujourd'hui remplacée par un immeuble qui singe sans moyens ni génie le style art-déco. Dans le quartier, on l'appelait la « Maison Tollard », à cause du nom à moitié effacé peint sur la vitre de la boutique de bimbeloterie, de rubans, d'articles de Paris, qui occupait le rez-de-chaussée. Elle était tenue par une vieille femme ridée, hirsute et moustachue, tout de noir vêtue, qu'on surnommait la sorcière. On m'a dit, beaucoup plus tard, qu'elle était la grand-tante maternelle d'Eugène Dabit, l'auteur de *L'Hôtel du Nord*, ce roman de bord de canal dans lequel tous les personnages locataires des époux Lecouvreur ont des gueules d'atmosphère. Je l'ai relu plusieurs fois, à la recherche de la fameuse réplique. En fait si, au-dessus des eaux grises de Saint-Martin, Arletty rétorque à Louis Jouvet qu'elle n'a pas une gueule d'atmosphère, on le doit à Henri Jeanson qui dialogua le film de Marcel Carné en 1939, et non à Eugène Dabit décédé, trois ans avant le tournage, dans un hôpital du port de Sébastopol d'où il s'apprêtait à revenir d'un voyage en Union soviétique effectué en compagnie d'André Gide et de Louis Guilloux.

Le dimanche, quand la boutique était fermée, la sorcière s'installait dans le jardin situé derrière la maison et relatait ses souvenirs de « communarde ». Elle s'enflammait en revivant les ultimes épisodes de ce rêve d'un peuple lancé à l'assaut du ciel : les dernières barricades hérissant le pavé bellevillois, les blessés achevés par les soldats d'Adolphe Thiers, la peine de mort immédiate pour ceux dont la poudre tachait les mains, les exécutions massives dans le cimetière du Père-Lachaise, le courage des élégantes crachant sur les cadavres. À un moment, dans un geste théâtral, elle se tournait vers la margelle qui trônait au milieu des roses trémières, des bosquets de lilas. Elle racontait comment elle avait sauvé un Fédéré promis à la mort en le cachant dans le puits, alors que les Versaillais investissaient le quartier. Son histoire était tellement précise, tellement sincère, que chaque fois que je pénétrais dans le jardin, je ne pouvais m'empêcher de me pencher au-dessus de l'assise pour voir si le rebelle s'y dissimulait encore. Une nuit d'orage, depuis ma fenêtre, j'ai vu un cheval blanc dévaler les pavés de Ménilmontant. Il se cabrait et hennissait à chaque coup de tonnerre, puis ce fut un dromadaire, des chèvres, des chiens qui passèrent comme dans un rêve. On apprit le lendemain que la foudre venait de détruire la clôture d'un cirque installé sur la zone.

Mon père travaillait un peu plus bas, dans les entrepôts de la gare de Petite Ceinture, au débouché du tunnel qui passe sous la colline de Belleville et une bonne partie des Buttes-Chaumont. Il déchargeait des marchandises de trains que d'autres convois, plus tard, emportaient. L'hiver surtout, la fumée chargée d'escarbilles des locomotives envahissait la tranchée du chemin de fer. Elle passait au travers des grilles, s'élevait jusqu'à la rue Henri-Chevreau pour venir absorber les volutes moins orgueilleuses qui sortaient des cheminées pointues des maisons, des ateliers. Seule la flèche grise de Notre-Dame-de-la-Croix parvenait à émerger de ce brouillard de chaudières. J'accompagnais quelquefois mon père au travail, le jeudi ou pendant les vacances scolaires. Au petit matin, dans les wagons à claires-voies d'interminables trains venant de Charonne-Marchandises, j'observais fasciné les milliers de bœufs, de moutons, de cochons, qui grognaient, bêlaient, mugissaient... Leurs cris mêlés me glaçaient le sang et j'étais persuadé qu'une force obscure leur avait permis de déchiffrer la sombre mais définitive signification des panneaux émaillés apposés sur le quai : « Abattoirs de la Villette, 3 km ».

Mon père a pris l'un de ces trains, à son tour, en août 1914, mais contrairement à des millions d'autres, il a eu la chance de bénéficier d'un billet de retour. Il restait silencieux sur ce qu'il avait vécu et ne manquait jamais de glisser une pièce aux éclopés qui sillonnaient le quartier, le rembourrage des béquilles calé sous les aisselles. L'un de ses collègues avait respiré de l'ypérite aux abords de Laon et une fois la semaine, pour soigner ses bronches, il se présentait à l'équarrissage où on lui servait un grand verre de sang frais. Le dimanche, mon père retrouvait des copains de son ancien régiment dans la grande salle de La Vielleuse, au bas de Belleville, et en attendant de faire un billard, ils parlaient du mauvais temps d'avant, face au miroir qu'un obus de la Grosse Bertha avait fêlé lors d'un bombardement sur Paris, en juin 1918. Une fois, ils avaient organisé un banquet dans un restaurant de la Place des Fêtes décoré en paillote. Le patron prétendait être un ancien forçat injustement condamné, libéré grâce à une série d'articles d'Albert Londres. Il racontait avec une foule de détails dans quelles conditions il avait croisé Guillaume Seznec au bagne de Guyane, ainsi que Dieudonné, un rescapé de la bande à Bonnot. J'y pensais le soir, en m'endormant, et leurs silhouettes immenses allongées sur le monde et sur Paris se confondaient avec celle de Cartouche, réfugié dans la Maison du Diable, au 33 de la rue des Couronnes, et arrêté le 14 octobre 1721 alors qu'il était attablé au cabaret Le Pistolet, situé entre Belleville et Ménilmontant dans le quartier qui l'avait vu naître vingt-huit ans auparavant.

J'ai obtenu mon certificat d'études avec la « mention bien », à l'école de la rue Olivier-Métra, puis j'ai travaillé dans toutes sortes de petites maisons du secteur. Les artisans se comptaient par centaines, par milliers, mécanique, ferblanterie, corroyage des cuirs et peaux, impressions en tout genre, électrolyse, menuiserie. Sans compter tous les petits métiers ambulants qui descendaient de la zone des fortifications : rétameur, affûteur de couteaux et de ciseaux, rempailleuses de chaises ou cardeur de matelas, marchands d'oublies. Tous avaient leur cri qui rythmait leur progression dans la rue : « Peaux d'lapins, peaux d'lapins », « Carreaux cassés, carreaux cassés, on répare... » Avant d'avoir vingt ans, on n'était pas pris au sérieux. Je me suis retrouvé arpète corvéable à merci chez un typographe, préposé aux commissions sur un chantier, affecté au balayage des écuries d'un fabricant de pains de glace, abonné aux boulots de nettoyage des tôles dans une usine de chaudronnerie. Il fallait se durcir la couenne pour que le métier rentre, et seuls les plus résistants avaient droit aux conseils des anciens !

J'ai échappé de justesse aux derniers combats de la Grande Guerre. À mon retour du régiment, la première vague de juifs chassés par les pogroms de Russie et de Pologne s'était échouée vers les rues Julien-Lacroix et Pali-Kao, sur les hauteurs de la rue Piat, tandis que les

Arméniens de Turquie rescapés des massacres de 1915 s'étaient installés en contrebas, de part et d'autre des boulevards. On trouvait toujours à s'employer une journée ou deux dans les ateliers de confection, de cuir et peaux des premiers, ou dans les petites entreprises de chaussures des seconds. J'ai déchiré des tickets à l'entrée du Palais du Travail, aux Folies, puis j'ai trouvé une place stable dans une fabrique de masques de carnaval de la rue de la Mare. On faisait aussi des guirlandes, des langues de belles-mères, des confettis. J'ai appris les secrets du moulage du carton bouilli sur les formes, le maniement des emporte-pièces pour la découpe. Des femmes assises de part et d'autre de grandes tables coloraient au pinceau les visages des princesses ou des sorcières avant de les vernir. Il y avait plusieurs jeunes veuves parmi elles, et leurs plaisanteries me faisaient monter le rouge aux joues à chaque fois que je leur apportais une cargaison de figures empilées. Je me réfugiais auprès du patron, un ancien dessinateur de presse dont les caricatures de ministres éphémères ornaient les murs. En suivant au plus près l'actualité du cinéma ou de la politique, il créait lui-même des modèles de masques dont l'ironie mordante faisait la réputation de la maison. Grâce à lui, on pouvait se payer la tête de Landru ou de Toutankhamon, celle de Chaplin ou de Douglas Fairbanks. La routine n'existait pas, et j'étais fier de rencontrer le résultat de mon travail accroché au moyen d'un élastique sur la tête d'un gamin de Paris. Ça me plaisait tellement que j'y suis resté près de vingt ans. Au moment du Front populaire, on tournait à plein avec Léon Blum et Maurice Thorez, et si notre catalogue proposait l'effigie du maréchal Pétain, c'était encore celle du vainqueur de Verdun. On nous demandait quelquefois le masque du moustachu allemand et de son compère, le chauve italien, mais le patron a toujours refusé de les mettre au programme. Il connaissait l'histoire de Belleville sur le bout des doigts. Une grande partie de ce que je sais me vient de lui. Il pouvait suivre à l'instinct le chemin de l'eau, depuis les terrains de zone du Pré-Saint-Gervais et de la Butte-du-Chapeau-Rouge, jusqu'au bas de la colline, montrer le tracé de l'aqueduc qui sillonne le quartier et donne leur nom humide à plusieurs voies comme les rues de la Mare, des Rigoles, des Cascades, des Noues. Il m'a fait découvrir de petites constructions, les regards, d'où l'on a accès aux canalisations. Le regard de la Lanterne, le regard Saint-Martin, celui de la Roquette, ou le regard des Messiers qui est aujourd'hui encore équipé d'un petit banc et d'une vasque dans laquelle on peut goûter l'eau des sources parisiennes. Installés à l'écart des canaux, du fleuve, il a toujours fallu se battre pour domestiquer l'eau, l'amener aux maisons.

Je n'ai jamais ressenti le besoin de quitter mon périmètre, d'aller me mettre au vert ou de partir en week-end. On avait tout sur place pour vivre heureux, la ville, la campagne, du travail, des cafés, des cinémas, et Paname à nos pieds... La chance a voulu que j'effectue mon service militaire sur les Maréchaux, à la caserne du boulevard Mortier, je manœuvrais sur les fortifs, et il a fallu que de sacrés ennuis me tombent sur le dos pour qu'à la veille de mes cinquante ans, on parvienne à m'éloigner de Belleville. Sur le boulevard et la colline il y avait une quinzaine de cinoches. J'avais un faible pour le Floréal à cause de son écran bordé de velours noir, comme un immense faire-part de deuil, et des photos agrandies de tous ces acteurs qui nous accueillaient avant de nous faire rêver : James Cagney, Edward G. Robinson, Mae West, Greta Garbo, Myrna Loy... En face, il y avait une salle de spectacles, Les

Folies-Belleville, où j'ai entendu Édith Piaf qui, selon la légende, serait née sur les marches du numéro 72, et aussi Fréhel qui prédisait l'avenir du quartier avec ses mots en galère :

Où sont-ils les amis, les copains ?
Où sont-ils tous mes vieux bals musettes ?
Leurs javas au son de l'accordéon ?
Où sont-ils mes repas sans galette ?
Avec un cornet de frites à dix ronds ?
Où sont-ils donc ?

Une ou deux fois par mois, on y donnait des représentations de pièces de théâtre en yiddish ou de sombres drames russes. Dans d'autres endroits, c'était des spectacles en arménien, dans plusieurs dialectes italiens vers la rue des Cascades, et aussi en grec lorsque toute une communauté est venue de Smyrne après l'annexion de la ville par les Turcs. Quand, grâce au Front populaire, nous avons obtenu nos deux premières semaines de congés payés, il m'arrivait d'en passer la moitié sans voir le jour. Je ne vivais que la nuit, filant d'une salle à l'autre, du Nox, qu'on a rebaptisé Le Berry, au Florida, du Cocorico avec son vitrail bombé en façade, au Ménil-Palace... Une fois sur deux, j'entrais à la resquille, par la sortie de secours que m'ouvrait une copine placeuse, ou bien je profitais de la cohue à la fin de l'entracte, quand tout le monde se précipitait du bar vers sa place, en entendant la sonnerie. L'entourloupe, je la pratiquais aussi sur le marché qui occupe le terre-plein, au milieu des boulevards. Je choisissais les commerçants qui avaient eu la mauvaise idée de prendre un copain ou une petite amie, pour les seconder. Je remplissais mon panier de fruits, de légumes, puis je tendais un beau billet craquant sur lequel mon compère me comptait la monnaie. En fait, il me glissait dans la paume plus de pièces que n'en valait la coupure ! Les heures s'évanouissaient en écoutant les boniments des vendeurs de cravates, de lacets, les harangues des inventeurs de ces potions magiques qui éliminent les cors aux pieds tout en faisant repousser les cheveux. Un marchand de primeurs avait embauché un géant chauve qui débarrassait à coups de machette les choux-fleurs de leurs trognons et de leurs feuilles vertes. Il les empilait comme des boulets de canons végétaux, et de temps en temps, pour impressionner les badauds, il se coiffait avec les fanes nervurées du légume et rugissait en montrant les dents, ce qui lui donnait l'apparence d'une créature de mauvais roman moyenâgeux.

Le dimanche, dès que les beaux jours s'annonçaient, je transférais mon quartier général chez Victor, une guinguette de l'impasse Compans, derrière la place des Fêtes. Pendant deux siècles, les restaurants, les bals, les tavernes avaient prospéré sur les pentes, entre les premières barrières des Fermiers généraux, et l'enceinte d'Adolphe Thiers, ce mur murant Paris pour rendre muets ses murmures. La bonne société parisienne, les étudiants n'aimaient rien tant que venir s'encanailler, l'espace d'une soirée, dans un bouge de la Courtille. La nuit de Mardi-Gras qui mène au mercredi des Cendres, derrière l'anonymat des masques et des déguisements, conduite par Milord l'Arsouille, c'est tout une humanité grisée par le Petit Ramponeau, un vin élevé sur la colline, qui convergeait en chantant vers le faubourg du Temple, jetant des œufs et de la farine sur les curieux. La tradition s'effilochait, mais il restait encore quelques traces de ce passé glorieux chez Marcel la Bohême, le patron de l'Alhambra Musette du boulevard de la Villette, au Ça Gaze, au Boléro et la Java, l'un des fiefs de Jo Privat, mais je me sentais davantage chez moi sous la tonnelle sur pilotis de Victor. On était pratiquement sur le point culminant de la ville. Tout Paris s'offrait à nos yeux, depuis la blanche basilique du Sacré-Cœur, érigée pour expier les crimes de la Commune et que mon père qualifiait de « pâtisserie confectionnée par un boucher », jusqu'au terrible et ténébreux fort de Romainville. Un de mes spectacles favoris, c'était de regarder à la jumelle le ballet des avions qui décollaient ou qui atterrissaient au Bourget, et pour rien au monde je n'aurais manqué le moindre meeting aérien. On mangeait au-dessus de deux rangs de vigne, les jardins enclavés faisaient des taches colorées sur les pentes. Rien n'était plus beau que la floraison des cerisiers, la gamme fragile et nacrée des pétales et leur pluie rose au moindre souffle de vent. Gamin, j'escaladais les murets pour y faire des razzias de fraises, de groseilles à maquereau, de feuilles de rhubarbe, de poires à la chair liquide. Les jours limpides, de grand beau temps, on distinguait, tout au fond, la barre vert sombre des frondaisons de la forêt de Senlis. L'esplanade était réservée aux joueurs de boules dont certains gagnaient largement leur vie en tutoyant le cochonnet. Je pouvais passer des heures entières à contempler le dessin de leur ombre sur la terre battue. Les mariages se succédaient, dans la salle des banquets; on venait du quartier, bien sûr, mais aussi de la banlieue pour profiter du point de vue. Les habitués de chez Victor n'étaient jamais de trop, et nous nous mêlions sans façon à la foule des invités qui tournoyaient sur la piste de danse. C'est là que j'ai connu ma femme en septembre 1938, un an jour pour jour avant la déclaration de la guerre. Sa meilleure amie, Mauricette, une vendeuse des Galeries bellevilloises du coin de la rue Rampal, articles de ménage, faïence, porcelaine, épousait Zelten, un bon copain, casquettier de son état, qui venait de s'installer à son compte dans une vieille boutique de la rue des Solitaires. Le coup de foudre. Je l'ai fait valser toute la nuit au rythme des accords de nacre d'un accordéoniste, sur ce toit de Paris, et sa longue chevelure rousse caressait les clochers des églises, effaçait la fumée des usines. Pour moi, il n'y avait plus qu'une couleur pour résumer notre planète, le vert des yeux d'Amélie, et j'égrenais les secondes que nous passions ensemble en comptant les taches de rousseur, sur ses joues. Elle travaillait aux entrepôts frigorifiques, dans un des coins les plus sinistres de la capitale, près des cokeries de la rue de l'Évangile, d'interminables bâtiments en béton coincés entre les voies marchandises de la région nord et les gazomètres de la porte d'Aubervilliers. Cela me crevait le cœur de la voir aspirée par ce décor. J'ai fini par lui dégoter une place d'assembleuse de postes de TSF dans une impasse sur laquelle s'allongeait l'ombre des châteaux d'eau de Belleville et des sirènes d'alerte posées sur le toit des réservoirs. Nous nous sommes mariés au printemps, à Notre-Dame-de-la-Croix. Ce nom, déjà, était un signe du destin, sur mon chemin, mais un autre clin d'œil du hasard aurait dû nous faire comprendre que nous n'irions pas très loin ensemble. Nous grimpions les marches de l'église, suivis par toute notre noce, quand les embrassades, les rires se sont figés. Un long corbillard automobile venait de se garer sur la place, suivi par plusieurs voitures emplies d'une humanité éplorée. D'autres personnes ont fait irruption de la nef, comme une vague noire à la crête de laquelle a flotté seule, un moment, la couronne blanche et vaporeuse d'Amélie. Le prêtre n'a rien trouvé de mieux que d'en rajouter, s'excusant d'une confusion d'horaires en début de cérémonie.

Le temps de trouver un appartement nous nous sommes installés dans un meublé de la rue des Partants. Trois mois plus tard, les Allemands arrivaient dans Paris ! Beaucoup de jeunes gars d'ici s'étaient engagés dans l'armée au moment de la mobilisation, bien qu'ils ne soient pas de nationalité française : ils voyaient les nouvelles d'outre-Rhin, aux actualités Pathé et ils savaient ce qui les attendait. Moi, même si j'étais jeune marié, j'avais passé la limite d'âge pour le service actif, on m'avait versé dans l'assistance aux civils. En cas de bombardement, je devais m'occuper d'un abri aménagé dans des carrières de gypse désaffectées. Il faut dire que les dernières armes que j'avais tenues entre les mains, c'était un arc et des flèches, dans le couloir de tir de la rue des Rigoles ! Je suis persuadé que Belleville est le quartier de Paris qui a le plus souffert pendant ces quatre années, mais ce qui est certain c'est qu'il ne s'est pas laissé faire. Pour les passants ordinaires, les noms portés sur les plaques commémoratives ne veulent pas dire grand-chose, moi j'y vois des visages, des regards emplis de vie et de rêves, j'entends les rires, les plaisanteries des copains. On faisait ce que j'appelle aujourd'hui de la « petite résistance », on inscrivait le V de la victoire sur les affiches du métro, on collait des papillons dupliqués au papier carbone sur les murs, les réverbères, on lâchait des tracts aux sorties des cinémas, des églises, sur les marchés. On savait qu'on risquait notre liberté, mais le prix à payer pour ces actions a rapidement été fixé, dès le début de 1941, quand ils ont fusillé Henri Beckerman, le fils d'un cordonnier de la rue Pali-Kao. Après, il ne se passait pas un mois sans que tombe un Bellevillois arménien, breton, juif, italien ou auvergnat. Et Nelly, une jeune fille d'un courage stupéfiant. Sans compter les déportés comme Henri Krasucki, un passionné d'opéra qui voulait toujours nous faire écouter ses galettes de cire sur son phono à manivelle, une vieillerie à aiguille en bois qui restituait tant bien que mal l'ouverture d'*Egmont*, celle de *Coriolan*, la *Cinquième Symphonie* de Beethoven... Je me souviens qu'un soir de mai 1944, un inconnu qui devait être originaire des bords de la mer Noire a descendu la rue de Belleville, en brandissant un drapeau rouge et en criant la nouvelle qu'il venait d'entendre sur Radio-Londres : « Sébastopol est libérée. » Trois mois plus tard, c'était enfin notre tour.

Après, la vie a peu à peu repris son cours; on s'est de nouveau habitué à l'ordinaire : coucher chaque soir dans le même lit, ne plus avoir peur des bruits de pas sur les pavés, regarder les gens dans les yeux, ne pas baisser la voix pour dire ce qu'on avait dans la tête et sur le cœur. Amélie avait décidé de rester dans sa famille, en Touraine, où elle s'était réfugiée lors de l'exode, et j'ai renoué avec mes vieilles manières de célibataire. Je ne loupais pas une seule fête, et c'est comme ça que je me suis retrouvé, un soir, dans un petit bar de la rue Julien-Lacroix, un coin qui avait vu naître Maurice Chevalier. Aussi incroyable que ça puisse paraître, le chanteur au canotier était accoudé au zinc, accompagné d'Édith Piaf et de Marcel Cerdan. Le boxeur n'était pas encore champion du monde des poids moyens, et amusait la galerie en soulevant des blocs de plomb de vingt-cinq kilos avec l'auriculaire ou en tordant des clous de charpentier avec les doigts d'une seule main. C'est là que ma vie a basculé, quand mon regard a accroché celui de Liliane, la fille du cafetier. J'ai eu immédiatement l'impression d'avoir son âge, de retrouver comme par enchantement mes vingt ans, alors que mon état civil en accusait plus du double. On se rencontrait en cachette dans les impasses sombres qui striaient la colline, derrière la place des Fêtes et sous les frondaisons des Buttes-Chaumont ou au Belvédère, dans le temple de la Sibylle. Des mois d'un bonheur aveugle. Je n'ai pas compris que, pour elle, ce n'était qu'un jeu. Tout s'est joué un soir où elle m'avait refusé un rendez-vous et que je tournais comme un fauve dans les ruelles de son quartier. À un moment, je me suis engagé dans l'impasse Julien-Lacroix, une voie étroite aux pavés disjoints qu'éclairaient quelques vieux réverbères, bordée de pavillons, de jardins protégés par des barrières. Un couple s'étreignait sous les branches tombantes d'un lilas. La nuit enrobait leurs traits. J'allais discrètement faire demi-tour quand un chien s'est mis à aboyer derrière la palissade. C'est Liliane qui m'a vu la première. Elle s'est détachée de son soupirant, un petit jeune à casquette, pour battre en retraite. Je ne sais pas ce qui m'a pris, mais toute raison m'avait abandonné. Je sais aujourd'hui que je frappais autant sur l'inconnu que sur ma jeunesse enfuie. Quand je me suis relevé, il ne bougeait plus. J'ai erré sur les quais de la Seine, jusqu'à la gare de Lyon où je suis monté dans un train de nuit qui m'a laissé à Marseille, le lendemain matin. J'ai essayé de me faufiler à bord d'un cargo, *La Belle Hortense*, qui appareillait pour Valparaíso et c'est là, sur un quai de la Joliette, qu'un policier a posé sa lourde main sur mon épaule.

Pendant ces dix années, coincé entre quatre murs, je n'ai pas rêvé une seule fois à Valparaíso... Seul Belleville, ses rues, ses bruits, emplissait mes nuits. Quand je remontais la rue Vilin à pied en traînant ma valise, ce jour de l'été 1957 où vous m'avez pris en photo, tous les souvenirs se bousculaient dans ma tête. Dix ans que je me repassais le film de cette ascension. J'étais saoulé autant par la chaleur que par les émotions. Je me suis appuyé sur la rampe de l'escalier pour calmer les battements de mon cœur. C'est à ce moment que la gamine d'une dizaine d'années qui jouait sur le trottoir s'est immobilisée et a levé les yeux vers moi. C'était le regard, le visage de Liliane, celle pour qui s'était envolée une partie de ma vie, et l'idée folle que cette enfant aurait pu être ma fille m'a traversé l'esprit. Il m'a fallu me battre contre moi-même pour ne pas la prendre dans mes bras, l'embrasser. Je me suis baissé pour reprendre la valise et j'ai remonté les escaliers de la rue Vilin sans me retourner sur mon passé dont aujourd'hui toutes les traces sont effacées. À l'exception d'une photo volée.

UN MAMMOUTH DE CONTREBANDE

Chaque jour, c'était pire que la veille, et il me fallait davantage de temps pour couvrir les quelques centaines de mètres qui menaient du canal Saint-Denis à la porte d'Aubervilliers que pour traverser la moitié de Paris. Les travaux de prolongement de la ligne de métro, en direction de la mairie, mangeaient la chaussée et on avait ménagé une voie provisoire sur l'ancien trottoir, qu'empruntaient en alternance les flots de voitures des pendulaires et les hordes de camions venus remplir les entrepôts en brique rouge des Magasins généraux. Au début, j'avais tenté de finasser, d'emprunter des parcours sinueux dans le maquis des pavillons de banlieue, des zones industrielles, des friches envahies d'herbe folle. Il avait bien fallu me rendre à l'évidence : je parcourais trois fois plus de chemin pour amputer d'une minute, au mieux, la rançon d'une demi-heure quotidienne d'embouteillage qu'exigeait de moi le progrès. Je lisais les journaux, j'écoutais la radio, je bâtissais le squelette de l'article que je devais écrire au cours de la journée, je captais le regard d'une inconnue, dans le rétroviseur... Ce matin-là, ça n'avançait vraiment pas : le laser avait eu le loisir de balayer chacun des titres de l'album de Radio-Tarifa que je n'avais pas encore fait la moitié du parcours. Des voitures de police se sont frayé un passage pour venir entourer une excavatrice, deux cents mètres plus haut. J'ai tout de suite pensé à un accident et, en bon journaliste, j'ai remonté à pied la file de voitures pour glaner des informations. Le trou, en contrebas, grouillait d'uniformes. Un gradé déroulait du ruban rouge et jaune pour délimiter un périmètre de sécurité que j'ai pu franchir en agitant ma carte de presse barrée de tricolore. Je suis venu me planter devant le chef de chantier qui ne cessait de soulever son casque pour se gratter le crâne.

— Qu'est-ce qui se passe, vous avez un problème ?

Il m'a fixé d'un air désabusé.

— Il faut tout arrêter : on vient de crever le plafond d'une caverne. En plus, elle est bourrée d'os de mammouths...

Je l'ai suivi quand il est descendu dans la tranchée, appelé par un inspecteur en civil qui voulait connaître les circonstances exactes de la découverte. Je me suis accroupi devant le trou béant qu'avait fait l'outil de la pelleteuse et qu'éclairait un projecteur relié à une batterie de camion. On distinguait les parois d'une galerie assez étroite étayée par quelques madriers dont certains étaient posés sur de grosses pierres. Plus loin, un pilier constitué de roches plates soutenait le ciel d'une carrière. Un objet brillait dans le sable, près d'un os de dimensions phénoménales. D'autres ossements, plus modestes, jonchaient le sol et je crus reconnaître un squelette humain. J'ai pris quelques clichés à l'aide de mon Minox de poche avant de remonter sur la chaussée et je me suis débrouillé, dans la journée, pour placer un article exclusif au *Parisien*. Sous un titre accrocheur, « Le mammouth d'Aubervilliers », j'expliquais aux banlieusards médusés que, vingt-cinq millions d'années avant l'inauguration du périphérique, l'océan en se retirant du Bassin parisien avait laissé un immense lac d'eau douce, et que des pachydermes, des machairodus, des rhinocéros, des autruches, des nandous parcouraient les forêts alentour. Beaucoup plus tard, la glaciation du quaternaire avait obligé les hommes à trouver refuge dans les entrailles terrestres tandis qu'au-dessus d'eux les meutes de loups, de renards polaires, les troupeaux d'aurochs et de mammouths laineux affrontaient les rigueurs sibériennes.

Une semaine plus tard, c'est par un discret entrefilet, dissimulé dans la page des sports grâce à la complicité d'un secrétaire de rédaction, que je rectifiai l'information. L'équipe du Centre national de la Recherche scientifique qui avait été chargée d'authentifier la découverte venait de rendre ses conclusions. Le bijou en argent et saphirs retrouvé dans l'excavation était le signe distinctif des frères maçons de la loge de la Rose du Parfait Silence et appartenait à un certain Pierre Larchambeaudier comme l'indiquait une inscription apparue après un patient nettoyage de l'objet. Les squelettes humains, au nombre de deux, dataient au maximum de trois siècles de même que la pièce imposante qui ne provenait pas d'un mammouth, comme je l'avais cru tout d'abord, mais d'un plus banal éléphant d'Afrique. La honte du faux scoop recouverte par les exigences de l'actualité, j'ai repris mes activités en essayant de ne plus penser à ce que mes détracteurs avaient baptisé « Le Lascaux de la zone ». Quelques mois plus tard, alors que le chantier de la porte d'Aubervilliers s'achevait et qu'on circulait sans peine sur une avenue aux voies rénovées, l'os a refait surface sous la forme d'un minuscule dossier de presse attirant mon attention sur la parution, à compte d'auteur, d'une monographie consacrée à la famille Larchambeaudier, une lignée qui pouvait s'enorgueillir de compter un chambellan de Saint-Louis, un député à la Constituante, une cantatrice, un général d'Empire et un compagnon de la Libération. J'ai pris rendez-vous avec l'auteur du livre, une jeune femme ultime héritière du nom qui vivait dans un petit appartement de la place Stalingrad, face à la Rotonde de Ledoux, un des derniers vestiges du mur des Fermiers généraux. Peu encline à lire les journaux, elle n'avait pas eu connaissance de la découverte du bijou de son ancêtre, Pierre, dont elle savait qu'il appartenait à une loge maçonne tout en me précisant qu'il était le seul de la famille à avoir été initié. Quand je lui ai parlé de l'os d'éléphant, elle a souri de manière énigmatique et s'est approchée de la fenêtre. Une rame de métro passait en feulant sur le viaduc aérien de la ligne Nation-Dauphine.

— Mon aïeul a longtemps travaillé en face, jusqu'à la fin de l'octroi, en 1860, sur cette ancienne frontière de la ville. Il était pour ainsi dire le percepteur général de Paris et occupait un bureau de la Rotonde, au premier étage, avec une vue splendide sur le bassin de la Villette par où arrivaient les millions de tonnes de marchandises qu'il était chargé de taxer. C'est pour cette raison que je me suis installée ici : je voulais retrouver son regard... Après l'annexion des derniers villages par la capitale, il a continué à servir l'État en filtrant les passages aux cinquante portes des nouvelles fortifications. Il a laissé un journal. J'en cite quelques passages dans mon ouvrage, mais je n'ai pas retenu l'anecdote de l'éléphant... Après ce que vous venez de m'apprendre, je crois que j'ai eu tort.

Sans même que j'aie eu besoin de formuler une demande, elle s'est tournée vers la bibliothèque pour y prélever un livre à la reliure usée, l'a ouvert en tournant les pages avec précaution avant de le poser sur la table ronde habillée de dentelle.

— C'est là qu'il raconte l'épisode qui vous intéresse...
J'ai tiré une chaise vers le meuble, à son invitation, et j'ai commencé ma lecture à la date du 8 décembre 1870.

En vingt années de labeur acharné, à la tête d'une armée de deux mille douaniers et fonctionnaires, j'ai porté les sommes collectées par l'octroi municipal et de bienfaisance de Paris à près de 150 millions de francs, ce qui assure plus de la moitié des recettes de la ville. J'ai traqué sans pitié ni remords les tricheurs, les concussionnaires et les contrebandiers. Pendant des mois, muni d'une lanterne et d'un sac de provisions, je suis descendu dans les sous-sols de la capitale afin de dresser un plan précis des caves, des cryptes, des égouts, des collecteurs, des abysses, des fontis, des carrières de gypse, de marne verte, d'argile et de charbon de terre, des champignonnières, de tous ces conduits naturels ou artificiels qui minent les entrailles de la cité. Je me suis plus particulièrement intéressé à ces galeries creusées à proximité de l'enceinte des Fermiers généraux, puis à celles qui passaient sous le glacis des fortifications. Lors de l'avancée des troupes prussiennes, après le désastre de Sedan, l'état-major s'est emparé de mes travaux afin d'interdire l'accès au moyen de murs de fraude de ces cavités dans lesquelles, craignait-on, les Uhlans auraient pu s'engouffrer avant de ressurgir sur les Champs-Élysées. Ils se sont en fait installés aux alentours, organisant la famine par leur pression et depuis des semaines par les bombardements. Au début de ce mois de décembre 1870, il y a longtemps que nous avons oublié le goût du rôti de bœuf comme celui de la volaille. On ne trouve plus de corbeau, de chat, de chien ni même de rat aux étals des boucheries.

Les notes des jours suivants ne présentaient pas le même intérêt et je les ai survolées jusqu'à la date du 28.

La décision, pourtant de bon sens, a enfin été prise de sacrifier les animaux exotiques de la Ménagerie du Muséum d'histoire naturelle. Ma position m'a permis de me transporter de bon matin sur le lieu de l'abattage et je suis revenu à la Rotonde lesté d'une cuisse d'antilope et d'un demi-perroquet. On doit me livrer à la nuit tombée un gigot d'éléphant, une chair rosée, ferme et d'un grain très fin, qui fera le bonheur de la brigade.

Il fallait attendre les derniers jours du mois d'avril 1871, en plein cœur de l'insurrection de la Commune, pour voir réapparaître le pachyderme dans les pleins et déliés de Pierre Larchambeaudier.

Je me suis rendu à la manifestation qui, à l'appel des deux Orients de Paris, a longé les remparts, du Point-du-Jour à la porte de Clichy, derrière les vénérables et les députés des loges. Je portais la bannière de la Rose du Parfait Silence. À mon retour, j'ai été convoqué par un homme charmant, le colonel Maxime Lisbonne qui, avant ces tristes événements, brûlaient les planches du théâtre. Je me souviens l'avoir vu jouer sous l'Empire dans un vaudeville de Pailliard et Miro, aux Folies Saint-Antoine. Là, sans barguigner, il m'a demandé de mettre ma science à sa disposition pour faire entrer du ravitaillement dans la place sans éveiller l'attention des troupes prussiennes ni celle des régiments versaillais. Je lui ai d'abord répondu que ses prédécesseurs avaient rendu les accès impraticables. Rien, en effet, n'est plus difficile, à un honnête homme, que de transgresser ses principes. La reprise du bombardement, et l'annonce qu'un frère venait de mourir, victime d'une bombe incendiaire, m'ont conduit à lui faire la confidence qu'un mince goulet menait d'une cave de la rue des Vertus, dans le 19e arrondissement, jusqu'à Aubervilliers.

L'ultime mention de l'éléphant du Jardin des Plantes, immolé à la voracité des assiégés, figurait dans le dernier paragraphe du journal, en mai, quelques jours avant la Semaine sanglante qui avait vu l'écrasement de la Commune.

Les contrebandiers que j'ai pourchassés des décennies durant viennent se reposer à la Rotonde, siège de l'Octroi, après leurs difficiles missions. Quelques-uns nous amènent des vivres, passent du courrier à l'extérieur par idéal. Je dois à la vérité de dire que la plupart n'obéissent qu'à des instincts vénaux. Les billets de notre administration ne leur inspirent aucune confiance. Je les paie en objets précieux, et ce matin j'ai dû me séparer de la broche qui me fut remise lors de mon initiation. Le passeur, un moustachu rébarbatif, s'est également saisi du gigantesque os d'éléphant dont il s'est entiché. Il semble que cela amusera ses enfants.

J'ai refermé le cahier en me disant que ces trophées n'avaient pas porté chance au contrebandier dont j'avais pu apercevoir le squelette, lors de l'effondrement. J'ai remercié la descendante de Pierre Larchambeaudier, et j'ai mis à profit le compte rendu de sa monographie pour tordre le coup à la rumeur que j'avais moi-même créée, celle du mammouth d'Aubervilliers.

LES CINQ « C »
DE L'ALSACIENNE...

Invité à ses noces par un lointain cousin, je l'avais remarquée ce soir-là au banquet du Bracken, un restaurant des bords de l'Aar planté sur une place en triangle, aux confins de Schiltigheim. Elle portait le costume traditionnel : ample jupe rouge et tablier brodé, chemisier blanc et caraco doré. Une frange de cheveux blonds illuminait la coiffe noire dressée au-dessus de son front. Elle se faufilait entre les tables, servait les chopes et les tartes flambées, souriait aux mariés. À intervalles réguliers, l'orchestre jouait le *Hans im Schnockeloch* que les convives reprenaient en chœur. Les enfants s'amusaient en bande, dans les jambes des danseurs. Quand la musique s'apaisait, mon voisin, un contremaître de la brasserie d'Adelshoffen, m'expliquait comment il avait dissuadé « ses » ouvriers de faire sauter les citernes de leur usine menacée de fermeture, mais je demeurais silencieux, incapable de suivre autre chose que les mouvements de la jeune femme. Il est revenu une dernière fois à la charge, puis a fini par deviner la trajectoire de mon regard.

— C'est vrai qu'elle est jolie... Elle doit être nouvelle : depuis que le tramway s'arrête en face, c'est bondé soir et midi, et le père Lorn a été obligé d'embaucher... On se sent bien, on se sent mieux, quand les gens respectent les coutumes... Moi aussi, je suis un adepte des cinq « C »...

J'ai reposé le verre d'edelzwicker dans lequel je venais de tremper mes lèvres, et j'ai incliné la tête vers mon interlocuteur.

— Les cinq « C » ? C'est quoi ?

Un petit sourire qui en disait long a étiré ses commissures.

— Vous n'êtes pas d'ici, à ce que je vois...

Il s'est mis à compter sur ses doigts, comme un maître d'école.

— Chacun les place dans l'ordre qui lui convient : Cathédrale, Colombage, Coiffe, Cigogne et Choucroute...

Tout en observant les allées et venues de la serveuse, je ne pensais qu'à sa cambrure, je l'ai mollement écouté protester contre la francisation outrancière des voies strasbourgeoises.

— Certains me reprochent d'être tourné vers le passé, alors que je recherche simplement l'authenticité. Rue des Veaux, rue de l'Ail, rue du Vieux Seigle... Les touristes sont contents, ils trouvent que cela fait couleur locale... Avant, elles s'appelaient rue Kalb, rue Knobloch, rue Virnekorn et, je vous l'accorde, ça veut bien dire veaux, ail et vieux seigle, sauf que c'étaient les noms d'illustres lignées alsaciennes dont on a ainsi détruit le prestige et jusqu'au souvenir !

Je l'ai déçu d'un « Ça suffit », quand il s'est fait plus précis. Depuis des années je refuse toute contrainte, même celle d'être bon avec les autres. Une main s'est tendue, pour une sarabande et je me suis laissé emporter.

J'ai pu m'approcher d'elle dans le jardin enclavé, alors que la nuit s'effilochait sur les pointes des clochers. Elle avait délaissé sa coiffe et délacé son corsage, gainé ses jambes d'un pantalon de cuir moulant, le galbe de ses seins animait le nom d'une université américaine sérigraphié sur son tee-shirt. Le premier tram nous a conduits de l'autre côté de la ville, jusqu'aux barres grises de l'Elsau. Nous avons traversé les cités, longé les murs épais de la maison d'arrêt, et encore marché pour atteindre la limite incertaine des faubourgs et des champs. Les fenêtres de l'appartement, qu'elle partageait avec une amie endormie, dominaient les berges de l'Ill où s'ébrouait un oiseau sauvage. Elle m'a dit qu'elle s'appelait presque Élisa et j'ai voulu, tout de suite, goûter à l'accent qu'elle avait sur la langue. Le jour lui faisait peur, et c'est dans l'obscurité des volets fermés, des rideaux calfeutrés, que nous nous sommes perdus l'un en l'autre. Un long cri m'a réveillé en milieu de matinée. Élisa s'était dressée sur le lit, les doigts crispés dans la toile du drap. Elle fixait la porte en hurlant. Je me suis précipité pour l'ouvrir, et je suis tombé nez à nez sur l'autre fille qui m'a à peine regardé. Elle est allée s'asseoir près des oreillers, l'a prise dans ses bras, l'a bercée comme une enfant en lui parlant tout bas tandis que je m'habillais. Quand les fantômes ont fini par s'éloigner, elle a doucement relâché son étreinte. D'un clignement des paupières, elle m'a dit de venir prendre sa place, puis elle a quitté la chambre comme s'il ne s'était rien passé. Par phrases ébréchées et mots étouffés, Élisa m'a raconté des bribes de son histoire, puis je l'ai accompagnée jusqu'au Bracken où elle reprenait son service. De mon côté, je rentrais à Paris par le train du milieu d'après-midi. Nous nous étions promis, entre deux baisers, de nous revoir dès la semaine suivante, mais quand j'ai frappé à la porte de l'appartement des berges de l'Ill, mon appel a résonné dans le vide. J'ai sauté dans un taxi qui m'a déposé devant le restaurant. Le maître d'hôtel a levé les yeux de son carnet des réservations pour répondre à ma question.

— Énisa ? Elle ne fait plus partie du personnel... Elle est passée avant-hier pour prendre son compte. D'après ce que j'ai pu comprendre à son charabia, elle repartait dans son pays.

Je me suis installé à la terrasse et j'ai commandé une Schutzenberger. Le contremaître de la brasserie d'Adelshoffen avalait une assiettée de rosbif pommes sautées à deux tables de là. Il m'a fait signe d'approcher.

— Alors, vous êtes revenu voir la petite Alsacienne ?

Je me suis contenté de hocher la tête, d'un air entendu, entre hommes, et j'ai bu ma bière en silence avec, à l'esprit, les cinq « C » de Srebrenica, la ville de Bosnie où s'était noué le destin d'Énisa.

Chiennerie, Camp, Charnier, Chagrin, Cri...

CASSE CASH

Le défaut principal de Gérard, c'est qu'il est trop généreux. À son égard. Rien n'est trop beau pour sa gueule, il ne peut pas s'empêcher de se faire plaisir. Même dans les culs-de-basse-fosse de Fleury-Mérogis, où nous avions fait connaissance deux ans plus tôt, il trouvait le moyen de refuser un paquet de café ou de gâteaux si la marque ne correspondait pas à ses goûts. Il était capable de se passer pendant trois mois de sardines à l'huile, dont il raffolait, en attendant une livraison de filets millésimés qu'un maton ramenait de l'île de Groix où son frère dirigeait la dernière conserverie artisanale morbihannaise. Pareil pour les fringues : je ne me souviens pas de l'avoir vu autrement qu'en Lacoste coordonné à l'un de ses jeans Wrangler expressément repassés sans pli. La moitié du salaire de sa femme, une directrice d'école maternelle de Gentilly amoureuse des voyous, passait dans le maintien de son standing de vie. De temps en temps, un nouveau venu pas très éveillé ou un type en quête de gloire se mettait dans la tête que Gérard était une proie facile, un micheton décoratif. Il s'apercevait rapidement que sa musculature ne venait pas du rayon gonflette et lui présentait ses excuses, avec des courants d'air dans la bouche. Quand il est arrivé, je partageais ma cellule du D2 avec un môme dézingué qui avait plongé pour avoir salement dépouillé un clodo de son RMI, et passait sa vie scotché devant la télé, la clope au bec, un peu de shit le dimanche, à l'heure de la messe. Il m'a suffi d'un regard pour comprendre qu'avec Gérard, on était du même monde : il n'avait pas encore fini d'installer son barda qu'on formait déjà une équipe. Il avait entendu parler de quelques-uns de mes exploits, et si de mon côté son nom m'était inconnu, deux ou trois coups auxquels il m'avoua être mêlé avaient retenu mon attention, comme le nettoyage de la poste centrale d'Avignon par une fausse troupe de comédiens, en plein festival, ou le casse, par un escadron de pompiers d'opérette, de l'usine d'incinération auvergnate où la Banque de France détruit discrètement ses billets usagés. Je me suis doucement habitué à son fonctionnement de dandy de zonzon, à ses caprices de star de l'ombre. Dans cette taule j'étais le seul à l'appeler par son prénom, les enchristés comme les matons ne lui servant que du « gentleman ». Et alors que partout derrière les portes blindées ça ne parlait que de cul et de baise, rarement les murs d'une cellule de prison n'ont été le réceptacle d'aussi chastes conversations, pendant nos six mois de vie commune. On s'isolait au cours des promenades pour mettre au point, en chuchotant, les détails de notre future association, puis de retour au bercail Gérard faisait l'inventaire, cette fois à voix haute, de ses besoins de milliardaire. Impossible avec lui de rouler dans une limousine de moins d'un million de francs, la Ferrari Testarossa ou l'Audi S8 étaient assimilées au bas de gamme. Pour tout dire, il aurait déchu en jetant les yeux sur le cadran d'une Rolex.

— Quand tu as vu le mécanisme japonais d'une montre Yugushi, tu peux te passer de la Suisse... Question précision, leur réputation est surfaite. Les seules choses que je respecte encore chez eux, ce sont les coffres. Pareil pour les stylos, tout le monde se pâme devant un Mont-Blanc, alors que tu t'en mets autant sur les doigts que tu en laisses sur le papier. Avec un Bovérill canadien, ça file mieux qu'une Rolls : tu signes tes chèques par pur plaisir !

Il s'étranglait de rire quand les présentateurs du jité s'extasiaient sur le luxe des Berluti achetés par la péripatéticienne constitutionnelle à son Dumas d'amant.

— Une fois que tu as glissé le pied dans l'écrin d'un escarpin de chez Balocco, fabriqué sur mesure via Asseroti, à Gênes, tu sais où se trouve le paradis des arpions... Et puisque tu es équipé, tu pousses jusqu'à via Roma. Là, chez Finollo on te coupe la cravate de ton choix dans les meilleures soies qui soient... Si jamais on se croise, avec Roland, je lui refilerai mes adresses en douce, pour qu'à l'avenir il tienne vraiment son rang.

Comme j'avais pris de l'avance, je suis sorti le premier et j'ai consacré les trois mois qui nous séparaient de sa libération aux repérages. On m'avait vendu un improbable tuyau qui s'était révélé être en or massif : tous les trimestres, deux employés de l'ambassade américaine se rendaient sans escorte à la Bank of New York, place de la Madeleine, avant de remonter sur la Concorde par la rue Royale avec une mallette lestée, chaque fois, d'un million de dollars. Le pactole, uniquement des coupures de cent, représentait certaines primes versées en liquide par le Trésor américain aux enfants de l'oncle Sam en mission à l'étranger.

Le jour de son élargissement, nous nous étions donné rendez-vous à la gare Saint-Lazare, sous les horloges empilées d'Arman. Je pensais à le voir déboucher du métro quand un discret coup de klaxon m'avait obligé à tourner la tête. Gérard me souriait depuis l'arrière d'une voiture de place. Je me suis installé près de lui et il a ouvert le frigo pour me servir un whisky, tout en donnant l'ordre au chauffeur de mettre le cap sur la rue Royale. Je n'ai pas desserré les dents du voyage. J'ai attendu que nous soyons libres de nos mouvements, sur le trottoir, l'obélisque en point de mire, pour lui dire ce que j'avais sur le cœur. Il se pavanait, au comble du bonheur quand la vitrine d'une boutique d'hyper-luxe lui renvoyait son image.

— Tu réfléchis des fois, ou quoi !

Au regard qu'il m'a lancé, j'ai eu l'impression d'avoir cassé net le jouet d'un gosse, devant son sapin de Noël.

— Qu'est-ce qui ne va pas ? J'ai fait des conneries ?

Je me suis placé épaule contre épaule et j'ai calqué mon pas sur le sien. Je lui parlais à voix étouffée, comme pendant la promenade, dans la cour de Fleury.

— À ce niveau-là, c'est plus des conneries, c'est de la poésie ! Le mec de la Bentley n'arrêtait pas de nous observer dans son rétroviseur : la moitié des placiers bosse main dans la main avec les flics, tandis que l'autre moitié cachetonne pour *Voici* ou *Point de Vue - Images du Monde* ! La semaine prochaine, si notre escapade n'est pas à la une d'un de ces canards, c'est qu'elle figure déjà sur une note bleue des Renseignements généraux... On prend le métro, on rentre et on se fait oublier.

Au guichet de la station Concorde, il a essayé d'acheter un carnet de tickets de première, et il était sincèrement désolé d'apprendre que la division des voyageurs en classes avait été abolie dix ans plus tôt. Il m'a pris à témoin en grimpant dans le wagon.

— Regarde un peu, j'en étais sûr : ils ont supprimé les « premières » alors que c'était les « secondes » qu'il fallait faire passer à la trappe !

Je lui ai pardonné ses incartades deux jours plus tard, lorsqu'il a posé sur la table du troquet de l'avenue de Saint-Ouen où nous prenions notre déjeuner le carton d'invitation, valable pour deux personnes, au défilé de Kenziguchi. J'ai immédiatement flashé sur la date et l'heure de la présentation.

— Mardi 25 juillet à partir de quinze heures, ça correspond pile-poil au passage de nos amis de l'ambassade... Tu as pensé à quelque chose ?

— Peut-être bien que oui...

J'ai essayé de le pousser dans ses retranchements.

— Après la caserne de pompiers, la troupe de théâtre, tu mobilises quoi cette fois ?

Il m'a montré son téléphone portable.

— Rien, avec ça, on aura tout sous la main...

La veille du défilé de mode, il a vidé les neurones de deux Mobicartes, et c'est les lobes irrités qu'il a refermé le Bottin aux Pages jaunes après une bonne centaine de coups de fil.

— Je crois qu'on a mis toutes les chances de notre côté.

Nous nous sommes gentiment pointés à quatorze heures devant les grilles de l'ambassade pour voir nos deux diplomates partir au volant d'un Chrysler Voyager banalisé et prendre la direction de la Madeleine. Nous avons patienté vingt bonnes minutes avant de remonter la rue Royale vers la devanture de Kenziguchi devant laquelle commençait à régner une animation imprévue. Au premier abord, on avait l'impression d'assister à un rassemblement d'hommes en rouge, avant de comprendre qu'il s'agissait de livreurs de pizzas. Il en arrivait de partout, des dizaines à la seconde, qui s'engouffraient dans les locaux du couturier. Bientôt le secteur se mit à ressembler à un meeting d'hommes casqués en colère brandissant, en lieu et place de banderoles, de pancartes, des cartons fumant et suintant l'huile d'olive. Je me tournai vers Gérard.

— Tu en as commandé combien ?

— Cinq cents Reines, autant de Pescatore, un millier de Quatre-Saisons, plus quelques dizaines de Végétariennes pour les mannequins...

Les deux Américains étaient coincés dans leur fourgonnette, à la hauteur du kiosque à journaux et ils regardaient le spectacle en se marrant, depuis leurs fenêtres de portière grandes ouvertes. La foule avait les yeux braqués sur la révolte des livreurs éconduits. Ce fut donc un jeu d'enfant de leur braquer nos calibres sur la tempe pour nous emparer de la mallette aux joues rebondies. J'avais pris soin de garer une voiture de location dans une rue raisonnablement éloignée, et laissai Gérard se mettre au volant. Il m'a fixé tandis qu'il tournait la clef dans le neiman.

— Tu sais ce qui me ferait plaisir ?

— Dis toujours...

Je redoutais une connerie. Bien entendu, elle est venue.

— Je n'ai jamais pieuté au George V... On se prend une piaule chacun, le temps que ça se tasse...

Je lui ai coupé la parole.

— C'est hors de question. On s'est attaqué bille en tête au gouvernement américain. Le Pentagone et tout le tremblement, tu piges ? Je te prie de croire qu'ils ont du monde à leur service. Le seul endroit où ils ne nous chercheront pas, c'est dans les bas-fonds... J'ai retenu deux chambres dans un hôtel à cent balles la nuit, dans une zone industrielle du nord de Paris. On s'y planque une petite semaine, on se contente du plat du jour. On se fait oublier, après on avise.

Il m'a tiré la gueule tout au long du voyage et s'est garé

sur le parking de l'Hôtelissimo de Gonesse à seize heures trente. Il a préféré rester dans sa carrée, le nez plongé dans la marée de billets verts. Moi, je suis sorti faire un tour dans les champs alentour, histoire de me calmer les nerfs. J'avais à peine parcouru cent mètres que je me suis figé, épouvanté. Un Concorde en feu, lancé à pleine vitesse, me fonçait dessus à hauteur d'homme. Cheveux, poils, sourcils, tout s'est immédiatement enflammé. J'ai senti le souffle de la détonation, dans mon dos, en même temps qu'une effroyable explosion me brisait les tympans.

Quand j'y repense aujourd'hui, je me console en me disant qu'il a été tué par le zinc le plus snob du monde.

TOUT CONCORDE !

On ne sait pas pourquoi, à un moment, ça s'accélère. Il ne se passe pas grand-chose pendant des années, puis en une semaine rien n'existe plus de ce qu'on connaissait. D'abord, ils sont morts, tous les deux ensemble, mon père comme ma mère. Un accident. Je n'avais pas eu le temps de m'habituer au malheur que les assurances me transformaient, ainsi que mes frère et sœur, en héritière riche à millions, juste avant qu'un notaire ne me réduise tout aussi brusquement à la misère. Puis j'ai retrouvé ma mère (l'autre) ainsi que la trace de mon père (l'autre) sans parvenir à comprendre, aujourd'hui encore, qui je suis vraiment.

J'ai vu les images comme tout le monde, à la télévision, mais j'ignorais sur le moment qu'elles me concernaient, qu'elles allaient bousculer ma vie. C'est une voiture qui roule sur l'autoroute du Nord. Le passager filme le conducteur et le paysage défile devant son profil, par la vitre abaissée. Il y a des bâtiments blancs, des arbres, un cèdre du Liban, de grandes publicités pour des produits américains. Tout à coup, on réalise que ce n'est pas ça, la banlieue, qui intéresse la personne qui tient le Caméscope mais plutôt le nez aigu et le cockpit d'un avion en phase de décollage, là-bas sur l'horizon. Le conducteur tourne la tête à plusieurs reprises, furtivement, pour admirer la pureté du fuselage, les ailes delta. Il proteste contre l'évidence quand une auréole orangée enveloppe un réacteur et qu'une flamme rougeoyante prolonge le sillage. Il ralentit tandis que l'avion part en vrille avant de s'abattre à quelques centaines de mètres, derrière une haie de peupliers, absorbé par une colonne de fumée noire. On n'a rien retrouvé d'eux. Cette masse sombre montant vers le ciel est la seule trace de leurs derniers instants. Le pire, c'est qu'ils n'étaient pas du voyage : New York ne figurait pas à leur programme. Invités au mariage d'une nièce qui habitait dans le nord de la région parisienne, ils avaient quitté Châteauroux le matin même après avoir réservé trois nuits à deux cents francs l'unité dans l'Hôtelissimo de Gonesse, celui qui allait être réduit en cendres par la chute du Concorde.

Pour être tout à fait honnête, même si ça me coûte de me l'avouer, je ne les avais pas revus depuis plus d'un an. Une engueulade semblable à cent autres qui aurait pu se terminer par des pleurs, des embrassades, des excuses, des repentirs, comme d'habitude. Cette fois, j'avais mis fin aux cris en claquant la porte du pavillon de Déols sur un quart de siècle de vie commune. Une vague cousine m'avait fait une place pour quelques mois dans son studio du quartier Saint-Lazare, le temps de trouver un travail et une adresse. Je leur envoyais des lettres, de loin en loin, pour leur dire que j'allais bien. Je n'en avais reçu qu'une en retour où ils ne me parlaient que de mon ingratitude.

Le soir même, j'ai retrouvé Carine et Sylvain à l'entrée de la chapelle ardente que les équipes de secours avaient dressée dans un gymnase communal, à proximité du lieu de la catastrophe. Ils étaient venus en voiture dans leurs habits de deuil chiffonnés par le voyage. J'ai mis la froideur de mon frère et de ma sœur sur le compte des déchirements anciens, bien que je sois certaine, aujourd'hui, qu'ils savaient déjà. On regardait dans la même direction, au travers des larmes, on priait le même Dieu, on traçait la même croix sur notre corps. Je suis sûre qu'aux yeux de ceux qui nous entouraient, nous formions une même famille alors que le malheur, au lieu de nous unir de nouveau, nous avait séparés à jamais.

Quelques jours plus tard, j'étais retournée dans la maison de mon enfance, j'avais revu ma chambre décorée d'affiches de films et de concerts, les peluches derrière la vitrine du salon, puis j'avais suivi le cortège jusqu'au cimetière. Nous avions longé les hangars de l'ancienne base aérienne américaine d'où s'était élevé, au moment précis où les cercueils de mes parents s'enfonçaient dans les profondeurs de la terre, le cargo d'une organisation humanitaire. On avait mangé en silence au Sunday, une ancienne boîte de nuit que l'oncle Jean-François avait transformée en pizzeria, avec le ballet des mobylettes rouges qui ravitaillait Châteauroux en Quatre-Saisons, en Pescatore... Carine m'a simplement dit qu'ils n'avaient pas eu le temps de faire de testament, que je ne m'inquiète pas, qu'on me préviendrait, pour les formalités.

Les nouvelles se sont affichées en première page du *Parisien*, quelques semaines avant Noël. Air France se félicitait du traitement exemplaire du dossier d'indemnisation des victimes du crash, de la rapidité avec laquelle les compagnies d'assurance venaient de clore la majorité des dossiers. Les sommes allouées aux héritiers des 113 personnes décédées le 25 juillet 2000 dépassaient le milliard de francs. Sans bien m'en rendre compte, je me suis mise à calculer ce qui me revenait, dans un coin de ma tête : dix millions pour papa que l'on ajoute à dix millions pour maman et que l'on divise par Carine, Sylvain et moi, ce qui établissait chaque part à près de sept millions de francs... Le lendemain, j'ai reçu une lettre à en-tête du cabinet de notaire de la place de la Gare. La seule chose claire, entre deux paragraphes de charabia, c'était la date à laquelle j'étais convoquée en compagnie de mon frère et de ma sœur.

Ils avaient mis leurs habits du dimanche avec, au-dessus, leur tête des mauvais jours. Quand je me suis penchée pour les embrasser, mes lèvres n'ont rencontré que le vide. Une secrétaire nous a fait entrer dans un bureau tout en bois, comme un cercueil, où maître Dudebourg nous attendait en se frottant les mains. Il nous a fait signe de nous asseoir, s'est éclairci la voix.

— Je vous ai demandé de venir tous les trois pour régler la question des indemnités dues après le décès tragique de vos parents, Marcel et Françoise Gaulmier. Mais avant d'établir ce qui revient à chacun d'entre vous, j'ai une mission délicate à accomplir...

Il s'est tourné dans ma direction. Moi, il m'a regardée de la tête aux pieds.

— Vous êtes bien Michèle Gaulmier ?

J'ai soulevé mon sac à la hauteur de ma poitrine.

— Oui... J'ai mes papiers si vous voulez vous en assurer...

Il a agité sa tête de droite à gauche, s'est raclé la gorge une fois encore.

— Ce n'est pas la peine... Je suis vraiment désolé, mademoiselle, mais je vais être obligé de vous demander de sortir après vous avoir informée de la teneur de cette déclaration, faite en ces lieux, il y a vingt-cinq ans, par vos parents adoptifs...

Le dernier mot, qu'il a laissé tomber en ménageant un silence, m'a transpercé le cœur. Une douleur intense s'est emparée de la moindre de mes molécules, puis elle a reflué, me laissant en cendres. Je me suis levée tandis qu'il continuait à parler et j'ai marché vers la porte, plantant mes talons dans le plancher avec la pesanteur d'une statue. Ses phrases se brisaient sur moi, comme des flèches de verre, tandis que je m'éloignais.

— ... par autorisation spéciale... conseil des ministres... en dérogation justifiée par les éléments en notre possession... déchéance dans l'intérêt de l'enfant... adoption de convenance confiée aux époux Gaulmier... la famille disposera de l'ensemble des prestations... bien qu'irrévocables, ces dispositions ne lui ouvrent aucun droit en ce qui concerne la succession...

Ce n'est pas de l'argent dont j'étais dépossédée, mais de mon seul bien : l'enfance. J'ai repris le train pour Paris, roulée en boule dans un coin du compartiment, fuyant mon reflet dans la fausse profondeur des vitres, incapable du moindre regard sur le monde. Puis Noël est passé et toutes ces fêtes fabriquées pour accéder au nouveau millénaire. Plus personne ne répondait à mes appels, dans le Berry. Il m'a fallu plusieurs mois pour prendre la mesure de ce qui m'était arrivé. Je n'étais pas née « Gaulmier », mais sous un autre nom enfoui, cadenassé, dans le secret des archives. À l'âge d'un an, en 1977, j'avais été adoptée par ceux qui resteraient à tout jamais mes parents. Un avocat spécialisé dans les problèmes de filiation s'était étonné des bizarreries de ma situation. Selon lui, le fait d'être écartée des bénéfices de la succession ne pouvait s'expliquer que par les dispositions particulières d'une adoption simple. Il m'a reçue dans son cabinet d'Issy-les-Moulineaux.

— En droit français, il existe deux sortes d'adoption. La plénière, qui substitue de manière irrévocable la famille adoptive à la famille par le sang. Tout lien est définitivement rompu avec cette dernière, au point que l'enfant a les mêmes droits que les enfants légitimes de la famille adoptante. Il est, par exemple, héritier réservataire, et un nouvel acte de naissance est établi portant mention de sa nouvelle identité.

Je l'ai interrompu.

— Tous mes papiers, mon passeport, ma carte Vitale, mes fiches de paie sont au nom de Gaulmier... Je dois être ça, « plénière »... Carine et Sylvain ont magouillé pour m'écarter de la succession.

Il s'est mis à compulser fébrilement son code civil. Le froissement du papier a résonné dans la pièce comme un envol de chauve-souris.

— Je crains que ce ne soit malheureusement pas le cas, mademoiselle...

Mon nom est resté en suspens, puis il a repris :

— Gaulmier... L'adoption simple, et je pense que nous sommes dans ce cadre, peut faire l'objet, contrairement à l'adoption plénière, d'une révocation à la demande de l'adoptant dès lors que l'enfant a franchi le cap des quinze ans et qu'un motif grave peut être invoqué. Vos parents ont fait jouer cette disposition du Code il y a un an, pour ingratitude, lorsque vous avez quitté leur domicile. J'ai là, devant moi, copie de la décision du tribunal de Grande Instance de Châteauroux. Elle est intervenue le mois précédant l'accident.

Je me suis tassée sur ma chaise.

— Je n'en ai pas eu connaissance !

— C'est anormal que vous n'en ayez pas reçu notification, mais cela ne remet hélas rien en cause. Les textes sont formels.

Je me suis levée, et j'allais pousser la porte derrière moi quand une question m'est venue sur les lèvres.

— Une dernière chose... Puisque mes parents ont annulé l'adoption, je ne suis plus autorisée à porter leur nom. Il faut que je refasse faire tous mes papiers... Qu'est-ce que je vais mettre dessus ? Tartempion !

Il s'est souvenu d'un lointain sourire qu'il a tenté de recomposer.

— Non, vous pouvez continuer à user du nom de « Gaulmier », par dérogation spéciale accordée par les plus hautes instances judiciaires.

J'ai fermé la porte à clef et j'ai traversé le bureau, droit sur lui. Il s'est mis à hurler quand je l'ai bousculé, que je me suis emparée du dossier gris sur lequel était porté mon patronyme d'emprunt. Ça s'est mis à tambouriner, de l'autre côté, quand l'avocat s'est effondré dans son fauteuil et que le tout a basculé sur le parquet. J'ai étalé les documents sur le plateau, renversant le plumier, la bouteille d'encre, la pile de courrier. J'ai enfin fini par trouver ce que je cherchais, une simple phrase dans le fouillis incompréhensible des actes notariés. « Par décision du 28 juin 1977, Michèle Butenfet, née le 12 avril 1976 à Douai, fille de Raoul Butenfet et de Josiane née Tarpon, est confiée par procédure d'adoption simple à Marcel Gaulmier et son épouse Françoise née Maloux élisant domicile au 3, rue Guynemer à Déols (Indre)... »

J'ai traversé la haine des secrétaires, des associés. Ils éructaient dans les portables, mais pas un n'a trouvé le courage de lever la main sur moi. Un monde de papier et de paroles, incapable du moindre geste. Je suis allée me bloquer devant la borne Minitel de la poste la plus proche, et pour la première fois de ma vie mon nom, Butenfet, est né au bout de mes doigts sur un clavier. Je l'ai regardé, fascinée, avant d'écraser la touche « envoi ». Aucune réponse à Douai, ni dans les départements du Nord, du

Pas-de-Calais. Rien non plus en région parisienne comme dans le reste du pays. Pas même le signal « liste rouge » pour entretenir l'espoir. Rien. Inconnu au bataillon. J'ai fini par pianoter « Tarpon » et là, ils étaient légion, à commencer par Douai qui en comptait plus d'une dizaine. J'ai bricolé une petite histoire avant de les appeler. Les yeux fermés, je me suis lancée.

— Allô, ici le cabinet Dudebourg d'Issy-les-Moulineaux. Nous sommes à la recherche d'une certaine Josiane Tarpon, épouse Butenfet, pour régler une question d'héritage...

Il y avait des échos de conciliabules, dans l'écouteur, on cherchait une Josiane dans la masse des nièces, des cousines, mais si on en trouvait une, il fallait vite se rendre à l'évidence qu'elle n'était jamais passée par la case Butenfet... Le vingtième coup de fil, une adresse à Arras, a été le bon. Une voix blanche, dénuée de la moindre intonation. C'était elle. J'ai fondu en larmes dans la cabine, incapable de dire autre chose que « C'est Michèle, ta fille... tu entends, ta fille... » En moins d'une heure, le TGV m'a laissée à deux pas de la place aux arcades. Elle habitait dans une petite rue du centre-ville, à côté d'un cinéma à l'ancienne. Elle m'attendait devant une petite table garnie de napperons, toute recroquevillée. Je lui ai tout raconté, pour le Concorde. À un moment elle s'est levée en disant de sa voix atone : « Il faut que tu me pardonnes, je n'avais pas le choix. » Elle a pris une vieille boîte en fer-blanc, dans la partie haute du buffet, qu'elle a ouverte devant moi. Des photos de mon père, regard droit sur l'objectif, défiant l'opérateur. Puis toute une première page de *France-Soir*, datée d'avril 1977, où on le voyait en encadré avec un titre qui surmontait une vue de la cour de la prison de Douai : « Justice est faite, l'assassin Butenfet a été guillotiné ce matin. »

— Il n'y en a plus jamais eu d'autre... Après lui, ils l'ont abolie, la peine de mort. Tu es la fille du dernier guillotiné. Je ne voulais pas que tu portes son nom, sa malédiction.

J'ai refusé de savoir ce qu'il avait fait, et elle, je n'ai pas trouvé le courage de l'embrasser. J'ai repris le train pour Paris. De là, un express m'a déposée à Châteauroux. Pendant tout le trajet, je ne voyais que les bois noirs dressés dans la cour de la prison, je n'entendais que le sifflement du couperet, le jaillissement du sang de mon père, les cris de l'assistance, les applaudissements peut-être. Sûrement... C'est Carine qui est venue m'ouvrir la porte du pavillon de Déols. Elle a poussé un faible soupir quand la lame s'est enfoncée dans son cœur. Sylvain s'est inquiété, sa voix a couvert les bruits de la télé. Il a fini par s'approcher. Il s'est agenouillé en découvrant le corps sans vie de sa sœur, dans l'entrée, offrant sa nuque à mes coups.

Le lendemain, un journaliste du coin a écrit, dans son papier, qu'apparemment « la concorde ne régnait pas entre tous les membres de la famille ».

L'INSÉCURITÉ, C'EST LES AUTRES

Je suis d'un naturel anxieux : il suffit que je lise une enquête à propos d'une nouvelle maladie pour en découvrir chacun des symptômes sur ma propre constitution. Si je traverse un cimetière, impossible de lire les dates sur les tombes, sans faire les soustractions pour évaluer le maigre temps qui me reste à vivre. Regarder le journal m'est une épreuve : pas une ligne qui ne me ramène à ma condition. C'est bien pire encore quand, délaissant le papier imprimé, je presse le bouton de la télécommande. De Pernaud en Bilalian, on me tue dix fois par jour. Si par miracle j'en réchappe, le sort de grabataire qui m'est promis dans des hôpitaux surpeuplés n'est guère plus enviable que celui de viande froide.

À la télé, au travers des histoires des autres, il ne se passe pas une seconde sans que l'on me manque de civilité, qu'on m'insulte, qu'on me bouscule, qu'on me diffame, qu'on me frappe, qu'on m'humilie, qu'on me dépouille de mon auto-radio, qu'on me déleste de mon portefeuille, qu'on crache sur ma femme, qu'on viole ma fille, qu'on vole à l'arraché la pension de ma belle-mère, qu'on me souffle au visage des bouffées de cigarettes au shit, qu'on graffite mon ascenseur, qu'on chie sur mon paillasson, qu'on me vole mes nains de jardin. Et même si je ne suis pas marié, si je ne possède pas de voiture ni de carré de verdure, c'est à moi qu'on fait ça. À moi et à personne d'autre ! Dans la rue, je l'avoue : j'ai appris à avoir peur. Quand je les croise, je lis sur le visage de ces jeunes dont les pères sont venus d'ailleurs la jouissance de cette peur qu'ils m'inspirent. Tous leurs chiens sont des pit-bulls, même déguisés en caniches. J'ai l'impression de me comporter en collabo quand, tard le soir, taraudé par le manque, je descends acheter un pack de bière à l'Algérien du coin. Derrière son sourire de Kabyle, je vois le couteau.

Je me soulage, une fois tous les cinq ans, en glissant dans l'urne, comme on jette une bombe, comme on refile le sida, le bulletin qui les condamne tous à la peine maximale. Pas besoin de signer de son nom, ça libère autant que quand on écrit une lettre anonyme, que quand on passe un coup de téléphone, d'une cabine publique, pour dénoncer un Noir qui bosse au black. L'isoloir, c'est un peep-show, on y bande, on y jouit, et il y a même une poubelle pour se débarrasser des papiers tachés. Quand le type de l'urne me dit « a voté », j'entends « s'est vengé ».

L'autre jour, au zinc du Balto, je grattais des Morpions quand un type a commencé à éplucher les causes des meurtres, lentement, posément, comme on bouffe un artichaut, feuille après feuille. J'ai tendu l'oreille. J'étais assez d'accord avec sa première phrase. Il disait :

« À la télé, ils ne racontent pas que des conneries, mais il faut reconnaître qu'ils en laissent passer quelques-unes... » Il a bu une gorgée de bière avant de continuer :

« Le nombre des assassinats est à peu près stable, depuis une dizaine d'années, 1 500 bon an, mal an... Tout le monde croit que les victimes prioritaires, ce sont les caissiers, les flics, les transporteurs de fonds, que l'endroit le plus dangereux c'est un hall de banque, ou un sombre quartier de banlieue... En fait, le véritable coupe-gorge, statistiquement, c'est la paisible maison familiale. C'est là qu'on s'assassine, qu'on s'égorge, qu'on se coupe en morceaux, qu'on s'étripe... Plus de la moitié des meurtres est à ranger dans la catégorie "passionnelle". Il est scientifiquement prouvé qu'il est moins dangereux de se balader à Pigalle, la nuit, que de rentrer à l'improviste dans sa chambre à coucher ! »

Je me suis fait la réflexion que j'avais bien fait de ne pas me marier et je me suis rapproché. Le type poursuivait :

« Aujourd'hui, tout le monde a peur de se faire cambrioler, de se faire piquer son portable, mais je ne connais personne qui chie dans son froc en montant dans sa voiture. Le fait de s'asseoir au volant, c'est pourtant jouer à la roulette russe : 8 000 morts par an, des centaines de milliers de blessés, une industrie du fauteuil roulant florissante... Mais c'est pas vécu comme un risque. Bien au contraire, c'est un exploit de jouer à trompe-la-mort en grimpant à 180 dans le brouillard... Et c'est rien, la route, vous savez ce qui fait le plus de dégâts, en vies humaines, chaque année ? »

Pour me marrer j'ai levé mon verre et j'ai dit : « L'alcool. » Il a souri.

« L'amiante et l'alcool, on va les mettre de côté et rester sur ce qui fait couler le sang à gros bouillons. 15 000 morts, soit 40 par jour rien qu'avec le syndrome Claude François... »

Tout le monde a voulu savoir de quoi il parlait, si c'était une épidémie de meurtres de Claudettes. Il a haussé les épaules.

« Le syndrome Claude François, c'est les accidents domestiques, le type qui change une lampe pieds mouillés, le bricolo qui tombe de son échelle, le môme qui avale de l'eau de Javel, le chasseur qui flingue son fils, la mère qui ébouillante son bébé, Nicolas le Jardinier qui se coupe la guibolle avec sa tronçonneuse, le skieur qui embrasse un sapin... Comme à *Vidéo-gags.* »

J'ai gratté mon ultime Morpion (encore perdu !), quand le type a entonné son dernier couplet.

« Tout ça, on fait comme si ça ne comptait pas, parce que c'est trop proche de nous. On n'en cause pas pour pas que ça nous arrive. On est superstitieux, rien qu'en parler, c'est attirer le malheur. On exorcise. Je suis sûr qu'ici, vous êtes tous au courant d'une tentative de suicide, d'un suicide réussi... Il y en a près de 12 000 qui nous faussent compagnie chaque année en se pendant, en se jetant sous le métro, en se faisant sauter le caisson ou en avalant des cachets... Là encore, on fait comme si ça n'existait pas. On se met la tête dans le sac pour ne pas entendre les cris de ceux qui vont vraiment mal. On ne veut pas savoir que pour la première fois, en France, le nombre des suicidés chez les jeunes hommes est passé devant celui des personnes âgées... On est devenus aveugles, on ne regarde plus sa propre famille. On préfère penser que l'insécurité, c'est les autres. »

J'ai soufflé sur le zinc, pour virer les débris d'encre des Morpions, ramassé ma monnaie, et je suis sorti. En rentrant à la maison, j'ai récapitulé mentalement tout ce qu'il fallait faire pour rester en vie : revendre la voiture, virer les détergents, résilier l'abonnement au gaz, à l'électricité, renoncer au ski, à la chasse, au bricolage, au jardinage, démonter la baignoire...

À la fin, j'avais tellement le cafard que j'ai eu envie de me foutre en l'air. Je me suis arrêté devant la vitrine de l'armurier et, sur fond de flingues, j'ai regardé mon reflet dans les yeux en me souvenant des dernières paroles du type, au zinc. Je faisais beaucoup plus que mes soixante piges. De la ride, de la poche, du pli aux commissures... Statistiquement, je n'avais plus l'âge de débrancher la ligne, j'étais devenu trop vieux pour effacer cet étranger qui me faisait face.

LA MORGUE DU PATRON

Je tentais pour la douzième fois consécutive de créer une boîte aux lettres électronique pour chacune des sections syndicales hébergées à la Bourse du Travail, quand elle est entrée dans mon bureau. Le temps de m'attarder sur les formes pleines qui tendaient le tissu de sa robe d'été, les codes de procédure simplifiée avaient disparu de l'écran, et la pression de mon index sur la touche de validation eut pour seule conséquence de me renvoyer l'affichage du code d'erreur 7432. Elle a plaqué ses deux mains sur ma table de travail alors que j'injuriais mentalement le dieu Internet, saint Wanadoo et saint Yahoo.

— Il est mort et c'est ma faute...

Nos regards se sont rencontrés. À lire la détresse dans ses yeux, j'ai immédiatement compris que c'était du sérieux. Je me souvenais, comme si c'était hier, de la première fois où nous nous étions vus, six mois plus tôt, dans cette même pièce. Elle portait alors un jean moulant, un pull à col roulé et quelques mèches brunes dépassaient du bonnet qui lui enserrait la tête. Elle s'était assise sur le fauteuil défoncé, près de la photocopieuse, et m'avait demandé comment il fallait s'y prendre pour se syndiquer. J'avais prélevé une carte vierge ainsi qu'une plaquette des statuts dans mon foutoir.

— Rien de plus simple... Vous lisez ces quelques lignes. Si vous êtes d'accord, je vous inscris. Vous bossez dans quelle boîte ?

Je m'étais noyé dans le bleu quand elle avait soulevé ses paupières.

— La résidence hospitalière des Panoramas, sur la corniche...

Depuis trois ans que j'étais permanent, nous n'avions jamais réussi à faire embaucher un seul de nos adhérents aux Panoramas. Toutes nos tentatives s'étaient soldées par des échecs. Je ne connaissais personne qui a mis les pieds dans ce petit paradis qui surplombait la baie, les îles et sur les listes d'attente duquel les nantis gâteux se pressaient pour aller y finir leurs jours ensoleillés. Je m'étais penché au-dessus du plateau encombré de paperasse.

— Je dois vous prévenir que ce sont des coriaces. Ils n'aiment pas trop les gens qui réfléchissent. Nous n'avons aucun contact dans cet établissement. Vous vous exposez à des mesures de rétorsion si la direction apprend que vous êtes à la CGT...

Elle s'était contentée de hausser les épaules, de tendre la main.

— Si vous croyez qu'ils ont besoin de voir ce bout de carton pour vous taper dessus ! Allez, donnez-moi ma carte... Mon nom c'est Damien, Florence Damien...

J'avais rempli le formulaire sans enthousiasme, à la manière d'une ordonnance pour un patient condamné, puis j'avais observé Florence qui humidifiait les timbres mensuels du bout de sa langue en me disant que la militance vous apportait quand même quelques satisfactions.

— Vous n'avez pas l'air d'avoir compris ce que je viens de vous dire ! Il est mort et j'y suis pour quelque chose !

J'ai sursauté au son de sa voix qui déraillait dans les aigus. J'ai contourné mon bureau pour venir près d'elle. En posant les mains sur ses épaules, la frontière des brides de la robe et de sa peau sous mes paumes, j'ai senti qu'elle tremblait.

— Je ne comprends rien à ce que tu racontes... Qui est-ce qui est mort ?

Florence s'est soudain abandonnée, son front contre mon torse, le souffle de ses mots sur ma poitrine.

— Le patron des Panoramas... Je n'en pouvais plus... Je ne sais pas quoi faire, il faut absolument que tu m'aides...

Quand elle a relevé sa tête vers moi et que j'ai vu tout ce ciel noyé dans les larmes, j'ai compris que ce qu'on m'avait appris dans les stages de formation syndicale, à Gif-sur-Yvette ou ailleurs, risquait de se révéler insuffisant. J'ai entendu quelqu'un qui disait « Il est où », avant de comprendre qu'il s'agissait de ma propre voix.

— Dans un des casiers à glissière de la morgue... Il faut faire vite ; on va commencer à s'inquiéter de son absence...

Nous sommes sortis de la Bourse au moment précis où une délégation de grévistes du chantier TGV déployait sa banderole. L'organisateur du mouvement, un Marseillais qui avait fait ses classes avec Charles Hoareau, dans les groupes de chômeurs, s'est planté devant moi.

— Un pote cheminot vient de nous faire savoir qu'une demi-douzaine de pontes de la SNCF a pris le train il y a une heure, à Paris. Si on part tout de suite, on peut les cueillir à leur arrivée à la gare Saint-Charles, histoire de se rappeler à leur bon souvenir. Tu viens avec nous ?

— Impossible, j'ai un problème à régler en urgence...

Il s'est contenté d'un clin d'œil appuyé en direction de Florence.

— Je te comprends...

Ma voiture était garée devant une petite taverne, Le Tonneau, dont la façade était décorée d'une imposante barrique, et qui témoignait du temps où les syndicats paysans diffusaient les produits des coopératives agricoles au cœur des villes ouvrières. J'ai poussé la pile de tracts qui encombrait le siège passager en m'excusant de l'état de délabrement de ma berline. La voix de Barbara a empli l'habitacle dès que j'ai tourné la clef dans le neiman.

Dis quand reviendras-tu?
Dis au moins le sais-tu?
Que tout le temps qui passe ne se rattrape guère,
Que tout le temps perdu ne se rattrape plus...

J'ai éjecté la cassette, d'une pression du doigt.

— Tu pouvais la laisser... Moi aussi j'aime bien l'écouter, ça me rappelle des souvenirs...

Je me suis agrippé au volant pour ne pas demander lesquels : je savais d'expérience qu'en échange de ses confidences il aurait fallu que j'y aille des miennes, et la blessure était encore trop récente. Elle était toujours prête à se rouvrir. J'ai pris la direction de la corniche en contournant la ville envahie par les touristes, mais avec le flot des familles en maraude, des caravanes, des bateaux tractés, nous en avions bien pour trois quarts d'heure avant d'atteindre la résidence. Ma main a effleuré son genou quand j'ai enclenché la cinquième, sur la voie rapide. J'ai pris le paquet de clopes dans ma pochette de chemise.

— Tu fumes?

Elle a hésité puis s'est décidée à en pincer une du bout de ses doigts effilés.

— J'essaie de m'en passer depuis un mois, mais là, avec

tout ce qui me tombe sur le coin du nez, je crois que je vais arrêter d'arrêter...

Nous avons roulé en silence sur quelques kilomètres, le temps de faire le plein de nicotine, et c'est alors que nous longions les mornes bâtiments de l'hôpital des quartiers sud que j'ai commencé à lui poser les questions que toute personne sensée aurait formulées bien avant de mettre le contact.

— Quand tu es venue te syndiquer, il y a six mois, ça faisait longtemps que tu travaillais à la résidence ?

Elle a soigneusement écrasé son mégot dans le cendrier avant de jeter le filtre recouvert de son papier imitation liège par la fenêtre. Son mouvement cambré pour se caler au fond du siège a légèrement fait remonter la robe sur ses cuisses. Je me suis concentré sur les sinuosités de la ligne blanche pendant qu'elle me répondait.

— Deux mois, à tout casser... Après mon divorce, il a fallu que je trouve du boulot, et quand tu te présentes avec comme seule référence pour les dix années précédentes d'avoir élevé deux gosses, il ne faut pas être difficile. J'ai commencé en ville comme serveuse, dans des bars, des restaurants... Deux fois sur trois, tu es payée au noir, sans contrat, sans garantie. Tu dois arranger ta vie avec des horaires impossibles. Le commerce, dans les boutiques de fringues, c'est le même esclavage. En prime, tu as droit aux crises des clientes, au mépris de la patronne ! J'ai fini par faire un remplacement, là, à l'hôpital sud, et juste quand ça se terminait un toubib m'a branchée sur les Panoramas...

Je l'ai regardée à la dérobée, en doublant un camion espagnol aux flancs décorés de fruits multicolores.

— Tu fais quoi exactement, aide-infirmière ?

Son rire a volontairement sonné faux.

— Smicarde ! Sur la fiche de paie, c'est marqué « personnel d'entretien ». Normalement on ne devrait entretenir que les objets, mais on s'occupe surtout des pensionnaires. On les fait manger, on les lave, on leur met leurs couches, on dose leurs médicaments... J'ai même vu des collègues changer des pansements ou faire des piqûres. Remarque que ça n'a jamais empêché le patron de facturer les actes médicaux aux familles... Un jour, j'étais tellement écœurée que j'ai téléphoné d'une des cabines de la résidence au journal du coin. On m'a passé le rédacteur en chef et je lui ai tout déballé. Il a insisté pour savoir mon nom, mais j'ai tenu bon : j'avais pris l'accent d'une femme de la haute, en fait je me suis fait passer pour la fille d'un millionnaire gâteux hébergé aux Panoramas. Pas un mot dans leur torchon, en revanche dès le lendemain les flics maison étaient sur les dents : ils essayaient de savoir d'où venait la fuite ! J'avais l'impression de jouer dans un film d'espionnage !

Elle a rentré la tête dans les épaules lorsqu'une ambulance nous a croisés. La sirène et les éclats de lumière bleutée se sont estompés dans notre sillage.

— Tu pouvais quand même compter sur deux ou trois collègues...

— Les gens sont pris à la gorge, on ne peut pas leur demander d'être des héros... Il y avait un type très bien, Yannick, un technicien qu'on appelait l'ingénieur. Il s'occupait de la maintenance des appareils d'imagerie médicale, l'échographe, l'hyperbare, les caméras miniatures pour les colos, les fibros... Je suis restée quelques jours dans son service. On a immédiatement sympathisé.

J'ai senti la jalousie poindre à l'évocation de ce souvenir, et mon pied s'est appesanti sur l'accélérateur. Un long miaulement de pneus nous a accompagnés dans la courbe des Amandiers, juste avant d'aborder les premiers lacets de la corniche.

— Il t'a aidée ?

— Le patron ne lui en a pas laissé le temps... Yannick s'était rendu compte que la direction escroquait la sécurité sociale en déclarant dix pour cent d'examens supplémentaires. Au tarif du scanner, ça chiffre vite ! On lui a proposé une augmentation, pour qu'il se fabrique une amnésie sélective... Le problème, c'est qu'il avait des principes. Il a refusé. Résultat, ils l'ont muté à Marseille, à la maison mère. Cent bornes de trajet le matin, autant le soir... J'ai eu le tort de dire ce que j'en pensais, et ils m'ont ouvert toutes grandes les portes de l'enfer...

Un camping-car hollandais hérissé de vélos m'a obligé à ralentir l'allure.

— J'en connais quelques-uns qui seraient prêts à t'y suivre les yeux fermés...

Elle a fait semblant de ne pas avoir entendu.

— Ils m'ont directement mise de permanence chez les grabataires. À vrai dire, je m'en fichais, ça ne me dérangeait pas, c'est dans la tête du patron que c'était censé être dégradant. La seule chose à laquelle je n'arrivais pas à me faire, c'était l'odeur quand elle s'imprègne jusque dans la peau... Pour m'en défaire, je prenais deux ou trois douches rapides au cours de la journée. Des breaks de cinq minutes maxi... Ce que j'ignorais, c'est que le chef de service était chargé de me fliquer, qu'il notait mes moindres faits et gestes sur le dictaphone qu'il utilise quand il fait la tournée des lits... Un jour que je me rafraîchissais, la porte s'est ouverte sur le patron accompagné de son acolyte. Je n'avais pas terminé de me rhabiller qu'ils m'avaient déjà signifié un blâme... Dès la fin de mon service, je suis descendue en ville, et c'est là que j'ai fait irruption dans ton bureau pour prendre la carte du syndicat.

Florence est restée silencieuse pendant une bonne minute, le regard perdu dans le vague. Elle a refusé une deuxième cigarette, a pris le briquet dans le vide-poche pour allumer la mienne. Elle a pointé le doigt vers une propriété protégée par une forêt de cèdres et de pins parasols.

— Le vieux à qui ça appartient a fait fortune dans le caoutchouc... Les usines Gambloux. C'est le seul centenaire des Panoramas, mais ses héritiers trouvent qu'il joue un petit peu trop avec la montre... À mon avis, il a encore de belles années devant lui. C'est drôle qu'on passe justement par ici, parce que c'est un des seuls à m'avoir donné un coup de main.

— Tu fais fondre les milliardaires centenaires ?

— Syndicalistes ou pas, vous êtes vraiment tous les mêmes, vous ne pouvez pas vous en empêcher... Je venais de refaire le lit du centenaire, quand le patron est entré dans l'appartement et qu'il a glissé sur une lavette avec laquelle une collègue nettoyait les sanitaires. Il n'est pas tombé, mais c'était plus que moins une. Elle n'a pas pu s'empêcher de rire. Dès qu'il a repris son équilibre, il s'est planté devant elle pour lui lancer : « Vous êtes tellement moche que quand vous riez, on ne voit pas la différence. » Un truc qui te reste en mémoire, qui te bouffe la vie si tu n'as pas les épaules assez solides. Je me suis approchée. Je lui ai demandé de faire des excuses et là, comme un gosse, il a prétendu qu'il n'avait rien dit... La collègue a baissé les yeux, pour pas faire d'histoires. À ma grande surprise, c'est le vieux, Gambloux, qui est sorti de son silence. « Monsieur Talamond, je vous ai entendu et Mlle Florence a raison, vous devez des excuses à cette jeune personne... »

Je me suis rangé sur le côté pour aller prendre de l'essence à la station, avant de m'engager sur l'ancien chemin forestier au bout duquel on apercevait les toits des Panoramas.

— Qu'est-ce qu'il a fait ?

— Il s'est écrasé, mais s'il avait eu des mitraillettes à la place des yeux, je ne serais pas là pour te le raconter ! Dès le lendemain, pour se venger il a réorganisé les services. Je me suis retrouvée à la morgue... À mon avis son problème, à ce mec, c'est que c'était un nécrophile.

Je l'ai laissée près de la voiture pour aller régler mon plein, puis on a repris la route.

— Nécrophile ! Tu y vas un peu fort... Qu'est-ce qui te fait dire ça ?

— L'expérience ! Depuis que je bossais à la résidence, c'était le seul à ne pas avoir essayé de me serrer dans un coin sombre, et là, voilà qu'il se pointe dans la chambre froide, qu'il se met à me faire des déclarations enflammées devant deux cadavres recouverts de leur dernier drap... Il a fallu que je me défende, sinon je crois que j'étais bonne comme la romaine... J'en ai parlé à deux ou trois personnes autour de moi. C'est tout juste si on ne me traitait pas de menteuse, si on ne me disait pas que je prenais mes désirs pour des réalités. Alors, j'ai décidé de lui tendre un piège...

Nous étions parvenus au sommet de la colline. Un paysage à se damner s'étendait devant nous. Le vert sombre des massifs de conifères, les sables d'argent, l'âpreté des arêtes de basalte, les nuances liquides infinies de l'émeraude, les silhouettes en virgules des voiliers, tout, couleurs et formes, était à son exacte place, en équilibre parfait... Florence m'a montré l'entrée des fournisseurs. Je me suis dirigé vers le chemin, au ralenti.

— La morgue, c'est le petit bâtiment gris, à gauche du massif de lauriers-roses. Je lui ai discrètement fait savoir que j'étais prête à discuter, et il est entré alors que je nettoyais le carrelage. Il a cru que c'était bon, qu'il avait décroché la queue du Mickey, mais au moment précis où il se jetait sur moi, l'un des linceuls s'est soulevé comme dans le Train Fantôme. La tête du père Gambloux est apparue. Le centenaire lui a lancé une phrase du genre : « Cette fois-ci, vous n'allez pas encore dire qu'elle raconte des histoires », mais c'était déjà trop tard, le patron était à mes pieds, terrassé par une crise cardiaque...

J'ai garé la voiture dans l'ombre de la bâtisse. Pendant qu'elle faisait le guet j'ai traîné le cadavre de Talamond dans le jardin, jusqu'au milieu d'un bosquet. C'est un pensionnaire qui l'a découvert au début de l'après-midi, pendant sa promenade digestive. Le médecin légiste n'a rien trouvé à redire aux circonstances du décès, et le rédacteur en chef du canard local s'est fendu d'un article digne de la mort d'un ministre.

De temps en temps, Florence et moi allons faire un tour aux Panoramas, pour dire bonjour au milliardaire centenaire. Ils se font des clins d'œil de vieux complices. Il ne sait pas que je sais. Moi de mon côté je le ménage : je ne lui ai pas encore dit ce que je faisais, comme boulot.

OLTENITA
ET CARMELO

Montevideo, mai 1998

Carmelo avait quitté son village de Florica depuis trois jours. Il n'avait jamais autant marché, et ses pieds nus étaient en sang. Il s'arrêta en parvenant au faîte de la colline qui dominait le port de Montevideo pour s'accorder quelques heures de repos. Il alluma un feu de brindilles, ajouta quelques branches et fit cuire l'épi de maïs cueilli dans un champ et qu'il avait fiché sur une badine. À la nuit tombée, il longea la rive du Río de La Plata. Il s'approcha des immenses entrepôts frigorifiques que des camions ne cessaient de sillonner pour aller nourrir en viande des hauts-plateaux les cales des navires ancrés dans le port. Le gamin traversa le labyrinthe de containers multicolores déposés sur les quais, leva la tête sur la coque noire d'un cargo. Il ne savait pas déchiffrer les lettres peintes en blanc au-dessus de la ligne de flottaison, mais il avait appris à reconnaître les couleurs, sur le drapeau. Il sut que celui-là traverserait l'Atlantique en direction du pays de France. Lorsque la nuit fut au plus profond, il empoigna l'un des cordages qui maintenaient le navire au quai et se mit à grimper vers le bastingage.

Constantza, juin 1998

Le pied nu d'Oltenita se posa sur le pare-chocs arrière du camion qui s'apprêtait à quitter les docks de Constantza. Ses mains s'agrippèrent au bord de la ridelle. Au prix d'un violent effort, la gamine projeta son corps dans la remorque. Elle escalada les sacs d'engrais, les cartons de bulbes, les poches en plastique bourrées de terreau, pour venir se blottir contre la paroi de la cabine. De là, elle pouvait regarder la route, le paysage, grâce à une fenêtre minuscule par laquelle, si on avait brisé la vitre, ne se serait même pas faufilé un chat. Deux hommes se relayaient au volant. Elle connaissait le plus vieux des deux qui avait accepté, l'année précédente, de l'emmener à Turnu-Màgurele, sur les bords du Danube, pour les obsèques de sa mère. Elle l'avait choisi pour ce grand voyage, car il n'avait rien exigé d'elle. Elle s'endormit alors que le camion traversait les plaines céréalières de Dobroudja. Les voix des douaniers serbes la réveillèrent. Elle se laissa tomber entre deux ballots, alors que le faisceau de la torche balayait l'antre. Oltenita faillit être découverte le lendemain soir, quand le camion fut parqué pour la nuit près de Trieste, avant le passage en Italie. Elle eut juste le temps de soulever la bâche, de s'éloigner et de faire semblant de jouer à la marelle, près de la station service. Personne ne prêta attention à la fillette qui sautillait en chantant. Un autre camionneur, à son insu, l'emporta vers le pays de France, dissimulée dans son chargement de dossiers suspendus qu'attendait un grossiste de Mitry-Mory.

Saint-Denis, juillet 1998

L'autocar roulait au pas sur l'avenue du Président-Wilson. Des milliers de supporters tendaient les mains vers les vitres fumées derrière lesquelles l'entraîneur de l'équipe de France donnait les derniers conseils à ses joueurs. Une heure auparavant, le bus de luxe des Brésiliens avait emprunté le même itinéraire, en provoquant le même engouement. Oltenita et Carmelo ne partageaient pas leur enthousiasme. Ils marchaient main dans la main sur la berge du canal Saint-Denis et leur cœur battait fort, à l'unisson. Des mois passés dans le quartier de la gare de Bucarest, Oltenita avait gardé la main leste. Elle tira en douceur les billets qu'un imprudent avait laissés dépasser de sa poche. Ils franchirent les herses d'entrée sans encombre, et vinrent s'installer au plus près de la pelouse. Une grille de deux mètres de haut les séparait du terrain où allait se disputer la finale. Ils se décidèrent à l'escalader quand la chorale de la Garde républicaine entonna les dernières mesures de l'hymne brésilien. Leurs pieds nus foulèrent la pelouse immaculée alors que l'arbitre dispensait les ultimes consignes aux deux capitaines. Oltenita vint se planter devant Zidane, Carmelo devant Ronaldo. Les deux joueurs sourirent aux enfants, pensant que leur présence faisait partie du protocole. La même phrase fut balbutiée dans un brésilien approximatif par Carmelo, puis dans un français un peu fautif par Oltenita.

— Je travaille toute l'année pour presque rien à fabriquer les chaussures que tu portes aux pieds, et moi je n'en ai jamais porté...

Les deux avant-centre rassemblèrent leurs équipiers. Ils discutèrent en formant deux mêlées, jaune d'un côté, bleue de l'autre. Dans un même mouvement, les vingt-deux footballeurs s'assirent sur la pelouse de Saint-Denis pour ôter leurs Naïke, leurs Adadis avant de disputer la première finale de Coupe du Monde pieds nus de l'histoire.

NOCES D'OR

Il en va quelquefois des femmes comme des poupées, on n'a qu'une envie, leur arracher les bras, les yeux, leur piétiner la tête. Ils s'étaient aimés pendant des mois, avaient joué en toute innocence le rôle qui leur était dévolu, au grand contentement des familles, mais dès la première nuit, c'est exactement ce qu'il avait pensé de celle qui partageait sa vie depuis maintenant cinquante années. Il ne songeait qu'à la démembrer, l'éparpiller comme un vulgaire Meccano. Les journées étaient trop pleines du quotidien pour qu'il trouve assez de quiétude pour échafauder ses intrigues, et il se rattrapait la nuit, les yeux grands ouverts sur les démons enfantés par l'obscurité. Il se délectait de ce demi-siècle nocturne passé à imaginer, à rêver, les mille et une façons de s'en débarrasser. Elle prenait la place de la victime dans tous les téléfilms sur lesquels il zappait, tous les livres policiers qu'il parcourait, tous les faits divers dont il collectionnait les coupures. Il ne se souvenait pas, pourtant, d'avoir jamais levé la main sur elle, lancé la moindre phrase blessante à son endroit : les compliments, les sourires qu'il lui adressait correspondaient, dans son esprit, à autant de pièges insoupçonnables patiemment tendus. Autour d'eux, le désastre s'était abattu sur tous les couples, divorces, procès, adultères, jusqu'à leurs deux enfants qui leur avaient donné trois fois plus de beaux-fils et de belles-filles. On s'accordait à les montrer en exemple comme une survivance des heureux temps anciens. Il tenait un carnet secret caché sous la roue de secours, dans le coffre de sa voiture, où il consignait l'ensemble de ses scénarios, accidents, faux suicides, empoisonnements, contaminations... Tout était resté à l'état de projet, et c'est quelques jours seulement avant la célébration de leurs noces d'or qu'il se demanda amèrement si la réussite apparente de leur mariage ne résultait pas de ces infinités de fantasmes meurtriers qui peuplaient ses nuits. L'idée lui devint immédiatement insupportable d'avoir laissé aux songes le privilège de guider sa vie. Il relut toutes ses notes tandis que la frénésie de la prochaine cérémonie s'emparait de la maison, avant de consigner, à l'encre rouge, qu'il ne lui restait, pour en avoir le cœur net, d'autre recours que passer à l'acte. La répétition de la nuit de noce, à cinquante ans de distance, imposa son symbole pour le choix de la date.

Les enfants s'étaient occupés de l'ordonnancement de la cérémonie et, comme un demi-siècle plus tôt, les familles avaient convergé en deux cortèges différents vers la mairie, lui conduit par son fils, elle au volant de la voiture du couple puisque sa fille n'avait pas le permis. Sa femme poussa l'imitation jusqu'à imposer près d'une heure de retard au maire, aux témoins, comme la première fois; pour se justifier elle minauda de manière indécente, prétextant une crevaison.

Au plus profond de la nuit, le devoir conjugal accompli, il repoussa le drap, se tourna vers elle, pour implorer son pardon, prêt aux aveux.

Un éclat de lune scintilla sur l'acier du couteau qu'elle brandit soudain au-dessus du lit. Les yeux révulsés, elle lui enfonça la lame par trois fois dans le cœur. Le tribunal l'acquitta, quelques mois plus tard, quand elle remit aux juges le carnet empli de notes rouges trouvé dans le coffre de la voiture et qu'elle avait découvert, par hasard, en changeant la roue de secours sur la route de la mairie, le jour de ses noces d'or.

L'OMBRE ORPHELINE

Il y a très longtemps, un soir de veillée, on m'a raconté l'histoire d'un homme orphelin de son ombre et condamné à vivre dans une nuit éternelle où s'évanouissait son infirmité. Il se pourrait bien qu'un demi-siècle plus tard, sur les murs vestiges de la ligne de Petite Ceinture, j'aie retrouvé cette ombre évadée et que je sois maintenant à la recherche du corps qui devrait la porter. La première fois que je l'ai vue, c'était sur la maçonnerie du pont bifurqué de la rue Manin, une silhouette humaine, jambes jointes, tête penchée, bras écartés, découpée dans le noir de la suie par un léger liseré gris. Une crucifixion par défaut. Je l'ai longuement observée, puis j'ai repris mon chemin, quelques mètres en équilibre sur les rails rouillés, quelques autres en enjambant les traverses, perché sur la pointe des pieds. J'ai fait une halte, appuyé sur les commandes inutiles de l'aiguillage, près du canal aux eaux bleuies par les reflets des lumières du parc de la Villette. Au loin, des géants en noir et blanc s'agitaient sur l'écran d'une projection en plein air. Devant moi, la terre remuée portait encore les traces des bâtiments où l'on rassemblait, au sortir des wagons, les troupeaux sacrifiés avant de les conduire vers les échaudoirs des abattoirs. Je suis resté immobile, à observer le lent déplacement des étoiles sur le métal réfléchissant du dôme de la Géode. Une main, en pesant sur mon épaule, m'a arraché à ma rêverie.

— Tu as du feu ?

Mon pouce a fait rouler la molette du briquet. À la brève clarté de la flamme j'ai observé l'homme aux joues creuses envahies de barbe qui tirait sur son mégot. Nos regards se sont croisés. À ses vêtements avachis, ses chaussures éculées, j'avais compris que nous appartenions au même monde de solitude. Je m'apprêtais à poursuivre ma balade quand il a tendu la main vers les soubassements de la ligne de chemin de fer. Je me suis penché pour apercevoir la deuxième silhouette tapie dans l'obscurité.

— C'est nouveau, les ombres... J'en vois seulement depuis hier... Je connaissais les squelettes, les portraits du Bateleur, les gonzesses de Miss. Tic, mais là, mystère ! C'est pas mal, tu sais qui c'est qui fait ça ?

J'ai haussé les épaules en jouant l'indifférence alors que j'étais assez surpris de son discours. D'habitude, quand on arpente les terrains de vague à l'âme, les discussions s'évitent. Si on les accepte, elles se résument à l'évocation des bienfaits du mauvais vin, à la litanie des blessures infligées par les femmes. Le reste du monde est invisible.

— Non. Inconnu au bataillon. J'ai vu la même un peu plus haut vers les Buttes-Chaumont. Elle n'était pas signée non plus.

Comme il n'allait nulle part, il a mis ses pas dans les miens. Nous avons franchi la rue de l'Argonne, puis Corentin-Cariou, par le viaduc. Il s'est arrêté pour regarder la barrière d'entrepôts qui remplace les fortifications, plus loin les cités qui ont poussé sur l'emprise des anciens gazomètres.

— Une partie de ma famille travaillait au Coke de

France. On avait des photos, à la maison, où on voyait des ballons dirigeables, et même des zeppelins allemands, venir faire le plein de gaz dans l'usine. C'était gigantesque, elle allait jusqu'au périphérique, presque à l'échangeur...

J'ai laissé le silence s'installer. Je n'avais aucune envie de lui raconter ma vie ou de lui faire des confidences. Je m'étais dressé à ne vivre que dans le temps le plus immédiat : tout retour en arrière m'était interdit. Il a envoyé son mégot dans les airs, d'une pichenette.

— Tu n'es pas bavard, mais rassure-toi, je le suis pour deux. À mon avis, ça doit être génétique... J'ai un aïeul qui était dans le théâtre. Patron des Bouffes-du-Nord... Il s'appelait Lisbonne, comme moi, mais lui c'était Maxime... Il a arpenté ces rails quand ils n'étaient pas en misère comme aujourd'hui, et qu'ils rutilaient sous les roues des wagons. Pendant la Commune de Paris, en 1871, il était chargé de défendre les remparts contre les assauts des Versaillais. Il inspectait le front dans un train blindé équipé de canons de marine !

Il dédaigna, à notre gauche, le feu d'artifice qui illuminait la butte Montmartre et donnait des couleurs aux dômes fades du Sacré-Cœur. Je le relançai, par politesse.

— J'ai du mal à te suivre. Il était quoi au juste, ce Maxime ? Théâtreux ou cheminot-artilleur...

Il se mit au garde-à-vous, esquissa un salut ironique.

— Les deux, mon capitaine. Une vie ne se résume pas à un mot... Une fois sa révolution vaincue, on l'a condamné deux fois à mort, pour faire bonne mesure, puis on l'a déporté à Nouméa. Quand il est revenu, il a ouvert un restaurant canaque à Belleville, La Taverne du Diable, où les clients étaient servis par des bagnards enchaînés. Le jour où j'aurai un peu de temps et d'argent à consacrer à l'aïeul, je me suis promis de prendre un avocat pour toucher des droits d'auteur sur chaque pizza livrée à domicile à travers le monde...

— Je ne vois pas le rapport...

— C'est lui qui a inventé le système. Après les Canaques, il a pris une brasserie, place Clichy, qu'il a baptisée Les Frites révolutionnaires. On pouvait se faire livrer à la maison un steak ou une saucisses-frites. Le plat était amené par des sans-culottes coiffés d'un bonnet phrygien et armés d'une pique ! Vers la fin de sa vie, il organisait des repas gratuits pour les malheureux du 18e arrondissement, exactement comme Coluche avec ses Restos du Cœur...

On arrivait à l'endroit où la ligne de ceinture passe au-dessus du fouillis de voies venues de la gare du Nord quand on est tombés sur le couple qui déposait les nouvelles silhouettes sur les murs. L'homme se tenait droit, le dos à la pierre, jambes jointes, la tête recouverte d'une cagoule et légèrement inclinée sur le côté, bras en croix. Face à lui, la femme agitait une bombe de peinture grise qu'elle vaporisa moitié sur le mur et moitié sur son compagnon pour créer l'effet saisissant de découpe humaine.

Quand elle eut terminé, le descendant de Maxime Lisbonne s'approcha pour demander s'il pouvait laisser une trace, à son tour. Parvenu à la station Ornano, il passa la cagoule sur son visage creusé et s'appuya à la meulière.

Je m'éclipsai quand la main de la jeune femme décrivit ses limites.

Je n'avais pas encore le courage d'affronter mon ombre.

LA SÉCABILITÉ DU CHEF

La première chose dont Dresch eut envie, après avoir dévalisé le comptoir d'épargne de la place des Abbesses, ce fut d'entrer dans une librairie. Les cris s'estompaient derrière lui, absorbés par la rumeur du carrefour. Il ralentit sa course, vint se fondre dans le gris uniforme d'un groupe d'employés qui descendaient la rue Germain-Pilon, et les accompagna jusqu'aux boulevards. Le carillon égrena ses notes aiguës quand il poussa la porte vitrée. Les deux personnes présentes dans la boutique tournèrent la tête vers le nouvel arrivant puis se replongèrent dans la contemplation des reliures. Il inclina rapidement la tête en direction du libraire, un gros homme sans âge coincé derrière un secrétaire encombré de paperasse, avant de poser la serviette en cuir gonflée de billets entre ses deux pieds. Il s'était planté devant la table des nouveautés, de manière à voir tout le quartier au travers des ouvrages disposés en quinconce sur les rayonnages de la vitrine. Dresch parcourut quelques lignes de la réédition rehaussée de pastels d'un roman qu'il avait lu adolescent, *Le Maître de forges* de Georges Ohnet, « Claire poussa un cri, ses yeux s'emplirent de larmes, elle s'attacha désespérément à Philippe, leurs lèvres se touchèrent, et dans une extase inexprimable, ils échangèrent leur premier baiser d'amour », feuilleta *La Clef de la magie noire* de Stanislas Guaita mort quelques mois plus tôt, épuisé par la drogue. Il rentra la tête dans les épaules quand quatre flics traversèrent la contre-allée au pas de charge, se faufilant entre les charrettes, les coches et les quelques voitures automobiles pour se lancer dans l'ascension de la Butte. Il sourit en pensant qu'il n'existait pas de policier suffisamment pervers pour chercher un bandit dans une librairie... Son regard accrocha le nom de Louise Michel sur un petit volume ; une compilation de légendes et chansons de gestes canaques que la communarde avait recueillies lors de son exil, et qu'elle était parvenue à publier dans les *Petites Affiches de la Nouvelle-Calédonie.* Il ouvrit le livre, survola l'introduction en marchant lentement vers le vendeur engoncé : « Vous êtes là-bas au XIXe siècle ; nous sommes ici au temps des haches de pierre et nous avons des chansons de gestes pour littérature. »

Il paya, sortit. La douleur le rattrapa tandis qu'il contournait l'échafaudage dressé autour du Palais Rochechouart, l'obligeant à chercher un appui pour ne pas tomber. Cette nausée, comme une lame de fond, ce bourdonnement entre les tempes, ces tremblements, et cette vrille dans le cerveau qui lui fermait les yeux... Il parvint à retenir la plainte sur ses lèvres, à contenir les larmes, sous les paupières. Sa main abandonna la poignée du sac et plongea dans la poche, à la recherche du flacon de laudanum qui ne le quittait pas. Il en avala une gorgée, puis demeura accroché au montant de bois, le temps que le calmant dilue la violence de l'attaque. Dresch savait que les trois jours à venir seraient placés sous le signe de cette migraine cyclique, qu'il les passerait allongé dans sa chambre, à boire sa solution opiacée derrière les rideaux tirés, attentif à la moindre pulsation du sang dans ses veines.

À l'examen, le butin du comptoir d'épargne de la place des Abbesses se révéla moins juteux qu'il ne l'avait imaginé : le receleur fit la fine bouche devant les titres, les bons, et ne s'embarrassa du papier qu'au quart de la valeur affichée. Dresch se trouva dans l'obligation de reprendre le travail plus tôt qu'il ne l'espérait. Il jeta son dévolu sur un petit établissement situé dans l'enceinte des abattoirs, côté Villette, près des lignes de chemin de fer de l'Est, où une fille d'un soir, dont il avait oublié le nom, alignait des écritures.

La banque Gravereau encaissait l'argent des transactions qui portaient aussi bien sur les bêtes en pied que sur les quartiers débités, sur le sang, sur les peaux. La jeune femme lui avait confié que le mardi était jour d'affluence : les maquignons montaient avec les troupeaux voués aux échaudoirs. Ils se délestaient au guichet de leurs liasses humides avant d'aller se remplir la panse à la Ferme de Pantin ou au Pavé de Paname. Une observation minutieuse des lieux lui confirma les confidences de l'employée. Elle lui indiqua en outre que l'heure la plus favorable à son entreprise se situait entre quinze heures, moment du départ des négociants, et dix-sept heures quand un coche gardé par trois hommes armés venait ramasser les fortunes issues de la transformation du bœuf en steak. Le mardi suivant, vêtu d'un uniforme de serge bleue emprunté la veille dans un vestiaire attenant à un atelier d'éviscération de moutons, les traits ombrés par la visière d'une casquette, il pénétra dans l'enceinte des abattoirs pour aller se présenter à la porte de l'établissement bancaire. Trois clients complétaient des formulaires, assis autour d'une table vernie. Personne ne lui prêta attention tandis qu'il s'approchait du guichet grillagé derrière lequel somnolait un caissier. Dresch prit le colt qui alourdissait la poche intérieure de sa veste, pointa le canon sur l'employé de telle manière que son geste échappe à l'attention de ses collègues. D'un mouvement de tête il désigna les sacs de jute qui servaient à transporter les billets jusqu'au coche.

— Tu m'en remplis deux. Quand tu as terminé, tu me les passes à côté, au-dessus du guichet. Au moindre geste suspect, je te vide le barillet dans la panse... Tu as compris ?

Le regard écarquillé du caissier ne parvenait pas à se détacher du cercle d'acier où se nichait la mort. Ses doigts palpèrent les liasses, machinalement, et le papier-monnaie s'entassa dans les sacs. Quand ils furent pleins, il ouvrit la porte de sa cage pour les poser sur le rebord du comptoir, mais en face, l'homme était devenu comme indifférent à ses mouvements. Il semblait s'être affaissé. Le canon du revolver demeurait pointé sur la place vide. L'employé se laissa tomber derrière le meuble, puis il rampa jusqu'à l'alarme dissimulée dans un recoin de la menuiserie. La stridence de la sonnerie décupla l'attaque migraineuse qui venait de fondre sur le crâne de Dresch. Il tenta d'ouvrir les yeux ; ses paupières pesaient des tonnes. Une ombre dansa devant l'interstice qu'il parvint à imposer à la douleur. Le colt cracha ses balles, par trois fois, il y eut des cris, des bruits de meubles renversés, des cavalcades désordonnées, des portes claquées. C'est alors qu'il tentait de se diriger vers la sortie qu'une masse haletante se plaqua sur son dos. Des bras lui enserrèrent les jambes. Il chuta sur le sol parqueté en crispant son doigt sur la détente du revolver. Le sang brûlant d'un inconnu inonda sa main, puis un genou lui broya la poitrine. Quand il reprit connaissance, il était assis sur une chaise, les mains attachées derrière le dossier par une paire de menottes, et cinq policiers faisaient cercle autour de lui. Chacun de ses refus de répondre aux questions dont on le pressait était sanctionné par un coup. Poing, pied, matraque... Ils continuèrent à pleuvoir, bien après que fut posée la dernière question. Les deux morts de la banque Gravereau, la boucherie des abattoirs, comme titrait *Le Petit Parisien*, le conduisirent devant les Assises. Le procureur obtint sans trop d'efforts que l'avenir de Dresch s'arrête sous la lame biseautée de la guillotine. Il fut incarcéré dans une cellule de la prison de la Santé où il tua le temps d'avant la mort en luttant à chaque instant contre les névralgies qui lui zébraient le crâne. Au petit matin du dernier voyage, les tempes en feu, il demanda qu'on lui apporte le journal, le lut ligne à ligne pour ne rien perdre des événements qui allaient accompagner son propre anéantissement. Son regard enfiévré buta sur un articulet publicitaire placé sous une caricature montrant un homme dont la tête était prise par un étau :

UN REMÈDE MIRACLE

Depuis son invention, l'année dernière, par le docteur Felix Hoffman, la firme Bayer (Allemagne) a commencé à commercialiser un produit chimique, l'acétylsalicylique, qui est appelé à révolutionner le traitement d'une série impressionnante des maux qui assaillent l'homme moderne. Ce médicament miracle, bien toléré par les organismes et relativement peu coûteux, est particulièrement efficace dans les cas de céphalées chroniques.

Alfred Quéant, pharmacien, distributeur officiel pour la France, 12, rue des Envierges, Paris.

Dresch relut ces quelques phrases à plusieurs reprises avant de se décider à cogner pour faire venir le gardien-chef. On lui accorda, comme ultime faveur, que le cuisinier traverse Paris pour rapporter les pilules prodigieuses. Il revint alors que les officiels se pressaient déjà dans la cour de la prison, remit la boîte de cachets au curé qui marchait près du condamné. Dresch, les cheveux ras, la chemise débarrassée de son col, refusa les derniers sacrements. Il ouvrit la bouche et le prêtre lui déposa un cachet sur la langue, à la manière d'une minuscule hostie. L'aide l'avait saisi par la manche avant qu'il ait le temps de déglutir. D'un croche-pied le bourreau le coucha sur le banc mobile, la demi-lune lui enserra le cou. La lame d'acier glissa sans bruit dans les rails huilés pour finir par rebondir dans son logement.

Quand l'exécuteur des hautes œuvres se pencha vers le panier pour vérifier la qualité de son travail, il remarqua un demi-point blanc coincé à la base de la tête du supplicié. L'autre moitié se trouvait de l'autre côté dans la partie de larynx solidaire du tronc.

Le remède était efficace : Dresch n'eut plus jamais mal à la tête. C'est en son souvenir que depuis ce jour, en France, les cachets d'aspirine sont légèrement divisés par le milieu.

CONDAMNÉ À MORT !

Victor Hugo délaissa le manuscrit de *L'Année terrible* pour se saisir de la pile de courrier que l'on venait de déposer sur le coin de son bureau. Il écarta tout d'abord les journaux, les revues, les livres, et préleva une lettre venue des Caraïbes. Une inconnue, qui signait Maria Florès, le remerciait de son *Adresse aux femmes de Cuba* en lui rappelant cette phrase qu'il avait eue pour s'élever contre la répression sauvage que les Espagnols opposaient à l'exigence d'indépendance : « Un peuple ne possède pas plus un autre peuple qu'un homme ne possède un autre homme. » Il se revit, l'écrivant dans la pièce haut perchée de Guernesey, au temps encore proche de l'exil. Pendant un moment ses pensées dérivèrent sur l'océan. Le nom du bureau d'envoi de l'enveloppe suivante, Satory, mit fin à sa rêverie aussi brusquement qu'elle lui était venue. Il passa la pointe du coupe-papier sous la languette du verso et d'une vive rotation du poignet libéra une feuille pliée en deux, recouverte d'une écriture nerveuse. Si le nom de sa correspondante, Marie Carrier, lui était inconnu, les premiers mots de sa missive résonnèrent si fort en lui que ses mains se mirent à trembler. Il se laissa tomber dans son fauteuil pour en reprendre la lecture :

« Condamné à mort ! Voilà cinq jours que j'habite avec cette pensée, toujours seule avec elle, toujours glacée de sa présence, toujours courbée sous son poids. Mon époux, Valmore Carrier, debout face à ses juges, a reçu la sentence sans ciller alors que je m'effondrais au milieu d'un public venu là pour se repaître de la détresse des vaincus. Personne n'est venu me prêter assistance, bien au contraire. J'ai encore sur la peau les traces des pointes d'escarpins, la marque des talons, des embouts de cannes. Ils avaient tous dans le regard la lueur de haine qui consume à jamais les lignes de votre confrère, Dumas Fils, quand il écrivait au lendemain des exécutions sommaires de milliers de combattants de la Commune, de femmes, d'enfants : "Nous ne dirons rien de leurs femelles, par respect pour les femmes à qui elles ressemblent quand elles sont mortes." J'aurais voulu être l'une de ces mortes, ne pas vivre ces instants où l'on vaut moins qu'une charogne. Je ne vous dirai pas que Valmore est innocent, je sais simplement qu'il a agi sous l'emprise de nobles convictions, que, s'il devait être sacrifié, c'est une humanité entière qu'il faudrait conduire aux abattoirs de M. Thiers. On l'accuse sur la seule foi d'un papier non signé, comme il en arrive par centaines de milliers, en ce moment, dans les commissariats. Maître corroyeur aux Tanneries des Gobelins, âgé de près de cinquante ans, rien ne le vouait plus à se saisir d'une arme, si ce n'est la défense de sa patrie. J'étais avec lui sur la Butte Montmartre, en cette nuit de mars, quand le parti de la capitulation voulait prendre aux Parisiens les deux cents canons de la Garde nationale. Je revois les soldats mettre crosse en l'air, j'entends les effusions de la fraternisation. On lui reproche, aujourd'hui, d'avoir été du peloton qui fusilla les généraux Lecomte et Clément-

Thomas, rue des Rosiers, alors que je n'ai pas une minute lâché sa main, qu'il aurait fallu que nos doigts noués appuient d'un même mouvement sur la détente du chassepot. Je connais votre dégoût des représailles. S'il avait été de cette triste besogne, je vous le confierais quoi qu'il en coûte. Je témoigne devant vous, par les mots, de ce que le Conseil de guerre a refusé d'entendre par ma bouche : il est innocent de ce crime. Dès la fin du mois de mars, j'ai été contrainte de quitter Paris, de franchir les lignes prussiennes jusqu'à Boulogne, pour assister ma mère dans ses derniers instants. Mon cher Valmore m'écrivait chaque jour. Les dizaines de lettres qui ne me sont pas parvenues pendant le siège m'ont été remises en juin, après l'écrasement de la Commune. Il y est sincère, et je les tiens toutes à votre disposition. Mon mari servait sous les ordres du général La Cécilia. Il fut des batailles de Montrouge, d'Issy avant d'aller défendre les remparts de Vanves à l'entrée des troupes versaillaises dans Paris. On lui impute aujourd'hui des égorgements dont personne ne peut livrer la moindre preuve alors que le sang des nôtres a inondé les avenues. Je l'ai cru mort cent fois en retournant les cadavres de Belleville, des carrières d'Amérique, de la rue Haxo, en ces dix jours de mai où l'enfer était descendu sur terre. Le sursis que les circonstances lui ont accordé est peut-être pire. Ils sont des milliers, parqués dans les docks militaires de Satory, sans eau, sans air, avec pour toute nourriture de ces biscuits infâmes que les soldats refusent. De désespoir, ils étanchent leur soif aux flaques boueuses où se mêlent les déjections et le sang des blessés. Nuit et jour, on y marche courbé. Des mitrailleuses sont braquées par des meurtrières percées à hauteur d'homme. Elles crachent leur pluie de balles au moindre mouvement de la foule des prisonniers. Quand nombre de persécutés cherchaient un abri, vous leur avez ouvert votre porte de Bruxelles : “J'offre asile, place des Barricades, numéro 4.” Ouvrez, je vous en conjure, votre cœur à Valmore Carrier, seule votre voix peut encore le sauver.

J'ose vous supplier alors que vous avez tant fait déjà pour moi : il y a près d'un demi-siècle, vous écriviez *Le Dernier Jour d'un condamné*, prenant la parole pour un homme à la veille de sa montée à l'échafaud. Vous décriviez ce moment où une gamine de cinq ans vient le visiter, alors que l'on assemble les bois de justice. Cette fillette se refuse à le reconnaître pour son père qu'on lui a dit mort. Elle s'appelait Marie, et c'est en pleine conscience que le malheur la frappe à nouveau.

En 1829, votre livre admirable n'a pu soustraire mon père à la guillotine. Un simple mot de vous, aujourd'hui, peut sauver mon mari de la salve des fusils. »

Troublé, Victor Hugo se dirigea vers sa bibliothèque pour se saisir d'une édition du *Dernier Jour d'un condamné*. Il l'ouvrit vers la fin.

Elle est fraîche, elle est rose, elle a de grands yeux, elle est belle ! On lui a mis une petite robe qui lui va bien...

La lettre qu'il adressa au président du 4e Conseil de guerre, à Versailles, arrêta le bras du bourreau. Quelques années plus tard, après l'amnistie, Marie et Valmore Carrier partirent vers l'Amérique et rejoignirent la communauté utopiste d'Icarie à Corning, dans l'Iowa. Ils furent abonnés, un temps, au journal *Le Communiste libertaire* qu'un ancien communard, Émile Peron, diffusait dans quelques États de l'Union. Puis leur trace se perdit.

CORVÉE DE BOIS

1

Quand j'ai connu Jacques, il y a seulement trois ans, il rêvait de diriger une clinique chirurgicale et se servait de ses couverts et de son steak, le midi, pour mimer des transplantations d'organes. Au début de l'année suivante, il parlait d'un cabinet de médecin. À l'approche de l'été une simple plaque de dentiste aurait fait l'affaire. Aujourd'hui, je me demande s'il parviendra à passer son diplôme de vétérinaire ou s'il se contentera de reprendre la boucherie chevaline de son père, place des Ternes. Ce n'est pas qu'il refuse les études, ce sont elles qui se refusent à lui. La vie est généreuse, et il trouve toujours une excuse pour sécher un exposé.

— Quelle idée ont-ils eue, me dit-il souvent quand nous remontons le boulevard Saint-Germain, de planter la fac de médecine à proximité des Deux Magots, de Lipp, du Flore, du Montana ! C'est là qu'on prend soin des corps, pas dans les amphis ! Tu devrais te lancer dans une thèse sur la décadence du génie national sous l'influence pernicieuse des lieux de débauche, au lieu de t'abîmer les yeux sur tes vieux romans aux odeurs de cuir rance.

J'ai rapidement renoncé, pour lui prouver que l'on pouvait concilier la fréquentation des tavernes et celle des cours magistraux, à lui opposer les noms de Villon, de Rabelais, celui du cabaret de La Pomme de Pin. Jacques n'existait que dans le temps immédiat. Tout ce qui précédait l'année cinquante appartenait, dans son esprit, à la préhistoire. Ce soir-là, nous ne savions ni l'un ni l'autre que les heures qui allaient suivre devaient décider de notre avenir. Je l'attendais adossé au socle d'Hugo, place de la Sorbonne, après avoir assisté à une communication du professeur Soulat sur les implications comparées de la littérature épistolaire et du journal intime. Je commençais à trouver le temps long, quand une fourgonnette Frégate noire dont l'arrière avait été aménagé en corbillard, s'est arrêtée sur le boulevard Saint-Germain. La carrosserie morbide mais rutilante, déplacée en ces lieux, a aussitôt capté l'intérêt des passants, des dizaines de personnes attablées derrière les vitres des cafés. Le conducteur, un homme élégant au visage masqué par la visière de sa casquette, est descendu du véhicule une couronne de fleurs dans les bras. Il s'est dirigé droit sur la statue, par longues et lentes enjambées, pour venir déposer son hommage dans l'ombre du poète. Je l'ai reconnu lorsqu'il a ôté son couvre-chef pour simuler une minute de silence. J'ai failli éclater de rire.

— Jacques ! C'est quoi cette mascarade ?

Pour toute réponse, il s'est approché de moi, m'a serré la main, comme si j'étais un parent du disparu, puis il m'a plaqué contre sa poitrine pour les condoléances en chuchotant :

— Arrête de te marrer et suis-moi...

Je lui ai emboîté le pas au travers de la place jusqu'à la voiture, et il n'a pas pu s'empêcher, en démarrant, de klaxonner les cinq notes brèves et les deux longues de « ta-ta-ta-ta-tsoin-tsoin ».

— Pourquoi tu as fait ça ?

Il a pilé au feu tricolore de la fontaine Saint-Michel, laissant de la gomme sur les pavés.

— Pour rien. Quand on a du temps devant soi, il faut se fabriquer des souvenirs, ça peut servir, plus tard...

On a passé la Seine, longé le palais de justice.

— Cette bagnole, c'est un vrai corbillard ?

— Tout ce qu'il y a de plus authentique ! Mon père a fait une crise sous prétexte que j'ai froissé une aile de sa DS, la semaine dernière. J'ai été forcé de me rabattre sur l'outil de travail du tonton... Lui aussi, il fait fortune dans la viande froide.

Boulevard Sébastopol, la Frégate s'est frayé un chemin au milieu des charrettes à bras que les maraîchers et les fruitiers des Halles venaient entreposer sur le plateau Beaubourg. Je me suis retourné et j'ai cogné comme à une porte sur la planche vernie rehaussée de cuivre.

— J'espère qu'il n'y a personne, derrière...

— Je ne sais pas : je n'ai même pas pensé à regarder ! J'aurais pourtant dû : dans l'argot des croque-morts, un corbillard ça s'appelle aussi une pochette-surprise !

A la hauteur du siège social des établissements Félix-Potin, Jacques a tendu le doigt vers trois vieilles putains qui maraudaient devant une vitrine surmontée d'un calicot : « Soldes, tout doit partir ».

— On a un peu de temps devant nous, tu veux profiter de l'aubaine ?

Il savait que je n'étais pas très à l'aise sur le sujet et ne manquait pas une occasion de me mettre à l'épreuve. J'ai plaqué ma joue sur la vitre pour faire refluer la chaleur qui la gagnait, tandis qu'il dépassait la rue Blondel peuplée de sa cohorte d'amazones. Dix minutes plus tard, Jacques s'est garé devant un cinéma des boulevards qui affichait Fernandel. La vue du char funèbre provoquait chez les passants cette sorte de fascination qu'on a au bord des précipices : on se laisse griser par l'ivresse du vide dès lors que l'on est assuré d'en revenir. Un vendeur ambulant m'a compté une mesure de marrons grillés dans la page d'un vieux *Détective* roulée en forme de cornet où se lisait, de biais, « Je me sacrifie pour les miens » sous une photo de Gaston Dominici. J'ai décortiqué les châtaignes brûlantes tout en progressant dans la foule jusqu'au boulevard des Capucines. Bâton blanc à la main, une quinzaine de gardiens de la paix canalisaient les gens qui se massaient devant l'entrée de l'Olympia pour acheter des places. Jacques s'est faufilé jusqu'au couloir qui menait à la salle en brandissant ses billets par-dessus les têtes. Une ouvreuse habillée de rouge nous a accompagnés jusqu'aux fauteuils d'orchestre qui nous étaient réservés. C'était la première fois que je venais là, mais j'avais l'impression d'être en terrain familier tant le Tout-Paris, depuis deux ans, bruissait des soirées d'anthologie mêlant numéros visuels hauts de gamme et tours de chants qui s'y déroulaient. J'ai applaudi aux manipulations de l'illusionniste, à la grâce de la trapéziste sans, par la suite, partager l'enthousiasme de Jacques pour le groupe New Orleans de Claude Luter : adepte du be-bop, je supportais tout juste le folklore de Sidney Bechet. Je me suis levé, à l'unisson des trois mille spectateurs présents. Transfiguré, je me suis mis à hurler son nom dès que le mouvement des rideaux a donné naissance à sa silhouette :

— Bécaud, Bécaud, Bécaud...

Il a esquissé quelques pas de danse avant de s'installer au piano. Un projecteur est allé chercher dans la nuit les doigts fébriles qui pesaient sur les touches.

Mes mains dessinent dans le soir
La forme d'un espoir
Qui ressemble à ton corps...

Il fallait tout le mordant de l'orchestre pour s'imposer aux applaudissements qui, sinon, auraient duré plus de temps que les chansons. Je n'avais jamais assisté à rien de tel, les paroles étaient sur toutes les lèvres et chaque geste du chanteur semblait trouver un écho dans le corps de chacun des spectateurs, comme un tressaillement de l'océan apporte des vagues sur une multitude de rivages. À la fin de son tour de chant, personne ne se résolvait à le voir disparaître dans les coulisses. Au dixième rappel Bruno Coquatrix, le directeur de l'Olympia, est venu sur le plateau pour l'embrasser.

— Je crois que ce soir encore, Gilbert a été à la hauteur de son surnom de « Monsieur 100 000 volts »...

Une cinquantaine d'admiratrices ne lui ont pas laissé le loisir de terminer son compliment, et se sont ruées vers les escaliers étroits placés de part et d'autre de la scène qu'elles ont envahie. Les machinistes firent aussitôt descendre le rideau de fer tandis que des membres du service de sécurité protégeaient la retraite de la vedette vers les loges. Par dépit, l'un de mes voisins se mit debout sur son siège de velours et commença à sauter dessus à pieds joints jusqu'à ce que l'armature se relâche et finisse par céder. Alors, il arracha l'assise et la projeta violemment contre la paroi métallique qui isolait hermétiquement la salle du plateau. Il fut bientôt imité par des dizaines d'admirateurs de Bécaud, les jeunes femmes prêtant volontiers leur concours au saccage. Les filantes rouges des coussins zébrèrent en tous sens le ciel du music-hall. J'avais lu quelque part que le sens moral d'une foule devient dangereusement inférieur à la moyenne des gens qui la composent, mais je ne m'en suis pas souvenu sur le moment. Je me suis contenté d'appliquer le théorème en faisant voler un accoudoir d'un coup de talon tout en reprenant en chœur le refrain qui montait de la salle :

Et moi, pauvre de moi, j'ai ma croix dans ma tête...

Nous avons reflué vers la sortie. Jacques s'est arrêté dans le long couloir qui menait au boulevard pour briser une vitrine derrière laquelle étaient exposées des photos du chanteur que nous avons décrochées. L'opération n'a demandé qu'une petite minute mais la police l'a mise à profit pour boucler le secteur, nous interdisant tout espoir de fuite. Quand nous nous sommes retournés, notre seul horizon avait pris la couleur sombre des pèlerines. Les portes arrière du fourgon grillagé se sont refermées sur nous, comme des parenthèses métalliques. Le temps de faire le tour du pâté de maisons, le panier à salade s'est placé à cul devant la porte basse du commissariat niché dans un des recoins de l'Opéra Garnier. Pas de marbre ni de dorure. Les seuls éclats de voix étaient ceux des flics bousculant les suspects ou que poussaient ces derniers pour supporter les coups. Après avoir relevé notre identité, on nous a laissés mariner dans le froid, le vomi et la pisse jusqu'au petit matin, accroupis dans une cage. Un policier qui devait avoir notre âge est venu nous en extraire, fripés, nauséeux. Il nous a conduits devant l'inspecteur de permanence, un type sec, aux pommettes saillantes sur lesquelles était posé un regard de poisson mort. Il a trituré nos papiers, nos cartes d'étudiants, les photos de Bécaud.

— Elle est belle, la relève ! Vous avez le privilège d'étudier à la Sorbonne, à la faculté de médecine, et vous ne trouvez rien de mieux à faire que de vous comporter comme des voyous. Dégradation de biens privés, saccage, vol... Vous savez combien ça coûte ?

C'est une des rares fois où j'ai vu Jacques manquer de repartie. L'inspecteur a hoché la tête.

— Vous avez vingt-trois ans, tous les deux. C'est un âge où il faut évacuer le trop-plein de vitalité. Je veux bien passer l'éponge, considérer qu'il s'agit d'un accident, mais comme je ne souhaite pas qu'il se reproduise, je vais simplement vous demander de mettre un terme à votre sursis d'incorporation. On a besoin d'hommes jeunes et fougueux. En Algérie.

Il était quatre heures quand on a repris le corbillard garé le long des boulevards. Sur l'affiche du cinéma, Fernandel riait de toutes ses dents.

2

Le policier a tenu parole, et personne n'a su à la maison que je rejoignais l'armée pour échapper à la prison. Il y a eu des larmes sur les joues de ma mère, de la fierté sur le visage de mon père. Évadé d'un stalag de Poméranie, il avait rejoint les maquis de l'Ariège, combattu les nazis sous les ordres de Bigeard, un colonel qui officiait maintenant dans les Aurès et auprès duquel il se déclarait prêt à me recommander. La famille de Jacques disposait également de relations dans la hiérarchie militaire, et c'est par une lettre postée en Allemagne que j'appris qu'il y faisait ses classes avant d'intégrer le service médical des armées, au Val-de-Grâce. J'étais depuis une semaine dans un camp d'entraînement du sud-ouest de la France après une traversée du pays assez héroïque. Ma feuille de route m'enjoignait de me présenter à la gare d'Austerlitz, pour prendre un train de nuit en direction de Toulouse puis de Tarbes, et j'étais arrivé sous une verrière qui résonnait de cris et de protestations. Des groupes de civils, pourchassés par des gendarmes, tentaient de déployer des banderoles tandis que d'autres traçaient leurs slogans à la peinture blanche, sur le flanc des wagons : « Cessez le feu en Algérie », « Pas de renforts », « Non à la guerre ». Aidé par des cheminots en bleu de travail, un homme à la poitrine barrée par une écharpe tricolore est allé se jucher sur le toit de la cabine de la locomotive. Il a commencé à haranguer la foule depuis son perchoir. La stridence du sifflet de la machine a figé l'auditoire. Ses mots, les mêmes qui dégoulinaient sur les parois des voitures, me parvenaient au gré des tourbillons de vent, des courants d'air avant qu'il ne soit délogé par un trio de sous-officiers. Il avait encore fallu dégager le fouillis de diables et de wagonnets jetés par les manifestants sur les rails, puis le convoi avait pu s'éloigner en longeant les entrepôts frigorifiques, l'usine d'air comprimé et les enfilades d'entrepôts, les montagnes de sable et de graviers du quai de la Gare, avec dans son sillage les paroles de *L'Internationale* que les conscrits chantaient à tue-tête aux fenêtres ouvertes.

La première semaine n'était pas écoulée que l'humeur rebelle avait déserté la grande majorité des esprits. La cérémonie de la boule à zéro, le port de l'uniforme, l'ambiance qui régnait dans les dortoirs y étaient pour beaucoup, mais c'était le fait d'avoir confié à chacun sa MAT 49, une petite mitraillette en tôle pliée, qui les avait soudés. Émerveillés, ils n'en revenaient pas, heureux comme des enfants découvrant leurs cadeaux au pied du sapin de Noël... Le lendemain, l'officier avait organisé un exercice de tir à balles réelles. Il avait pris soin de s'exposer en treillis de para devant la troupe, de s'arrêter face aux fortes têtes résiduelles pour les toiser. J'avais admiré son panache : ne rien dire et offrir sa poitrine. Il savait que les mots ne servaient à rien, que les meneurs n'oseraient pas rompre le garde-à-vous et que cette inaction sonnerait définitivement le glas de leur influence sur leurs camarades. Quelques jours plus tard, nous nous tenions en file indienne sur le tarmac, à cinquante mètres de la carlingue kaki d'un Dakota dont le souffle des hélices nous obligeait à tourner la tête, à la rentrer dans les épaules. J'étais le seul à avoir déjà eu l'occasion de grimper dans un avion, un baptême de l'air à bord d'un biplan à Toussus-le-Noble pour mes vingt et un ans. Là, dans ce matin frisquet, avec le casque sur le crâne, les rangers aux pieds, un parachute en boule sur le ventre, un autre dans le dos, je ne me sentais pas une âme de vétéran. La peur se lisait sur les visages quand nous avons reçu l'ordre de nous diriger vers la porte latérale de l'appareil, et deux recrues ont refusé de suivre le mouvement. L'instructeur les a fait avancer à grands coups de pied dans le derrière. Rien n'y a fait, ils se sont jetés à terre en pleurant, en criant, en implorant. On a fini par les laisser là, à ramper comme des vers, tandis que nous nous élevions dans les airs. Le sous-officier est venu vérifier le bouclage de nos harnais puis, à l'approche du premier saut, il nous a jugés dignes d'apprendre la prière du parachutiste.

Donnez-moi, mon Dieu, ce qui vous reste
Donnez-moi ce qu'on ne vous demande jamais
Je veux l'insécurité et l'inquiétude
Je veux la tourmente et la bagarre
Et que vous me les donniez, mon Dieu.

Il s'est relevé d'un coup :

— Allez debout ! Accrochez-vous !

Je me suis levé comme un automate et j'ai répété les gestes appris lors du stage, au cours des jours précédents. Prendre la sangle d'ouverture automatique, l'attacher au filin qui court en hauteur, tout le long de la carlingue. Nous nous sommes serrés les uns contre les autres, formant une monstrueuse chenille. Le vacarme a soudain baissé d'intensité, le pilote a réduit la puissance de ses moteurs. C'est dans ce silence relatif qu'a retenti le premier « GO ». C'est là que tout se joue, que tout se juge, devant le trou béant. Pied gauche, pied gauche, pied gauche... La bestiole disparaît par tronçons. C'est déjà mon tour. Je hurle « Vive les paras » et bascule dans un monde inconnu, bouche ouverte, les joues agitées de tremblements jusqu'à ce qu'un choc m'apprenne que, pour cette fois-ci, le parachute a rempli son office. Je danse maintenant au gré des courants, à la manière d'une poupée, d'une marionnette, profitant de ces instants de bonheur absolu où l'on domine la terre et les éléments. Jambes pliées, roulé-boulé, c'est fait, je suis un para !

Une jeep est venue nous récupérer dans les champs où le largage nous avait dispersés. Quelques minutes plus tard, le Dakota s'est posé à son tour. Il s'est dirigé vers son hangar alors que nous échangions nos impressions au bord de la piste, autour de la toile amassée. L'instructeur a sauté à terre. Jambes écartées sur le tarmac, il s'est mis à gueuler de toutes ses forces vers la porte de l'avion.

— Alors les gonzesses, la marche n'est plus trop haute, vous pouvez y aller maintenant ?

Une première silhouette, toujours affublée de son harnachement, s'est découpée dans le rectangle sombre. Le type s'est assis et s'est aidé des mains pour se laisser glisser vers la piste. Le deuxième s'est lancé les pieds joints. Entraîné par le poids de son équipement, il a fait un plat sur le ciment, provoquant un éclat de rire général. Le troisième, l'une des grandes gueules de la gare d'Austerlitz, a tenté de s'adresser à nous pour habiller sa lâcheté d'atours philosophiques, mais sa voix a été couverte par les sifflets et les quolibets. Avec les deux qui n'avaient même pas trouvé le courage de grimper dans la carlingue, nous disposions de cinq bonnes à tout faire. Le commandant aurait pu les faire muter directement dans un régiment de rampants. Il préférait respecter la tradition et les mettre à notre disposition jusqu'à la fin de nos classes. Les « gonzesses », personne ne les appelait plus autrement, s'occupaient du ménage dans les piaules, briquaient les chiottes, ciraient les chaussures, raccommodaient les boutons, les épaulettes, préparaient le café à nos retours de sauts ou de crapahutage. Au dos de leur uniforme était peinte l'infamante lettre « D » comme dégonflé. Une nuit, des cris étouffés m'ont sorti de mon sommeil. Dans un coin du dortoir, deux compagnons maintenaient l'une des mauviettes sur son lit, la face écrasée dans son polochon, pendant qu'un troisième se préparait à l'enculer en se faisant reluire. Je me suis tourné sur le côté et j'ai fermé les yeux. J'étais de ceux qui avaient sauté. Lui n'avait que ce qu'il méritait. C'est le lendemain qu'on nous a remis nos bérets rouges ainsi que la petite médaille figurant un parachute. Tout ce que nous avions vécu de différent n'existait plus. En quelques semaines, nous avions réussi à ne former qu'un seul corps dans lequel coulait un sang viril qui irriguait des muscles d'élite. Moi qui n'avais fréquenté que les bancs de la Sorbonne, je m'apercevais de l'existence de cette carcasse blême que les études avaient contingentée, je prenais conscience que le corps ne spécule pas, que sa vérité est éclatante, qu'il ne ment pas. C'est comme si, pendant des années, l'éducation avait mis cette machine parfaite en exil de moi-même. J'approuvais les paroles de l'instructeur quand devant une bière, au mess, il citait de mémoire les paroles de Hans Johst : « L'homme n'est pas esprit, mais viande et sang. Les lois de la vie ne sont pas spirituelles, mais sanglantes. » Je riais avec lui lorsque, après avoir passé son bras autour de mon épaule, il concluait : « Dès que j'entends parler de la raison, je sors mon revolver. »

Un train de nuit nous a amenés à Marseille. Nous avons passé une journée entière, parqués dans un coin du quai de la Joliette, à regarder les dockers qui déchargeaient des forêts entières d'Afrique des entrailles d'un cargo pour dresser une muraille de troncs monstrueux entre l'horizon et notre groupe coiffé de rouge. Les rares regards qu'ils nous adressaient suintaient le mépris. On a fini par embarquer à bord du *Ville de Constantine*, un paquebot réchappé de la réforme qui terminait en transport de troupes une vie commencée dans le luxe. Si je ne ressentais pas d'émotions particulières en me jetant par la porte d'un avion, à huit cents mètres d'altitude, les premières oscillations du navire, dès qu'il fut en haute mer, m'obligèrent à me cramponner au bastingage pour nourrir les poissons de tout ce que j'avais avalé depuis la veille. C'est ainsi, le cœur au bord des lèvres, que je vis se dessiner les côtes africaines, se dévoiler la blancheur bleutée des collines d'Alger.

Tous les soldats s'étaient rassemblés vers la proue. Une clameur immense et joyeuse s'élevait des ponts pour saluer la ville. Elle cessa subitement, et avec elle l'atmosphère de croisière, quand le *Ville de Constantine* vint accoster près d'un bateau sanitaire sur lequel flottait le drapeau de la Croix-Rouge. Des brancardiers sortaient des blessés d'une file d'ambulances kaki et s'engageaient sur la passerelle suivis d'infirmières, de médecins, tandis qu'en parallèle la masse compacte des hommes valides foulait la terre française d'Algérie.

J'ai arrêté un toubib qui ressemblait à Jacques.

— Qu'est-ce qui s'est passé ?

Il a haussé les épaules, dans un geste fataliste.

— Il y a eu du grabuge à Philippeville.

C'est là que j'allais.

3

Nous n'avons pas vraiment eu le temps de nous acclimater. Deux plates-formes anti-mines chargées de sacs de sable précédaient la locomotive du train qui nous attendait dans la gare d'Alger. Derrière le tender bourré de charbon, d'autres sacs entassés protégeaient des mitrailleuses lourdes servies par des appelés en tenue d'été. Une foule de boutiquiers, de paysans, de femmes enveloppées dans du tissu blanc, d'enfants criards avait envahi les wagons, les soufflets, les marchepieds. Au-dessus des sièges en bois un amoncellement de paquets, de meubles, de paniers menaçait à chaque instant de chavirer. Il y avait aussi des poules dans des cages en osier, une chèvre au milieu d'une travée. Je n'avais jamais rien vu de tel en métropole, je ne parvenais pas à comprendre comment une telle humanité pouvait présenter le moindre danger pour une armée aussi puissante que la nôtre. On nous avait réservé les trois voitures, en bout de convoi, et des gendarmes en interdisaient l'accès aux vagues implorantes de voyageurs qui n'avaient pas trouvé de place à l'avant. Je suis allé m'installer dans le dernier compartiment, près de la porte qui donnait sur la voie et j'ai attendu l'heure du départ en lisant des bribes de *Nous avons pacifié Tigali*, un récit dans lequel un « officier du moral » d'une Section administrative spécialisée racontait, au moyen de phrases sèches, son action de pacification dans un village de la Petite Kabylie. Pendant quelques kilomètres, la fumée blanche de la loco est venue s'effilocher au-dessus des vagues, puis les rails ont bifurqué vers l'intérieur des terres. Les plaines plantées de ceps, de vergers, de chênes-lièges ont laissé la place aux montagnes pelées, les ravines ont succédé aux accotements fleuris. La nuit tombait quand nous sommes arrivés à Constantine. Les civils ont franchi les barrages avec tout leur bric-à-brac. Le lieutenant nous a consignés dans la gare, en raison des combats qui avaient lieu en ville. Il a fallu camper sur les quais avant de repartir vers Philippeville, au petit matin. Un cheminot m'a confié que le commissariat du 2e arrondissement venait d'être attaqué à la grenade, que des bombes avaient détruit le restaurant Gambrinus de la rue Caraman, que le cinéma ABC n'était plus que cendres, qu'un inspecteur de police s'était fait abattre comme un lapin, rue Clemenceau, devant le Rio Bar.

— Après Sétif, en 45, on a été tranquilles pendant dix ans... On compte sur vous pour remettre le couvert. Il faut tirer dans le tas. La trique, il n'y a que ça qu'ils comprennent !

Le lendemain, dès la sortie des faubourgs, le tortillard s'est immobilisé avant de franchir un viaduc gardé par une cinquantaine de CRS casqués. C'est là que j'ai vu mes premiers morts, des corps en contrebas, brisés sur les rochers. J'ai cru apercevoir le cadavre d'une femme, mais peut-être était-ce seulement le drapé d'une djellaba. Plus loin, des wagons calcinés servaient de perchoir à des nuées de corbeaux repus, des colonnes de fumée noire, sculptées par le vent, montaient au-dessus des villages alentour. À mi-chemin, nous sommes tombés sur un détachement de blindés légers, de GMC et de cargos-ford qui partaient ratisser le secteur des mines de fer d'El-Halia. D'après ce qui se disait, les cinq cents ouvriers algériens s'étaient ralliés aux moudjahidine qui avaient pris le contrôle des installations. Une vingtaine de contremaîtres européens, d'ingénieurs avaient été tués pendant les combats, une dizaine d'autres exécutés en représailles. On a fait réchauffer les gamelles sur des feux de bois, le long du ballast. J'ai partagé mon pain avec un caporal, un tourneur-fraiseur originaire de Nanterre qui traînait dans le djebel depuis plus d'un an.

— Quand on est passés, il n'y avait plus rien. Ils ont tout fait sauter... Il va falloir des mois pour tout remettre en marche. C'est pareil pour les carrières de marbre de Fil-Fila, pour les usines de liège de la presqu'île de Collo. Ils se sont réfugiés dans la montagne mais ils n'ont aucune chance : les commandos de chasse, avec leurs hélicos, vont les rabattre vers nous. Il ne nous restera plus qu'à les aligner, comme à la parade...

On les a laissés se déployer sur les contreforts en leur souhaitant bonne chance. Nous avons reçu notre baptême du feu cinquante kilomètres plus haut, alors que les toits de Philippeville se dessinaient à l'horizon. Des tirs de fusil ont fait voler en éclats les carreaux de la voiture dans laquelle je me tenais aux aguets, les mains crispées sur mon arme. Alors qu'aux lisières du sommeil, chaque soir, je m'imaginais montant seul à l'assaut de hordes fellaghas, à cet instant je demeurais immobile, tétanisé par la peur, incapable d'aucune autre initiative que celle qui consistait à prendre sur mon torse la médaille de saint Michel, le patron des paras, pour la porter à mes lèvres et la mordiller. Une fois l'embuscade dépassée, je me suis lentement tourné vers le lieutenant, prêt à subir ses reproches. Mon regard a rencontré le sien, fixe, vitreux. Une balle lui avait arraché le haut de la boîte crânienne. Une matière sombre pendait sur sa tempe, sa joue, agitée par les soubresauts du train. Le colonel a ordonné l'arrêt du convoi, dès qu'il a jugé que nous étions en sûreté, afin de rendre hommage à notre premier tué au combat. Le toubib a replacé la cervelle dans la cavité, posé le béret amarante sur la blessure, puis nous avons formé les rangs devant le corps allongé sur une civière de toile kaki. La sonnerie aux morts est venue déchirer le silence que seul troublait le halètement de la locomotive au repos. Les larmes ont gonflé les paupières quand la voix du colonel a prolongé les accords du clairon.

— La mort est belle à celui qui sait combattre. Elle est belle car elle est l'ultime station dans la recherche de l'absolu. Vivre n'est rien, mourir est tout. Les traits du lieutenant Catinat sont apaisés. Il ne cherchait pas seulement à vaincre une poignée de Bédouins, mais à approcher cet objectif impossible, inaccessible, qui se confond avec le sacrifice et la mort et que certains désignent sous ce nom : Dieu. « Oh Dieu, aidez-moi à finir en beauté sur cette piste ! » Elle est dans ces mots, sa dernière prière. Il est mort dans cette beauté, dans l'exigence de la jeunesse, et cette mort précoce l'a sauvé de la graisse épaisse de la maturité. Cette mort l'a préservé du déclin de la chair, de cette décrépitude du vieillissement par laquelle les héros sont déchus de leur supériorité.

Nous avons porté sa dépouille jusqu'à la plate-forme pour la déposer devant les deux nids de mitrailleuses, comme celle d'un guerrier viking sur l'étrave de son drakkar. Notre chant s'est élevé tandis que nous regagnions les wagons de l'arrière :

France, ô ma France si belle
Pour toi je ferai merveille
Je quitterai père et mère
Sans espoir de les revoir jamais.

Nous n'étions plus les mêmes quand, pour la deuxième fois, l'obscurité est venue recouvrir notre existence africaine. Une rage muette consumait nos énergies et, dans le secret de nos consciences, nous avions tous prêté serment de venger Catinat. Dans les salles de change où se négocie la vie humaine, le soldat d'élite vaut de l'or, et cette année-là le meurtre d'un parachutiste par un terroriste embusqué devait nécessairement coûter un minimum de cinquante morts aux insurgés.

La gare de Philippeville était elle aussi en état de siège. Aucun train n'avait pris le départ depuis le début de matinée. Le nôtre était le seul à avoir pu se frayer un chemin dans une région qu'on nous présentait comme tenue par les groupes rebelles. L'avion d'Air France, en provenance d'Alger, avait essuyé des tirs alors qu'il approchait de l'aéroport de Valée, à huit kilomètres. Il avait dû aller se poser à Bône. Le quartier des Aurès était toujours aux mains d'un détachement de l'Armée de Libération nationale qui, selon la rumeur, y avait établi un poste de commandement. Pour nous, les ordres sont superflus. C'est une seule masse, revêtue de la tenue bariolée sur laquelle flottent les auréoles rouges des bérets, qui déboule rue de Paris dont plusieurs façades sont décorées de drapeaux indépendantistes. Les mitraillettes crachent leurs rafales sur les devantures des boutiques, les terrasses des cafés maures. Les grenades fracassent les baies vitrées, les verrières. On saute des étages, on s'enfuit en courant, on tente d'implorer une pitié qui nous a désertés... Une seule réponse, le doigt qui blanchit sur la détente, qui se vide de son sang comme le visage de Catinat sur sa civière. Une sombre joie m'envahit quand je me surprends à compter les cadavres qui jonchent les trottoirs, la chaussée : nous n'avons fait que la moitié de notre travail de mémoire. J'entends des cris derrière une porte que griffent les trois lettres de FLN. La semelle de mes rangers fait éclater le bois de l'encadrement. Je n'ai pas le temps de réaliser que deux femmes et un vieillard me font face qu'ils ne sont déjà plus. Un gamin dissimulé par une tenture se met à hurler, et c'est quand je lui tire une balle entre les deux yeux qu'un éclair illumine le gourbi. Je me retourne. Un autre éclair, tout aussi fulgurant, m'éblouit. J'ai besoin de quelques secondes pour réaliser qu'ils proviennent de l'appareil photo que tient un type barbu d'une trentaine d'années dont la silhouette se découpe en ombre chinoise dans l'encadrement de la porte.

— Vous êtes qui ?

— Jim Keller, du *New York Herald...*

J'ai tendu la main vers lui.

— Nous sommes en opération. Vous n'avez pas le droit de faire de photo. Donnez-moi cet appareil !

Il a reculé vers la rue où passent d'autres soldats de mon unité.

— C'est hors de question. Je pense surtout que c'est vous qui n'avez pas le droit de tuer des femmes et des enfants...

Je relève le canon de ma mitraillette vers son torse. Ce n'est pas son refus qui a décidé de son sort, mais la moue méprisante qu'il a laissée traîner sur ses lèvres. La rafale disperse les pièces du boîtier, le verre concave du flash, puis il s'affaisse sans un râle sur son scoop inutile.

4

Notre camp de base provisoire se trouvait à la périphérie de Philippeville, dans une ferme proche du champ d'aviation dont les rebelles venaient de dynamiter une partie des équipements. Notre univers se résumait à une dizaine de tentes marabout dressées dans la cour, aux installations en dur, pour la logistique. Dès notre arrivée, des patrouilles ont sécurisé la zone afin que le premier zinc en provenance d'Alger puisse se poser sans encombre. Il est reparti sans avoir coupé les moteurs, emportant le corps de Catinat que sa famille réclamait, en Vendée. Le lieutenant Guillaume qui le remplaçait m'a convoqué dans l'ancienne salle à manger transformée en poste de commandement. Il finissait de lacer ses chaussures de saut quand je suis entré. Il s'est redressé pour saisir un journal posé sur la longue table de campagne, l'a brandi devant mes yeux. J'ai tout de suite reconnu les traits du photographe sous le titre qui barrait la page d'*Alger républicain*. « Disparition de Jim Keller : l'armée soupçonnée. »

— Ce n'est pas comme ça que ça aurait dû se passer... Je m'excuse...

Ses doigts se sont crispés sur le papier.

— On ne s'excuse jamais de ce qu'on fait chez les paras. On ne pleurniche pas. Jamais, vous entendez? Jamais! Il n'y a que ce torchon communiste qui ose nous montrer du doigt. Ils ne perdent rien pour attendre. Je vous donne l'ordre de ne répondre à aucune question, d'où qu'elle vienne. La position officielle tient en deux points. Primo : que cet Américain a été tué lors d'échanges de tirs avec les fellaghas, et deuxio : que certains tentent d'exploiter cet incident au moment où l'action que mène la France en Algérie est discutée à l'ONU. Compris?

La question n'appelait pas de réponse. Il m'a retenu en posant une main sur mon épaule alors que je m'apprêtais à quitter la pièce.

— J'aurais agi de même, à votre place. Il n'y a que ceux qui sont sur le terrain qui peuvent comprendre. Si cela avait été un journaliste français, vous auriez pu rester ici, avec nous... Mais avec les Américains, c'est beaucoup plus délicat. Le *New York Herald* ne va pas nous lâcher aussi facilement. Le mieux serait que vous vous perdiez quelque temps dans la nature. Prenez votre paquetage, mettez-le dans une jeep. Le commandant Daresse vous attend à Philippeville, faubourg de l'Espérance.

Les rues portaient toujours les stigmates des combats des jours précédents. Des bâches, des morceaux de tôle ondulée, des feuilles de contreplaqué occultaient les devantures détruites; des ouvriers de la voirie débitaient à la scie les platanes, les ormes, les palmiers que les hordes d'insurgés avaient abattus sur la chaussée pour interdire le passage des blindés légers. Les uniformes de toutes les unités présentes dans la région, paras coloniaux, légionnaires, fusiliers marins, se croisaient sur les trottoirs, armes en bandoulière. Les rares musulmans qui avaient osé sortir rasaient les façades, la tête basse. L'immeuble que m'avait indiqué le lieutenant Guillaume n'était signalé par aucune plaque. Une inscription délavée par l'air marin, au-dessus de la porte d'entrée, rappelait que ça s'était appelé, un temps, « Pension Hernandez ». Dès le hall en rotonde tendu de velours rose où trônait une fontaine, on s'attendait à voir surgir des filles à la poitrine offerte, mais c'est une ordonnance au visage barré d'une moustache épaisse qui a fait irruption. Je l'ai suivi à travers un vaste salon aux murs couverts de miroirs que surmontait une loggia qui ouvrait, elle-même, sur une dizaine de chambres. Le commandant Daresse, un homme court sur pattes au regard fiévreux, les joues ravagées par la petite vérole, occupait la suite Pompadour et des piles de dossiers, des plans dépliés masquaient le bidet, le lit à baldaquin. Il s'est assis dans un fauteuil faux style, m'a désigné une bergère. Il m'a observé un bon moment en silence avant de hocher la tête.

— Je crois que notre intérêt commun est de vous soustraire à la curiosité malsaine pendant quelques mois. Vous allez être muté provisoirement chez moi, au Groupe mixte d'intervention. Quand tout sera rentré dans l'ordre, vous serez de nouveau affecté à votre unité d'origine. J'ai étudié le dossier de la sécurité militaire. Une chance pour nous que vous ayez fait le con à l'Olympia ! On ne manque pas d'éléments qui savent bien manier l'épée, mais pour ce qui est de la plume, c'est beaucoup plus rare...

Il a parlé sans faire la moindre pause pendant un bon quart d'heure, m'expliquant que le GMI avait pris la suite du Groupement de commando mixte aéroporté, une compagnie de renseignement et d'exploitation formée pendant la guerre d'Indochine pour mener des opérations combinées de guérilla, d'infiltration, d'intoxication.

— Vous allez travailler dans le bled, avec des Kabyles et des Arabes qui nous sont totalement dévoués. Votre rôle est de développer l'action psychologique, de permettre aux populations de choisir leur intérêt autrement que sous la menace du couteau des égorgeurs. Vous vous occuperez de toute la partie « intellectuelle » du boulot... Il faut bien que ça serve à quelque chose, les études en Sorbonne !

Je suis resté une dizaine de jours hébergé dans une des chambres de la « pension Hernandez », sans pouvoir mettre le nez dehors, ingurgitant du matin au soir les rudiments nécessaires à l'accomplissement de ma nouvelle mission. Des officiers détaillaient à ma seule intention les techniques permettant de porter la lutte dans les cœurs, les intelligences, les volontés.

— Il est possible de miner la détermination de nos adversaires, et trouver dans leurs rangs des complices, voire des alliés. Si nous gagnons la confiance des populations, nous assécherons le vivier dans lequel baignent les terroristes, et ils devront remonter à la surface pour chercher de l'air. C'est à ce moment-là, et à ce moment-là seulement que nous pourrons les frapper définitivement, les anéantir.

Une fois l'instruction théorique terminée, un avion de reconnaissance m'a conduit à une centaine de kilomètres de Philippeville, au cœur d'une région que les efforts des services de propagande, sous les ordres d'un ancien des Forces françaises de l'Intérieur, le capitaine Fleicher, avaient maintenue en dehors de l'insurrection. Je m'extirpais à peine de la carlingue que j'étais déjà dans le bain. La réussite de la première phase de l'insurrection comme la prise du commissariat, de la gendarmerie et du camp militaire d'El-Kroubh, le siège de la sous-préfecture de Guelma ou la rafle effectuée dans le dépôt d'armes Bernabé de Constantine, fragilisait l'équilibre précaire atteint après une année entière d'investissement humain sur le terrain. Le capitaine s'est arrêté près du hangar où un mécanicien contrôlait le moteur d'un Piper. Il m'a montré le paysage de collines qui nous entourait.

— Les musulmans ont la religion de la force. Dans tous les villages, tous les douars, toutes les mechtas, placés sous ma responsabilité, je les ai convaincus de notre invincibilité sans, pratiquement, tirer un seul coup de feu. Je me suis contenté de faire voler des avions de chasse en rase-mottes au-dessus des maisons, de faire défiler mes hommes dans les ruelles au moindre incident, d'organiser des rassemblements pour distribuer des boîtes de conserve, des cigarettes et les rendre réceptifs à nos arguments. Avec ce qui vient de se passer, il faut repartir de zéro. Je sais que d'autres sont tentés par des méthodes plus expéditives, mais ici la directive première reste la persuasion.

Je me suis installé dans un préfabriqué entouré par des haies de caroubiers et sur lequel un antique figuier projetait son ombre. Mon premier travail a consisté dans la rédaction d'un tract que le pilote du Piper est chargé d'aller larguer dès le lendemain matin au-dessus des maisons. Sur le recto du stencil, j'ai tracé au normographe les lettres majuscules du message : « LES COMPLICES DES REBELLES, EUX AUSSI, SERONT PUNIS. PARLONS ! » Zamoun, l'assistant qu'on m'a affecté, s'est ensuite appliqué à le traduire en calligraphie arabe avant de le graver de la pointe de son stylo. Au verso, j'ai composé un texte plus explicite : « Des étrangers sont venus vers vous. Ils vous ont dit : "Nous combattons pour l'Islam et nous vous apporterons la paix et la prospérité." Ce ne sont que des orgueilleux, des fils de Satan, des menteurs et des criminels. Ils ne vous amènent que le sang, la douleur, la misère.

Rejetez-les loin de vous. Faites confiance à la grande France. Elle est fière et généreuse, et c'est pour cela que Dieu l'aide. » Nous avons passé une partie de la nuit à les tirer par milliers dans la pièce attenante qui abritait une ronéo Gestetner, un stock de papier et d'encre ainsi qu'un atelier de sérigraphie, pour l'édition d'affiches. Des mois de découverte intense de la région, de ses habitants ont suivi, avec la compagnie des « haut-parleurs ». Il s'agissait d'une unité composée d'une cinquantaine d'hommes placés sous les ordres d'un capitaine issu des SAS. Nous disposions de deux camions Berliet tout-terrain, d'une flottille de jeeps sur lesquelles avaient été aménagées les installations : magnétophones à bandes, micros, amplificateurs, haut-parleurs. Nous alternions les discours directs, que j'écrivais, et les enregistrements de textes vantant la grandeur de l'œuvre accomplie par la France en Algérie. En fin d'après-midi on rassemblait la population pour rendre hommage aux anciens combattants algériens de la Grande Guerre, on exaltait le combat commun puis les enfants de l'école chantaient *Alouette* ou *Colchiques dans les prés*. À la nuit tombée, l'un des deux Berliet venait se placer à une vingtaine de mètres d'un mur clair ou d'un drap tendu entre deux piquets. Nous installions le projecteur sur le toit de la cabine avec ses câbles reliés à un générateur, puis nous projetions des bandes d'actualités du service cinématographique des armées dont Zamoun traduisait les commentaires. Il y avait aussi des documentaires sur la puissance industrielle française ainsi qu'un dessin animé qui rencontrait un gros succès et impressionnait durablement ces paysans confrontés pour la première fois de leur vie à l'illusion cinématographique. On y voyait une horde de fellaghas affublés de têtes de sauterelles qui fondaient sur un village, molestant les femmes, emportant les récoltes, les bijoux, ravageant les champs, égorgeant les troupeaux, coupant les fils du téléphone, incendiant le dispensaire. Un militaire français équipé d'un diffuseur fly-tox apparaissait juste avant le générique pour disperser et asphyxier les prédateurs tandis que Zamoun assenait son texte : « Vous luttez contre les sauterelles, luttez aussi contre le fellagha, la sauterelle la plus nuisible. Soutenez la pacification ! »

5

Cette parenthèse rurale s'est refermée quatre mois plus tard, quand mes supérieurs ont jugé que le flot de dépêches en provenance d'Algérie avait définitivement submergé celle annonçant la mort du photographe américain. J'ai rejoint mon unité qui avait pris ses quartiers dans un ancien haras planté en lisière d'une véritable forêt d'oliviers, et bordé par le cours de l'oued Chédrid. Le dynamitage du barrage de l'usine hydro-électrique, en amont, avait réduit son débit à un filet d'eau sablonneuse dans lequel, le matin, des cigognes venaient étancher leur soif. La végétation jaunissait sur des centaines d'hectares privés d'irrigation. De temps à autre, un incendie mangeait une parcelle délimitée par des canaux asséchés qui servaient malgré tout de coupe-feu. On avait renforcé les portes des stalles, et dans chaque réduit croupissaient cinq ou six rebelles ramassés dans le périmètre placé sous notre autorité. Deux équipes se relayaient pour les interroger dans le local qui, autrefois, servait de forge au maréchal-ferrant. J'ai à peine eu le temps de prendre mes marques que l'état-major a déclenché l'opération Lauterfing dont l'objectif consistait à démanteler les bases ennemies constituées dans le djebel après l'insurrection. Les hélicos nous ont déposés sur la crête des monts Dikrane, une barrière rocheuse qui dominait les trois grandes vallées, tandis que des avions de reconnaissance commençaient à sillonner le ciel à la recherche de groupes rebelles. Dès que nous repérions un guetteur ou les traces d'un bivouac, des chasseurs prenaient leur envol à Philippeville pour mitrailler la rocaille, larguer leurs bombes au napalm. Je n'ai pas eu le loisir de tirer un seul coup de feu, ce jour-là : tout ce que nous trouvions sur notre chemin était carbonisé, minéralisé. Le soir, nous avons établi notre campement près de celui d'un commando de chasse, bérets rouges et noirs mêlés, tartines de pain à la sardine, bière chaude et distribution de paquets de Bastos. L'un des types du commando s'est mis à dépouiller les cigarettes pour remplir de tabac une petite bourse confectionnée dans un cuir aussi mince que du papier. Quand elle a été pleine, gonflée, il l'a agitée devant nos yeux en riant.

— Il ne doit pas être content mon premier fell : le FLN lui interdisait de boire, de fumer, même de baiser à ce qu'on dit, et je viens une fois de plus de lui farcir les couilles de gris !

Il avait appris à tanner la peau humaine au Vietnam et s'est proposé pour nous fabriquer des souvenirs, blagues à tabac, crucifix en os de musulmans, colliers de dents ou d'oreilles. L'alcool aidant, je me suis inscrit pour un jeu d'osselets. Le lendemain, à l'aube, nous avons été réveillés par le souffle des hélicos. Il a fallu crapahuter à marche forcée jusqu'à l'entrée de la vallée de la Bilidja où ils avaient déposé des camionnettes Hotchkiss, des jeeps équipées de mitrailleuses, grâce auxquelles on a pu prendre de vitesse des rebelles, une dizaine, qui tentaient de briser l'encerclement. Ils sont sortis d'un chaos de rochers, les bras levés, en psalmodiant. L'aspirant Gaulier n'a pas pu se retenir. Il a eu le temps d'en descendre trois avant que le lieutenant dévie le tir de son fusil-mitrailleur en le bousculant de l'épaule.

— Tu ne peux pas attendre un peu !

Il a fait signe aux soldats chargés du matériel de transmission de le rejoindre. Les prisonniers ont vite compris ce qui les attendait en les voyant installer le générateur à manivelle sur une pierre plate. À l'aide d'un morceau de fil de fer, j'ai lié les poignets de celui qui paraissait le plus effrayé, avant d'arracher sa chemise, de baisser son pantalon. Gaulier a décapsulé une canette et versé un jet de bière sur l'entrejambe du fell, sur sa bouche.

— C'est mieux quand c'est humide !

Je lui ai tenu les mâchoires ouvertes tandis que l'aspirant accrochait la première pince crocodile à sa langue. Puis il lui a pris la queue à pleines mains, l'a tirée d'un mouvement brusque pour placer la deuxième sur le gland. La décharge initiale s'est muée en un hurlement tellement inhumain, l'agonie d'une hyène, qu'il nous a tous figés sur place, mais ce n'est que cinq minutes plus tard, après une série d'autres élancements, qu'il nous a fait comprendre qu'il voulait parler. Hacène, notre interprète, a enlevé le fil d'entre ses dents et s'est penché pour entendre les confidences prononcées en arabe. Le même scénario s'est reproduit avec les autres prisonniers. Il ne nous a fallu qu'une petite demi-heure pour obtenir le nom du village, Aïn Douba, qui avait servi de base de repli à la katiba au cours de la nuit précédente. Le lieutenant a repéré le bled sur sa carte, appelé la base au téléphone, et nous avons pris place dans les véhicules, laissant les dix cadavres derrière nous, sous la surveillance aérienne des charognards. Quand nous sommes arrivés en vue du douar, l'aviation venait de terminer son deuxième passage en rase-mottes. Les bombes avaient éventré deux maisons de pierre et le petit minaret. Les lueurs orangées de l'incendie se mêlaient aux rougeoiements du coucher de soleil. Une horde de femmes, d'enfants, de vieillards fuyait sur le chemin en tentant de rassembler les chèvres, les mulets, les ânes, la volaille qui s'égaillaient dans la nature. D'une rafale, le capitaine a abattu une dizaine d'animaux puis il a tracé un cercle de balles autour des fugitifs.

— Je descends le premier qui passe cette limite !

Une femme portant un énorme baluchon s'est avancée en criant des phrases incompréhensibles dans notre direction. Le tir de la mitrailleuse l'a pratiquement sciée en deux. Les balles perdues ont atteint ceux qui se tenaient juste derrière elle. La meute s'est affolée, s'est éparpillée en tous sens mais pas un des fugitifs qui avaient franchi la frontière de feu ne s'en est sorti. Les jeeps ont progressé vers le village en roulant au ralenti. Le faisceau de leurs phares découpait sur les murs des ombres apeurées. Une fois les fuyards placés sous bonne garde, nous avons investi le village et fouillé méticuleusement chaque gourbi. Mallard a débusqué un vieux qui se planquait derrière un tas de bois, dans une soupente. Il l'a obligé à s'agenouiller devant sa maison et l'a égorgé d'un rapide coup de poignard. Il a essayé de retenir sa victime par les cheveux, le temps que la blessure pisse son sang par jets saccadés. Il s'est mis à rire quand le chèche lui est resté dans la main. D'autres traînaient un moudjahid blessé qui avait été dissimulé près d'une fosse à purin. Gaulier figurait parmi eux. Il a prélevé un entonnoir dans le fourbi jeté par les fenêtres, l'a maintenu dans la bouche du fell tandis qu'un de ses hommes allait emplir à ras bord des déjections des chevaux et des mulets le récipient d'une couscoussière. Au fur et à mesure des allers-retours du para de la fosse à l'entonnoir, le ventre du blessé gonflait, faisait craquer le tissu usé de la chemise, les boutons qui retenaient le pantalon. C'était une baudruche maintenant, sur laquelle ils se sont mis à sauter, pieds joints, jusqu'à ce qu'elle éclate. Des cris rauques, des gémissements ont attiré mon attention. Deux hommes maintenaient une fille par les bras tandis qu'un troisième s'échinait sur les épaisseurs de drap qui la recouvraient, rejetant les étoffes grossières sur le visage grimaçant. Il est enfin parvenu à découvrir les jambes, le bassin pour arracher le dernier obstacle, faire jaillir le noir luisant, le dessin de la fente et s'introduire en elle. Je n'ai pas pu m'empêcher de sourire au spectacle de ses fesses blêmes qui tremblotaient dans les lueurs vacillantes des incendies, tandis qu'il bramait comme un cerf. Au moment de jouir, il a trouvé assez de réflexe pour saisir son arme et lui loger une balle dans le cœur.

Les représailles ont duré toute la nuit. Les hélicos sont revenus nous prendre au petit matin, avant que les bombes incendiaires des chasseurs n'effacent les traces de notre passage. Le capitaine avait sélectionné trois prisonniers qui ont été conduits, dès notre arrivée, dans la forge du maréchal-ferrant. On en a attaché deux aux anneaux de fer, en suspension, et le dernier a eu droit à la poulie. Gaulier est venu les travailler après sa sieste au gourdin puis à la tenaille. Ils gueulaient tellement que, pour ne pas gêner le repos des soldats, on a rassemblé dans la pièce une demi-douzaine de transistors branchés au volume maximum, sur la même fréquence. La voix de Gilbert Bécaud, le Monsieur 100 000 volts de l'Olympia, parvenait avec peine à supplanter les cris.

J'ai besoin ce soir de tout oublier
J'ai besoin de te regarder danser
La cadence, danse, danse, de tes pas
Me grise et je ne sens plus autre chose en moi
Qu'un immense, mense, mense, feu de joie
Brûlant mon corps de haut en bas.

Ce soir-là, c'était à mon tour d'assurer la corvée de bois. Aidé de Mallard, j'ai fait grimper les trois rebelles à l'arrière d'un camion Hotchkiss, et nous avons pris la route de Maison-Bornelli, une ferme incendiée un mois plus tôt par les fellaghas. On a roulé un bon quart d'heure jusqu'aux limites de la propriété. Je suis resté assis sous la bâche où j'ai allumé une Bastos pendant que Mallard détachait leurs liens en leur expliquant qu'ils pouvaient partir, qu'avec eux au moins, on avait eu ce qu'on cherchait. Les trois hommes se sont éloignés d'abord sans conviction, certains que nous allions les tirer comme des lapins, puis ils ont commencé à y croire quand ils ont eu parcouru une centaine de mètres : ils se sont alors mis à courir. Mallard n'attendait que cela : il aimait la difficulté. Il a calé la crosse de son fusil à lunette dans le creux de son épaule, a posément placé son œil sur le viseur avant de faire pression par trois fois sur la détente de l'arme automatique.

Pour revenir, on a pris un chemin qui traversait des champs d'alfa. Le ronflement du moteur faisait détaler des colonies de lièvres, de gangas, s'envoler des nuages de passereaux. Je me cramponnais en observant la manière dont une nuée s'organisait, juste après l'envol, quand l'avant du camion s'est soulevé dans un bruit d'enfer. La dernière chose que j'ai vue, c'est la tête de Mallard, détachée de son corps, qui roulait sur le plancher métallique tordu par l'explosion. Il a fait nuit pour longtemps. Quand je me suis réveillé, dans une chambre d'un hôpital d'Alger, je n'ai pas compris pourquoi le drap du lit restait désespérément plat, après le renflement de mon ventre. Il a fallu qu'une infirmière me découvre, à l'heure de changer le bassin, pour que je m'aperçoive que j'étais cul-de-jatte.

6

Il pleuvait quand on a poussé mon brancard à roulettes sur la passerelle du navire hôpital en partance pour Toulon. Le *Ville de Constantine* venait d'accoster en saluant le port d'Alger de toutes ses sirènes, et des lycéennes en robe claire, les bras chargés de fleurs, accueillaient quelques milliers de soldats en bon état qui encombraient les quais avec leur barda. Dès mon retour en métropole, l'armée a essayé de me remettre debout. Je suis resté près de trois mois au Val-de-Grâce, le temps que des spécialistes de mécanique orthopédique bricolent des appareillages compliqués qui me labouraient les chairs, tuméfiaient mes moignons. Il ne restait pas grand-chose de ces muscles durs comme l'épée, de ce corps sculpté par des exercices inlassables, de cette souplesse de félin, de la hargne qui irriguait mes veines du temps où j'étais parachutiste et non paraplégique. Aujourd'hui, j'étais un paquet que l'on posait sur un lit, qu'on oubliait sur un canapé, qu'on suspendait le temps de lui accrocher de la ferraille au derrière pour voir, si cette fois-ci, « il » supportait la prothèse. Et c'était peut-être ça le pire, ce « il » à quoi on m'avait réduit.

Les docteurs en machinerie humaine ont fini par renoncer. On m'a transféré aux Invalides où j'ai pu récupérer un prototype de voiturette dont la structure en aluminium nécessitait, pour se mouvoir, deux fois moins d'efforts que le modèle proposé par la sécurité sociale. Mes parents m'encourageaient à reprendre des études à la Sorbonne, mais je fuyais la compagnie des jeunes gens, leurs regards, le mépris qu'ils affichaient pour les combattants d'une guerre sur laquelle ils crachaient. J'avais horreur de leurs chanteurs, horreur de leurs danses, horreur de leur façon de s'habiller et de penser. Mes compétences en organisation m'ont valu quelques propositions d'emplois réservés, des postes de travail adaptés à mon état : responsable de la brigade de surveillance de l'Arc de triomphe, directeur des réserves du Louvre, contrôleur général des huissiers de l'Hôtel de Ville de Paris, membre de la rédaction du *Journal officiel*... J'ai tout refusé et, inlassablement, j'ai renvoyé aux expéditeurs mes états de service, les lettres de recommandation de mes supérieurs, les copies de mes diplômes. J'ai fini par être convoqué au ministère de l'Intérieur par le responsable du service chargé du dépôt légal. Rien n'échappait à sa vigilance. C'est là, vers ses locaux encaustiqués, que convergeait tout ce qui se publiait dans le pays, les livres, les affiches, les manuels, les pochettes de disques, les modes d'emploi, les atlas, les jeux de cartes, les rébus et les blagues qui entouraient les Carambar. Je me suis avancé sur le parquet ciré et j'ai freiné au ras de son bureau qu'agrémentait un portrait photographique d'Ernest Pinard. J'ai actionné la manette qui permettait de surélever mon siège afin de pouvoir le regarder droit dans les yeux tandis qu'il m'expliquait le fonctionnement de son département et ce qu'il attendait de moi.

— Pour travailler ici, il faut avoir une âme de collectionneur : une seule pièce vous manque et tout s'effondre. Nous avons accumulé davantage de documents que la Bibliothèque nationale, et cela au bénéfice exclusif de la défense des institutions. Si un étudiant de Perpignan ou de Béthune confectionne un tract en dix exemplaires pour féliciter nos troupes ou les critiquer, dans la semaine qui suit, l'un ou l'autre des tirages sera archivé par mes services. Nous disposons de correspondants dans tous les commissariats du pays, dans nombre d'organismes d'apparence plus neutre. Depuis toujours, nous rencontrons beaucoup de difficultés à nous assurer des soutiens discrets dans le monde ouvrier, les imprimeries particulièrement. Il s'agit d'un secteur sensible, je dirais même décisif, et c'est dans cette direction que je souhaiterais que vous portiez une grande partie de vos efforts. Le reste du temps, je vous demanderai d'aller au cinéma...

Mon nouvel emploi me permettait ainsi d'entretenir un rapport avec ce qui m'avait jadis passionné, et si je ne pouvais me revendiquer d'aucune œuvre personnelle, au moins possédais-je le pouvoir de peser sur celles des autres. Chaque matin à neuf heures, un chauffeur du ministère venait me prendre devant mon logement de fonction du boulevard Mortier, puis il me conduisait à Vincennes dans une minuscule salle de projection appartenant au service cinématographique des armées. J'avais le loisir, avant même la réunion régulière de la commission de censure, de visionner seul les films dont les producteurs sollicitaient un visa d'exploitation. Équipé d'un ingénieux stylo muni d'une lampe miniature, je notais les scènes litigieuses, les dialogues faussement anodins qui cachaient un double sens, les allusions à l'actualité, les atteintes à la dignité de nos gouvernants. Mon rôle, officieux, se bornait à faire des propositions, mais ils avaient valeur d'ordres pour les fonctionnaires qui n'ignoraient pas que mon avis engageait le ministre de l'Information. Ma première décision a consisté à réécrire divers échanges de *Bel-Ami* que Roger Vailland avait, quelques années auparavant, adapté du roman de Guy de Maupassant et dont le metteur en scène, le communiste Louis Daquin, sollicitait une nouvelle sortie nationale. À la réplique : « Qu'en pensent les Algériens ? » à laquelle il était répondu : « Les Algériens, Madame, ne pensent pas », j'ai substitué un : « Qu'en pensent les plantes exotiques ? — Les plantes exotiques, Madame, ne pensent pas » du plus bel effet. Dans la foulée, j'ai transformé les « Bédouins » en « Bandits », la « frontière algérienne » en « frontière française », afin que ce bel ami devienne fréquentable. Dans *Avant le déluge* qu'André Cayatte situait, innocemment, en plein cœur de la guerre de Corée, je me suis contenté de remplacer son « Déchirez vos papiers militaires » par un plus anodin « Déchirez vos passeports ». Les sanctions les plus lourdes ont concerné une série de documentaires tournés de manière clandestine par un inconnu, Pierre Clément, avec l'appui direct du FLN algérien. Non seulement j'ai défendu l'interdiction totale et même la destruction de la pellicule de *Sakiet Sidi Youssef* et des *Réfugiés*, mais je me suis associé à la demande de procès contre ce propagandiste qui a abouti à sa condamnation à dix années de prison pour trahison. Plus tard, c'est grâce à mon analyse que *Le Petit Soldat* de Jean-Luc Godard a été écarté des salles de projection françaises pendant quelques années. Le cinéaste, suisse, s'était montré assez retors, assez pervers, pour faire de son héros un déserteur devenu partisan de l'Algérie française et victime, à ce titre, de tortures infligées par des indépendantistes algériens. Seul, à l'époque, le député Jean-Marie Le Pen avait vu juste en exigeant l'expulsion de Godard vers son pays d'origine. La note de synthèse que j'avais produite, pour démonter pièce par pièce le cynisme et l'irresponsabilité réels du film, a même servi de base de réflexion au ministre Louis Terrenoire pour instituer le contrôle préalable d'un projet dès l'écriture du scénario.

Chacune de mes après-midi était consacrée à l'édition. Les agents disséminés dans les villes et les villages traquaient la littérature subversive, raflaient des cartons entiers de titres prêts à être diffusés sous le manteau comme *La Question*, *La Gangrène* ou *La Pacification.* Nous avons ainsi pu saisir dès sa sortie le brûlot de Benoist Rey intitulé *Les Égorgeurs* et, sous le pseudonyme de « docteur Moreau », l'un de mes adjoints avait réussi à s'infiltrer dans la rédaction d'un des principaux journaux clandestins, *Le Courrier de la Vérité*, et à me procurer la liste de ses abonnés. Les effectifs d'un groupement professionnel de l'imprimerie, apolitique, qui s'opposait à la toute-puissance du Syndicat du Livre, m'avaient fourni un nombre suffisant de sentinelles pour connaître le contenu de tout ce qui tombait dans les recettes des presses, des rotatives. Je possédais toujours, de cette manière, un coup d'avance sur mes adversaires. C'est justement l'une de ces vigies qui m'a averti de l'impression en cours d'une abomination dont il ne pouvait me donner le titre : les feuillets mis en machine ne comportaient aucune indication du nom de l'œuvre, de son auteur. Précaution supplémentaire, la couverture devait être réalisée dans un atelier de reliure extérieur. À ma demande, il m'a fait parvenir quelques extraits du texte. Un porteur m'a remis une enveloppe anonyme qui contenait un cahier complet, une typographie soignée, Lubalin Graph, sur verger ivoire :

Chaque meurtre raffine bientôt sur le meurtre ; ce n'est pas assez de tuer, il faut tuer d'une manière horrible ; et, presque toujours, sans qu'on s'en doute, le sentiment de lubricité dirige ces matières. [...] Les Irlandais écrasaient leurs victimes... Les Norvégiens leur enfonçaient le crâne... Les Gaulois leur brisaient les reins... Les Celtes leur enfonçaient un sabre dans le sternum... Les Cimbres leur fendaient le ventre ou les jetaient dans des fourneaux ardents. Les empereurs romains faisaient fouetter devant eux les jeunes vierges chrétiennes ; ils leur faisaient tenailler les tétons et les fesses avec des fers rouges ; on versait ensuite de l'huile et de la poix-résine bouillante sur leurs plaies, et on leur seringuait dans tous les conduits de la nature. [...] Dans le temps des Dragonnades, on prenait les filles qui ne voulaient pas se convertir, et, pour leur faire aimer la messe, on les remplissait de poudre, avec un entonnoir enfoncé par l'anus et la matrice. On les faisait ensuite sauter comme une bombe. Il est inouï combien cela leur donnait de goût pour l'hostie et pour la confession auriculaire ! Comment ne pas aimer un Dieu, au nom duquel on fait de si belles choses ?

Toute l'histoire, racontée par un pape, était de cette eau : les Américains enfonçaient dans le canal de l'urètre un bâton hérissé d'épines et le tournaient avec délectation, le tyran Maxence faisait pourrir un vivant sur le corps d'un mort, à Ceylan on contraignait le condamné à manger des morceaux de sa propre chair... L'exécration qui naissait de la lecture de ces lignes était telle que j'ai décidé de prendre la tête du groupe de fonctionnaires chargés de la saisie. Des policiers ont bouclé le quartier où logeait l'imprimerie qui disposait de trois accès, rue Saint-Martin, rue de l'Aqueduc et place de Stalingrad. Je me suis avancé dans la cour pavée, à la tête de mes troupes, et la première personne que j'ai vue, en avançant les roues de ma voiture dans l'atelier, n'était autre que Jacques. Des images se bousculèrent dans ma tête, la boucherie chevaline familiale, place des Ternes, le steak qu'il découpait dans son assiette, tel un chirurgien, le corbillard arrêté devant la Sorbonne, les sièges arrachés de leur socle dans un Olympia dévasté... Il ne m'a pas reconnu immédiatement et s'est mis à hurler.

— Ce n'est pas ce que vous faites là-bas qui vous gêne... C'est quand on met des mots dessus !

Puis les souvenirs l'ont assailli, à son tour, et son regard a glissé de mes traits à l'absence. Je ne voulais pas de sa compassion, et il n'aurait pas droit à mon indulgence. J'ai fait demi-tour, d'un mouvement rageur, sans prononcer le moindre mot. Mes hommes ont ramassé les formes, les macules, les tirages, tout ce qui concernait l'édition d'*Histoire de Juliette*, un livre interdit de Donatien, Alphonse, François, marquis de Sade.

Je me suis marié, quelques mois après la fin de la guerre, et j'ai tout effacé. Ça revient par bouffées que j'ai appris à maîtriser quand, par moments, Bécaud passe à la radio.

FAIRE DE NOUS DES HÉROS...

Au milieu des années cinquante, dans la cour de récréation de l'école primaire du quartier du Globe à Stains, j'ai compris très tôt ce qu'il en coûtait d'être ultra-minoritaire. Une guerre s'annonçait en Algérie, alors que les rues n'avaient pas encore digéré les blessures des deux précédentes. Des hommes-troncs encore jeunes, coincés dans des voiturettes bricolées, actionnaient des mécanismes improbables avec le membre ou le moignon qui avait échappé à l'explosion, trente-sept ans plus avant, à Verdun, à Vimy ou à Craonne. Chaque semaine, au marché de la cité-jardin, je regardais fasciné un maraîcher saisir salades et carottes, oignons et navets, entre les pinces nickelées qui hérissaient les orifices de ses manches de chemise. Le même métal ornait la joue du placier dont l'œil disparaissait sous un bandeau de cuir, et qui passait de stand en stand pour délivrer les tickets et remplir sa sacoche de larges pièces en alu et de billets à l'effigie de Victor Hugo. Le noir était de mise, dans la foule qui se pressait devant les étals, noir des robes et des fichus, noir des souliers, noir des regards et noir des pensées. La guerre était là, chaque jour recommencée.

Sans qu'aucun adulte ne s'en doute, la der des ders se

prolongeait dans la cour de l'école où je prenais des coups, sous le mot d'ordre de Danton gravé dans le béton : « Après le pain, l'instruction est le premier besoin du peuple. » Toujours vaincu mais jamais anéanti : on ne me pardonnait pas de prendre le parti du déserteur. Je rentrais cabossé dans la pièce où ronflait la cuisinière à charbon, hiver comme été, et me jetais dans ses bras. Ferdinand contemplait le désastre et me lançait cette phrase :

— C'est encore Rougeaud qui t'a fait ça ?

Je baissais les yeux, serrais les poings et les dents, incapable jusqu'à la fin de lui dire que l'amour que je lui portais était la seule cause de mes tourments et que les Rougeaud étaient légion. La grand-mère me sortait de l'embarras en me traînant vers la cuvette émaillée et le savon de Marseille.

— Débarbouille-toi, mec, et viens prendre ton quatre-heures.

Je coinçais un tabouret entre le buffet blanc et la table, plantais mes coudes sur la toile cirée pour saisir le bol fumant par ses deux oreillettes, tandis que l'odeur des tartines qui grillaient sur les plaques brûlantes envahissait la pièce et se mêlait aux airs à la mode que diffusait le poste de TSF posé sur une étagère, à hauteur d'homme. Sa guerre à elle, c'était la suivante. Elle ne levait jamais les yeux au ciel, elle savait que c'était de là que venait le malheur. Assise sur le banc, les soirs de grande chaleur, sous le feuillage intense des cerisiers, entourée par les éclosions des pavots et des tulipes, cernée par le pointillé du muguet, elle refusait le spectacle des étoiles. Imprimée à tout jamais dans son regard, l'image de parachutistes anglais et américains, sautant de leurs forteresses volantes en feu, se superposait à la quiétude des cieux.

— Les pauvres mômes... En bas, ils les mitraillaient. On les voyait tomber comme des torches, par dizaines.

Elle s'appelait Marie Bopp et avait quitté Colmar et l'Alsace annexée pour gagner la France, au moment de la déclaration de la guerre, en 1914. Elle se souvenait d'une charrette, d'un cheval, d'un long chemin d'exil, et de frères plus âgés restés de l'autre côté. À Paris, pour survivre, elle s'était usé les mains et les genoux dans les blanchisseries, sur les caillebotis des bateaux-lavoirs des bords de Seine envahis de vapeurs d'eau et de Javel. Ferdinand, lui aussi, avait des souvenirs de frontières mouvantes. Ils lui venaient de Sabas, son père, un prolétaire flamand de Gand qui, une nuit de mai 1884, n'avait pas respecté la fière devise de l'armée royale, « L'union fait la force ». Persuadé que de la désertion naissait la liberté, il s'était réfugié, à cheval et en uniforme, dans un sombre faubourg de Ham, entre Roubaix et Lille. Il aurait pu, pourtant, s'éviter les mille tracas d'une vie de proscrit puisqu'il avait tiré une boule l'exemptant du service militaire, en ces temps où une loterie décidait du passage sous les drapeaux. Il s'était aussitôt porté volontaire, faisant bénéficier un fils de commerçant de sa boule de chance, en échange d'un cheval justement et de quelques billets. La semaine suivante, le 29 mai 1884, au galop, il dégarnissait le flanc du roi des Belges et vendait la bête. Il était à Lille, en 1888, à la Fête des Travailleurs, quand Pierre Degeyter, un ouvrier tourneur sur bois originaire de Gand lui aussi, interpréta pour la première fois la musique qu'il venait de composer sur un texte du communard Eugène Pottier. Un couplet de *L'Internationale* devait particulièrement lui plaire :

Les rois nous saoulaient de fumées,
Paix entre nous, guerre aux tyrans !

Appliquons la grève aux armées :
Crosse en l'air et rompons les rangs !
S'ils s'obstinent ces cannibales,
À faire de nous des héros,
Ils sauront bientôt que nos balles
Sont pour nos propres généraux !

J'ai sous les yeux le certificat de congédiement (*Getuigschrift von ontslag*) « modèle n° 58 bis annexé à l'arrêté royal du 11 janvier 1901 » par lequel Sabas recouvrait, dix-neuf ans après son passage de ligne, le droit de fouler le sol flamand. Il n'en profitera jamais. Sous la rubrique « Campagne, blessures et action d'éclat », je peux lire sous la plume du commandant d'infanterie Gilson, ces mots aujourd'hui délavés tracés le 5 mai 1903 : « Le 29 mai, rayé comme déserteur. Dernières nouvelles du 3 novembre 1884. Le 2 janvier 1901, amnistié et licencié (loi du 31 décembre 1900). »

La famille est doucement descendue vers la capitale, avec une halte près de Saint-Quentin. Elle a traversé les plaines de Picardie où par dizaines de milliers les Belges miséreux venaient louer leurs bras pour arracher les betteraves à la terre grasse, puis allaient s'entasser par paquets de cent, la nuit, dans les granges saisonnières. Ferdinand, le fils de Sabas, est né à Saint-Denis où des compagnons lui ont peu à peu appris le métier d'ouvrier-ébéniste. À la fin de sa vie, il disait avoir travaillé dans l'atelier dionysien de Degeyter que les refrains révolutionnaires ne nourrissaient guère, d'autant que son seul grand succès, *L'Internationale,* que chantèrent les mutins du croiseur *Potemkine* et les insurgés d'Octobre à Petrograd, lui avait été volé par son propre frère Adolphe. Celui-ci se pendit en 1916 après avoir reconnu son indélicatesse. Quelques mois plus tard, la Russie soviétique en fit, pour un temps, son hymne officiel. Ferdinand est incorporé comme soldat de deuxième classe, le 20 décembre 1914, et se bat pendant près de trois ans, échappant par miracle aux balles, aux bombes, aux grenades, aux maladies, pour finir par fausser compagnie à Foch, à Mangin, à Joffre, à Nivelle, à Gamelin, à Pétain, au printemps 17 quand grondait la révolte. Marie me montrait, cachés dans le tiroir d'une table de chevet, les papiers trafiqués grâce auxquels il avait réussi à passer au travers des mailles du filet policier jusqu'à ce jour de moindre chance, en 1919. Des mois d'ombre, jusqu'à l'amnistie, puis les petits boulots de survie à l'égal de Sabas, dans le monde souterrain des hommes solidaires. En 1930, il acheta une parcelle de terrain, rue du Globe à Stains, au marchand de biens Eugène Grindel dont le fils, Paul, se faisait un nom de poète avec celui de sa mère, Eluard. Là, dans la boue sans fin des banlieues, il construisit de ses mains une bicoque sans importance. Certains, aujourd'hui encore, ne veulent pas accepter la révolte des ancêtres.

— Il n'a pas déserté. Il était simplement tête en l'air et arrivait en retard aux tranchées.

Admettons : une panne d'oreiller.

Le premier fils de Ferdinand s'est appelé Fernand, puis il y eut Georges. Une photo le montre derrière un établi des usines Hotchkiss, au Barrage de Saint-Denis, près de son père, au tout début de la guerre qui brisait sa jeunesse. Il m'a raconté cent fois l'arrivée des Allemands qui rassemblaient les jeunes requis pour le Service du Travail obligatoire, sa course éperdue dans les ateliers de la fabrique d'armes lourdes, le mur qu'il avait franchi d'un bond, un exploit qui lui aurait valu une médaille dans d'autres circonstances, les semaines de planques, les mois d'incertitude. Né en 1923, il fut incorporé comme soldat de deuxième classe dans les rangs amaigris de la première armée que la république reconstituait, au mois de juin 1945. Il fallait relever le pays, reconstruire les routes, rebâtir les villes, redresser les lignes de chemin de fer. Trois mois d'un travail de forçat, après des années de privations, le conduisirent directement au sanatorium puis, après quelques pneumothorax, sur les étendues enneigées du plateau d'Assy, pour s'aérer *le* poumon. C'était le premier blessé militaire, en temps de paix, de la famille et il a décidé de le faire payer à la Grande Muette en lui réclamant une pension d'invalidité au taux maximum. On lui fit remarquer, documents à l'appui, qu'il avait été réformé au terme de 89 jours de bons et loyaux services, deux mois comptables de 30 jours plus 29 jours répartis entre juin et septembre, et que le règlement des Armées stipulait que l'ouverture de droits de réparation nécessitait un minimum de 90 jours d'activité patriotique. Pour contrer la loi, Fernand ne disposait que de ses doigts sur lesquels il se mit à compter ses jours de présence au régiment. Aux vingt-neuf jours cumulés de juin et septembre, il ajouta deux fois trente et un jours, les bizarreries du calendrier dotant consécutivement juillet et août de ce chiffre impair. Cela faisait donc 91 jours réels d'astreinte républicaine qu'il tenta d'opposer à la fiction des dispositions légales qui tronçonne l'année en parties rigoureusement semblables.

— En rang, les mois, et je ne veux voir qu'une seule tête !

Licencié par Hotchkiss à la suite d'une grève, il avait travaillé pour un fabricant de matériel militaire, structures de tentes, armatures de lits pliants, destinées au corps expéditionnaire français en Indochine et qu'il sabotait discrètement. Quinze années de procédure furent nécessaires pour imposer les 91 jours de la vie vraie aux 89 entités bureaucratiques. Le rappel de pension faisait un joli tas de billets de banque qu'il offrit à Ferdinand pour le venger des coups reçus. Le vieux déserteur refusa le présent, sachant bien qu'il ne rachète jamais le passé, et Fernand dilapida l'argent sur les champs de course du Tremblay, de Vincennes, d'Auteuil et de Deauville, l'été. Peut-être pensait-il, misant sur Belle-de-Mai ou Gazelle-du-Vivier, au cheval gagnant qui avait amené Sabas sur son dos de Gand à Ham, près d'un siècle plus tôt...

Les choses, pour moi, furent beaucoup plus simples. J'avais vu partir oncles et voisins vers l'Algérie et entendu leur silence à leur retour. Les écrans qui envahissaient notre horizon renvoyaient l'image de types de notre âge qui massacraient le Vietnam. Nous nous étions promis, à une dizaine, de tout faire pour continuer à marcher à notre propre pas. Je me souviens de la dépression de Michel, des poignets tailladés de Gérard et de ces deux jours enfermés dans le château de Vincennes au milieu d'une majorité de soumis, à l'ombre du donjon. Un ami de toujours, Jean-Pierre, né le même jour et la même année que moi, avait pris place à ma droite dans la salle des tests d'intelligence. Je cherchais la bonne réponse pour être sûr de cocher une mauvaise case. Il a commencé par m'imiter, puis la honte s'est emparée de lui. On sait qu'on joue sa vie dans ces moments-là, tout au moins qu'on négocie la part qu'on abandonne aux autres. Nous n'étions que trois à être mis de côté à l'issue de l'épreuve : j'étais encadré par un béat, et par un type qui se remettait mal d'une chute de moto, sans casque.

Sabas et Ferdinand n'étaient plus de ce monde. Fernand l'arpentait encore. Il m'a interrogé du regard à mon retour des « trois jours ».

— Ils ne veulent pas de moi. Déficience mentale.

Je n'avais pas encore tout à fait compris que c'était moi qui ne voulais pas d'eux.

LES BOUEUX DE L'ESPACE

C'est un sale boulot, mais c'est le seul qu'on m'ait proposé après trois années d'inscription sur le fichier « disponibilités » de l'agence mondiale de l'espace. J'aurais pu prétendre à un poste plus gratifiant avec mes deux décennies passées à commander les vaisseaux les plus sophistiqués, mais il avait suffi d'une minute d'indécision lors de la collision de *Blue Enterprise* avec une météorite pour flinguer toute une carrière dans l'esprit des décisionnaires. L'examen des données, sur les ordinateurs de vol, avait conclu à mon absence de responsabilité dans la perte du navire, la mort des quinze membres d'équipage et d'une centaine de passagers en route vers la station orbitale *New World*. Il n'en restait pas moins que le nom de Jerry Cow était devenu synonyme de catastrophe. Je m'étais résigné à accepter des remplacements au noir, pour des compagnies d'aviation de troisième zone, des missions suicides d'observation au-dessus des territoires africains et orientaux en conflit, des transports de contrebande vers des pistes miniatures aménagées sur des îlots perdus, de l'hélitreuillage au-dessus de plates-formes pétrolières abandonnées. Les rares amis qui ne s'étaient pas éloignés, quand mon ombre traînait des dizaines de cadavres, n'avaient pas compris que l'unique façon d'échapper à la balle que je me destinais, c'était de rejoindre les nuages, coûte que coûte. Mon fils Andrew ne s'adressait à moi que pour me coller ses échecs sur le dos, ce qui lui évitait de se confronter à son reflet, dans la glace des matins blêmes. Seule ma femme Sally s'accrochait et, bizarrement, je lui en voulais de ne pas me piétiner, comme les autres. C'est elle qui a reçu la proposition d'engagement, en surimpression sur l'écran du salon, alors qu'elle visionnait une version holographique des *Dix Commandements*. Le message disait simplement qu'on avait pensé à moi pour prendre le commandement du *Bristol*, pour une mission de six mois qui pourrait être suivie d'autres vacations de même durée, si je donnais satisfaction. Le salaire correspondait à celui d'un pilote débutant, mais je n'étais pas en mesure de faire la fine bouche. J'ai constaté, en consultant l'encyclopédie numérique de la flotte mondiale, qu'aucun vaisseau en activité ne portait le nom de *Bristol*. Il m'a fallu remonter quinze années en arrière pour dénicher une navette qui avait été en service jusqu'en 2012, entre les États-Unis et la base numéro 3 avant d'être réformée pour obsolescence. J'ai été reçu par un sous-fifre qui agissait au nom du général Dowell, l'un des gradés qui m'avaient épargné lors de l'enquête sur la perte du *Blue Enterprise*. Il m'a tout de suite fait comprendre que si ça n'avait tenu qu'à lui, j'aurais pu continuer à ratisser les annonces de mercenariat jusqu'au crash final. J'ai signé les formulaires qui prévoyaient une première campagne de six mois, et la seule chose que j'ai réussi à obtenir, c'est la liberté de constituer mon équipage. L'expérience m'avait appris qu'à partir du premier mois de confinement dans une capsule, un siamois en apesanteur ne pense plus qu'à une seule chose : tuer son frère. Le soir même, je poussais la porte du Lanker, un bar de fond de zone où avaient l'habitude de traîner plusieurs de ceux que je voulais voir à mes côtés. Je tombais directement sur Butsy, un des rares survivants du commando qui était parvenu, dix ans plus tôt, à libérer une brochette de ministres retenus sur la station orbitale internationale. Nous nous étions souvent croisés sur des coups merdiques. Ses employeurs ne lui avaient pas pardonné d'avoir constaté à quel degré de soumission étaient parvenus ceux qui décidaient de l'avenir du monde après trois jours passés entre les mains de leurs geôliers. J'ai commandé une bière sans alcool et lui, pour me titiller, un alcool sans bière. Dès que je lui ai dit que l'administration venait de me rattraper par l'élastique du slip, il a flairé l'embrouille. Je lui ai raconté que le général Dowell m'avait à la bonne, qu'il avait débuté sous les ordres de mon père, lors de la troisième guerre d'Afghanistan. J'avais beau argumenter, il ne voulait pas en démordre.

— Tu es encore plus grillé que moi, Jerry ! Les trois étoiles qu'il a sur sa casquette, ton général, c'est comme sa visière, ça sert à le protéger lui et pas les copains... Tu as déjà vu un de ces mecs-là filer ne serait-ce qu'un dollar à un mendiant ? Non, ça ne colle pas. Cherche la faille. S'ils sont venus te chercher, c'est qu'ils ont beaucoup plus à gagner que toi sur ce coup.

J'ai reposé mon verre sur le comptoir.

— Je crois que tu es à côté de la plaque, Butsy. C'est un boulot de merde, sur du matériel de merde, et en plus payé au lance-pierres... Ils ne trouvent personne. Il n'y a pas d'autre raison au fait qu'ils soient venus me repêcher. Si j'ai bien compris, tu ne fais pas partie du voyage... Tant pis...

Il m'a regardé, les traits affaissés, se composant le masque d'un type au bord des larmes.

— Pourquoi ? Tu ne veux plus de moi ?

Une semaine plus tard, il avait déniché cinq autres bras cassés pour compléter l'équipage. La seule lecture de leurs états de service aurait jeté un maton de Sing-Sing dans une profonde dépression, mais j'acceptais sans discuter. Une fois revêtus de leur scaphandre, ils ressemblaient à n'importe quelle autre troupe d'astronautes. Notre engin d'époque avait été bricolé pour être couplé avec un lanceur de la toute dernière génération. On avait ajouté une sorte de bouclier afin que l'infrastructure résiste à une poussée trois fois plus importante que celle qui avait été calculée au moment de l'assemblage des pièces, un quart de siècle plus tôt. Pour le reste, c'était de l'antique. Nous avons fait connaissance au cours des six semaines de stage intensif qui ont suivi. C'était tous de grandes gueules qui, sous leur allure bravache, cachaient des qualités professionnelles de première importance. Jim s'était fait virer du corps des marines spatiales pour alcoolisme, Frank avait recadré le portrait d'un commandant de bord lors d'une mission lunaire, Elvis s'était toujours défendu d'avoir violé un mousse au cours d'un voyage interplanétaire d'agrément affrété par une star d'Hollywood : « il était volontaire » disait-il, tandis que John, le taciturne, revendiquait en bougonnant le fait d'avoir planté un tournevis cruciforme dans le bide d'un voisin qui chevauchait sa femme tandis qu'il s'esquintait la santé sur des moteurs à hydrogène en carafe ; Macky, ancien pilote de bombardier furtif, émergeait, quant à lui, d'une cure de désintoxication après avoir fumé toute la récolte d'un champ de pavot pour oublier qu'il avait appuyé sur le bouton éjectant le missile à tête nucléaire qui, au cours de la décennie précédente, avait rayé Islamabad de la carte. On nous a catapultés un matin, entre deux tirs de cargos de ravitaillement, et il nous a fallu moins de deux heures pour atteindre notre orbite. Le *Bristol* semblait tenir le choc. Moi, un peu moins. Cela faisait un paquet de temps que je n'avais pas été secoué de la sorte, et j'ai décidé que nous allions effectuer quelques rotations avant de prendre les commandes pour ratisser le secteur qui nous était dévolu.

On est sortis du rail le lendemain matin alors que les côtes du continent indien se découpaient sur le bleu de la terre, quelques centaines de kilomètres plus bas. La première épave que nous avons rencontrée dans notre périple figurait sur la carte : un satellite chinois de télécommunications lancé en 2003 qui n'avait jamais réussi à déployer ses panneaux solaires d'alimentation en énergie. Butsy s'est mis aux manettes, et il est parvenu à saisir l'engin au moyen des bras articulés, puis à le fourrer dans la soute, le tout en moins de six heures. D'après nos indications, le chantier suivant se trouvait à une quinzaine de jours de voyage. Un caisson de survie qui s'était désarrimé avant la plongée de retour sur terre. Une dérive de l'objet, due au choc avec une météorite, nous a contraints à quadriller un vaste secteur pendant une semaine de plus pour le détecter. L'opération s'est avérée beaucoup plus délicate que la précédente en raison des dommages causés au fuselage, aux risques de désintégration. Au bout de trois jours de tâtonnements, Frank et Elvis voulaient passer leur scaphandre, franchir le sas et faire le boulot à la main. Le métal éventré était aussi acéré qu'une lame de rasoir, et la moindre éraflure pouvait leur être fatale. Je m'y suis opposé. On a grillé une semaine supplémentaire pour absorber le morceau de ferraille et faire le ménage en aspirant toutes les particules environnantes. Les deux mois suivants, nous avons ramassé les débris du bouclier antimissiles qui avait été déployé par la Grande Coalition en 2014, après l'assassinat du secrétaire général de l'Organisation des États-Unis, puis nous avons amorcé notre manœuvre de retour vers l'orbite initiale. Le moment le plus éprouvant de la mission a été, sans conteste, le nettoyage du charnier de la base 12. Il ne restait pas grand-chose des installations militaires ukrainiennes qui avaient visiblement été la proie de pilleurs d'épaves. Les charognards avaient laissé derrière eux ce qui ne pouvait se monnayer. Les outils de prélèvement étaient inutilisables, et trois membres de l'équipage sont sortis pour faire le pire boulot qui soit. La bataille avait fait rage, quinze années plus tôt, pour le contrôle de la plate-forme, et personne n'était jamais venu jusqu'ici pour ramasser les cadavres des soldats. Il y en avait une bonne centaine qui flottaient autour des débris, leurs scaphandres gonflés par les gaz de décomposition. Le pire, c'était de croiser un regard vide, derrière la vitre du casque, tandis que l'on enveloppait la dépouille dans un sac plastique avant de la faire disparaître à l'intérieur de la soute du vaisseau. Le mois suivant, on est tombés sur un satellite minuscule qui n'était répertorié sur aucun de nos documents. Je l'ai examiné sous toutes les soudures, à l'aide des caméras, je lui ai radiographié les entrailles sans parvenir à déterminer d'où il provenait. Pas la moindre marque d'usinage, pas le plus petit indice de date ou de lieu de fabrication. On pouvait simplement déduire des analyses de spectre qu'il s'agissait d'un objet terrestre assemblé une trentaine d'années plus tôt, au tout début du troisième millénaire. J'étais d'avis de le laisser continuer son errance interstellaire, mais Jim a insisté pour qu'on le prenne à bord.

— Tu ne peux pas nous faire ça, Jerry ! Ce truc est bourré de matériaux spéciaux. On se fait chier depuis plus de cinq mois à ramasser de la viande froide pour moitié moins que le salaire minimum intergalactique garanti. Personne ne sait qu'elle existe cette mine d'or. On l'embarque, ni vu ni connu. En le désossant, on peut en tirer de quoi doubler la mise...

J'ai fini par céder à la pression, et il a saisi la boule d'une centaine de kilos au moyen de ses pinces géantes. C'est Elvis qui est descendu au milieu du bric-à-brac morbide pour la dissimuler dans l'ancien logement des parachutes de freinage. Quand on a atterri, quelques semaines plus tard, un détachement de l'armée ukrainienne a rendu les honneurs aux corps de ses combattants d'une guerre lointaine alignés sur la piste du désert Mojave.

Macky et Frank se sont débrouillés pour négocier le traitement des matériaux récupérés dans l'espace par une casse de San Francisco dirigée par l'un de leurs amis. Le satellite clandestin a discrètement fait partie du lot. Nous avons suivi le convoi de camions, sur trois mille kilomètres d'autoroute, pour nous occuper personnellement de son déchargement et de son transfert dans un hangar que Jim avait loué à proximité de l'amoncellement d'épaves en tout genre du ferrailleur. Macky a attaqué la carapace au chalumeau, sous le regard attentif de Butsy. Il a tout d'abord dégagé les deux caméras directionnelles avant de dépecer l'engin pièce par pièce. Jim avait vu juste : les métaux spéciaux représentaient plus de la moitié du poids total, et le patron de la casse nous en a proposé une somme supérieure à ce que nous avions touché pour l'ensemble de la mission. J'ai arrêté son geste quand il a voulu embarquer le matériel de prise de vues.

— Pas touche, ça c'est ma récompense personnelle. Je suis passionné par la photographie.

Nous nous sommes quittés une fois le partage effectué, en nous promettant de garder le contact et de nous rassembler à nouveau si une occasion se présentait. Je suis resté à San Francisco tandis qu'ils prenaient un vol pour New York avant de se disperser, de là, à travers le territoire. J'ai passé toute la nuit à ausculter les boîtiers, à trouver les codes de conversion des données numériques que j'y avais découverts sur ma bardée d'ordinateurs, à rechercher de vieux programmes chez les antiquaires du Net. Le lendemain matin, le matériel disposé sur la table, j'ai compris que le vice dont me parlait Butsy, lorsque je l'avais embauché au bar du Lanker, existait bien. J'en ai eu confirmation aux infos de neuf heures : leur navette s'était écrasée sur le Missouri pour une raison inconnue et qui, à mon avis, avait toutes les chances de le rester. J'ai tout fourré dans un de ces immondes sacs plastique qui servaient à protéger les corps des disparus et je suis monté dans le camping-car garé devant le hangar. Ils m'ont juste laissé le temps de mettre le contact avant d'allumer les projecteurs. Dans le rétroviseur j'ai vu la dizaine de traceurs au laser pointés sur mon front. Le général Dowell a traversé le parking, puis il a ouvert la porte du côté passager pour prendre place à côté de moi.

— J'ai toujours eu énormément d'amitié et de respect pour ton père, Jouy. Tout autre aurait déjà été abattu... J'espère pour toi que tu n'as pas été assez débile pour farfouiller dans les caméras...

Je me suis tourné vers lui.

— Comment avez-vous su qu'on allait ramener ce satellite ?

Dowell a éclaté de rire.

— C'était le seul et unique but de votre mission, Cow !

— Mais les dépouilles des Ukrainiens...

Il a haussé les épaules, d'un air apitoyé.

— La symbolique de la restitution des corps nous a

servi de couverture médiatique idéale. Votre plan de vol était conçu pour que vous tombiez exactement sur ce vieux satellite d'observation dont nos services avaient perdu la trace depuis la fin de l'année 2001. Personne ne pouvait se permettre de mentionner son existence, et vous avez grandement rendu service à l'État en le rapatriant sur terre de manière clandestine.

Le général a fait basculer le siège central pour se saisir du sac à viande, l'a ouvert. Il a laissé fuser un cri.

— Non ! Ce n'est pas vrai ! Il a fallu que tu plonges ton sale petit nez dans ce merdier... Tu n'as pas pu t'en empêcher... Qu'est-ce que tu as compris ?

Je savais que j'avais déjà signé mon arrêt de mort depuis six mois, quand je m'étais porté candidat à ce poste de boueux de l'espace. Les points rouges des tireurs d'élite se sont posés sur mes mains quand j'ai allumé ma cigarette.

— Tout. J'ai repris toute la documentation historique disponible sur les attentats du 11 septembre 2001, il y a plus de trente ans. Il existe des centaines d'images concernant le crash des Boeing contre les tours jumelles du World Trade Center filmées par des pros ou des amateurs. Par contre, on n'a rien, en direct, concernant l'impact du troisième zinc sur le Pentagone. Les seuls documents sur l'impact étaient dans le satellite que nous sommes allés pêcher et dont les caméras étaient en permanence braquées sur le bâtiment du commandement central des forces armées américaines...

Il hochait la tête tandis que je parlais.

— ... Les photos sont formelles : il n'y a jamais eu de troisième avion dirigé par un kamikaze sur le Pentagone. On distingue nettement que la structure a volé en éclats sous le coup d'une explosion venue de l'intérieur des bureaux. Pour dire les choses clairement, il s'agit d'un attentat qui n'a rien à voir avec les troupes de ce Ben Laden dont nos livres d'histoire sont remplis. Le problème, c'est que je ne comprends pas pourquoi l'état-major, aujourd'hui, en est réduit à manipuler des gens comme moi, à liquider mes amis pour planquer un événement oublié de tous.

Dowell a pris une cigarette dans mon paquet. Il l'a allumée, a tiré deux longues bouffées avant de me répondre.

— Les mentalités n'évoluent malheureusement pas aussi vite que les techniques. On s'étripe encore pour des questions de religion, comme il y a mille ans... En septembre 2001, une partie des services secrets, la CIA et le NSA principalement, étaient au courant de ce qui se tramait. Ils ont laissé faire et ont profité de l'émotion provoquée par la mort de milliers de civils, à Manhattan, pour tenter un coup d'État d'extrême droite avec pour objectifs la Maison-Blanche, le Pentagone ainsi que *Force One*, l'avion présidentiel. Le vice-président était dans le coup. La manœuvre a échoué à moitié...

— Ce qui veut dire qu'elle a réussi pour moitié...

Il a souri.

— Oui... Il était hors de question de rendre publique une telle information. Dès ce jour-là, le gouvernement a agi sous la pression des secteurs les plus rétrogrades du pays. Cela nous a conduits à la guerre avec l'Inde, à la destruction d'une partie de la péninsule arabique, aux bombes nucléaires sur l'Ukraine, aux attaques contre les barrages chinois... Nous avons réussi à reprendre le contrôle de nos institutions il y a moins de cinq ans après des combats qui se sont soldés par des centaines de millions de morts et de blessés. Tout ça parce qu'un président a choisi de négocier au lieu d'entrer en résistance. On ne peut pas faire deux fois la même erreur...

Il a écrasé son mégot dans le cendrier tout en poussant la portière du camping-car. J'ai aspiré une dernière fois sur mon ultime cigarette.

Tout autour, les index ont blanchi sur les détentes des fusils.

LE CAR DE MIDI

Ce n'est pas sans appréhension que je laisse vagabonder mon esprit dans cette époque que je voudrais lointaine et enveloppée des lambeaux de brume que le temps dépose sur la mémoire, comme un ciel bas se déchire sur la lande. Chaque jour qui passe, au contraire, me la rend plus précise. Les visages qui se dissimulaient dans l'ombre m'apparaissent maintenant dans toute leur netteté. Il ne me sert à rien de brouiller mon regard avec ma main, de serrer les paupières sur mes yeux, ils sont tous là, en moi, à m'observer, à m'attendre. La première fois, c'est le hasard qui m'avait conduit dans cette ville dont j'ignorais jusqu'au nom. Une vaste tempête avait projeté sur l'autoroute des branches arrachées aux arbres, des bribes de publicités, des débris soulevés du bas-côté, et un éclat de fer était venu se ficher dans les alvéoles de mon radiateur. Je m'étais rangé en urgence près d'une borne d'appel dont la lumière orange intermittente se mêlait aux bleus électriques des éclairs. Un garagiste engoncé dans du plastique jaune avait hissé ma voiture sur sa dépanneuse, l'avait remisée dans son hangar situé à quelques kilomètres de la voie rapide avant de me conduire jusqu'à l'unique hôtel de la ville proche où, me dit-il, je devrais m'installer trois ou quatre jours, le temps qu'il reçoive la pièce neuve puis procède aux réparations. Une jeune femme repassait du linge dans la salle à manger, près du guichet sur lequel dormait un chat. Je pris ma clef après avoir rempli une fiche et commandai une bière que je bus très lentement, dans la lumière qui vacillait au rythme des rafales, m'attendant à voir surgir d'autres naufragés de la route. À minuit, je montai dans ma chambre et retrouvai des réflexes d'enfance en rêvant, aux frontières floues du sommeil, à des courses lointaines sur des bateaux de légende. Quand je me réveillai, tard dans la matinée, le déchaînement avait lavé le ciel. Un soleil franc s'était glissé par les rideaux disjoints pour inonder la taie d'oreiller de chaleur et de clarté. Je déjeunai seul devant une télévision muette qui me renvoyait mon image assombrie, bombée. La visite de la ville ne réservait aucune surprise. Une église quelconque reconstruite après-guerre, ouverte seulement pour l'office du dimanche dont la clef pouvait être obtenue auprès du serrurier des Sept-Chemins qui était lui-même fermé « pour raisons familiales », une quinzaine de commerces serrés autour de la place du marché, la façade sans âge d'une poste avec en médaillon les lettres entrelacées de l'ancien sigle PTT, une mairie dont le rôle principal semblait être de donner l'heure aux passants. À midi j'entrai dans le café-tabac. Je m'installai au zinc pour boire un café tout en essayant de surprendre les conversations des quelques consommateurs assis devant les tables de formica. Je me lassai vite de leur maîtrise du lieu commun, de leur complaisance pour le bon sens, et me rabattis sur le journal local dont je constatai immédiatement qu'il était composé dans une langue identique. Aucun mot n'y était écrit plus haut que l'autre. C'est à la deuxième lecture de cet océan de signes inutiles que je remarquai la seule véritable information imprimée sur ces pages : le musée Atlan proposait, jusqu'au lendemain, une rétrospective des saintes faces d'un peintre russe, Alexej Jawlensky. En réglant mon café, je m'enquis du chemin à suivre pour me rendre à l'exposition. Le patron eut un maigre sourire pour me dire que le car qui desservait le château d'Atlan ne passait qu'une fois par jour, à midi, à l'entrée de la ville et que je l'avais loupé. La journée prit un malin plaisir à étirer ses minutes en heures et seul un nouvel orage, après les vêpres, hâta la venue des ténèbres. Je me retrouvai seul, une fois encore, devant le téléviseur inanimé, à débarrasser mon assiette d'une cuisine sans saveur puis je réchauffai mon lit, étendant peu à peu ma carcasse sous les draps humides, avant de sombrer dans ce sommeil désagréable qui suit les journées sans fatigue. Le lendemain, je me dérobai au rituel pesant du déjeuner. J'achetai un pain au chocolat que j'accompagnai d'un café au bar de la mairie. À onze heures je me postai près de l'abri sommaire qui marquait l'arrêt des cars et attendis en lisant les graffiti sans originalité qui semblaient avoir été pensés par les correspondants du journal local. J'avais bien fait de venir en avance car le bus, une antiquité bringuebalante, grimpa la côte et dépassa l'ancienne laiterie avec un bon quart d'heure d'avance. Le chauffeur refusa les pièces que je lui tendais. Il m'invita d'un mouvement du menton à prendre place. Le spectacle que je découvris, en tournant la tête vers l'arrière du véhicule, me stupéfia. Je demeurai plusieurs secondes figé, les mains serrées autour des arceaux métalliques qui couraient tout au long de la travée centrale. Les places, à l'exception d'une seule, étaient occupées par des hommes uniformément habillés de noir, silencieux, le regard braqué dans ma direction. Je remontai l'allée alors que le car prenait de la vitesse pour venir m'installer entre deux voyageurs qui ne répondirent, ni l'un ni l'autre, à mes paroles de politesse.

La route serpentait dans la vallée, attaquait des collines qu'elle délaissait bientôt. Il nous fallut une heure pour atteindre un autre village dont je ne parvins pas à lire le nom, sur un panneau dévié. Le car s'arrêta près d'un cimetière et tous les hommes en noir descendirent. Je voulus rester à ma place mais le chauffeur me força, du geste, à les suivre et sembla ne pas comprendre quand je le questionnai à propos d'une exposition, d'un musée. J'assistai, en retrait, à des prières recueillies et m'approchai de la tombe qu'ils venaient d'honorer lorsque, enfin, ils refluèrent vers la grille du cimetière. Le temps avait effacé les noms, les dates. Le car reprit sa course, en sens inverse, et l'orage grondait quand il fit une halte près de l'abri aux graffiti. Un message m'attendait à l'hôtel, plié dans la case au-dessus de la clef. Mon véhicule était prêt, la pièce de rechange étant arrivée plus rapidement que prévu. J'échappai avec soulagement à une troisième nuit dans cet hôtel sans nom d'une ville anonyme. Je repris la route en laissant mourir l'orage dans le rétroviseur.

Je n'avais pas oublié cet épisode quand, des années plus tard, le hasard me fit retrouver ces paysages, mais le quotidien l'avait enseveli. Je m'en souvenais furtivement comme on pense à un film dont on a peine à retrouver le visage des acteurs, ou à un livre à la couverture arrachée dont le titre vous échappe. Je n'étais même plus sûr de l'avoir vécu, et je m'étais arrêté sur le bas-côté pour raconter ma halte forcée dans cette ville à la jeune femme qui partageait alors ma vie. Mon discours l'amusait. Elle pensait que j'inventais cette histoire pour agrémenter notre voyage d'un halo de mystère. Plus je tentais de l'en dissuader, plus elle applaudissait à mes efforts de séduction, me félicitait de ma sincérité feinte. Je me remis à rouler, lentement, récitant comme un poème obscène le texte des graffiti inscrits sur les parois de la halte des autocars, puis les lui montrai dans toute leur crudité en gage de bonne foi. C'est tout juste si elle ne m'accusait pas d'être venu les écrire la semaine précédente, de les avoir appris par cœur. Même l'orage qui éclata juste après les vêpres, tout comme dans mon récit, ne troubla pas sa bonne humeur. À l'hôtel, la jeune femme de jadis avait vieilli mais elle repassait encore devant l'écran mort. Un bambin, à ses pieds, agaçait un chat semblable à celui que j'avais connu. Je pris soin de demander la chambre de mon premier séjour à notre hôtesse qui, malgré mon insistance, refusa de me reconnaître. La nuit fut joyeuse dans les draps lourds et rêches de campagne, et ce furent les cloches de dix heures qui nous tirèrent de nos rêves enlacés. J'entraînai ma compagne dans le bar-tabac de la mairie après avoir acheté des viennoiseries que nous avalâmes en buvant un café, au zinc. Elle éclata de rire quand, au comble de l'inquiétude, je lui montrai, en encadré dans le journal local, l'annonce de l'exposition d'Alexej Jawlensky au château d'Atlan. Averti par l'expérience que le car passait en avance, je me garai près de la station à la demie de onze heures, mon amie à mes côtés. L'antique carrosserie avait laissé la place à un carénage aérodynamique qui s'immobilisa pour prendre à son bord un homme seul qui, pour patienter, lisait les graffiti de la halte. J'observai le voyageur qui remontait maintenant l'allée centrale en saluant les habitués, collégiens ou lycéens, paysans se rendant au marché, ouvriers de la sablière, néo-ruraux serrant entre leurs jambes des valises pleines de bracelets, de colifichets. Quand il fut assis, à l'arrière, j'embrayai et me plaçai dans le sillage du car, assez loin pour ne pas ramasser tous les effluves de gas-oil. Je traversai des vallées, des villages, escaladant des collines, observant les voyageurs qui montaient dans le bus ou qui en descendaient. Nous n'avions toujours pas longé de cimetière quand se profila, à droite de la route, la silhouette crénelée du château d'Atlan. L'autocar vint se ranger sur la place, devant le panneau annonçant le terminus de la ligne. Tous les passagers se dispersèrent dans les rues environnantes. Je compris, dans le regard de ma compagne, qu'à son goût la plaisanterie avait assez duré. Je l'entraînai vers l'enceinte fortifiée. J'achetai deux billets d'entrée tandis qu'elle lisait les critiques consacrées à l'exposition affichées sur un panneau. Je pénétrai le premier dans la vaste salle dont les murs étaient parsemés de cinquante têtes mystiques et visages de saints. Le rythme obsessionnel des cadres, dans la pénombre, me fit vaciller. Je fus pris de terreur en découvrant ces masques peints, cette longue suite de méditations, ces rectangles de toile envahis de faces aux yeux clos. En proie au vertige, je tombai à genoux. Elle se précipita vers moi pour m'aider à me relever, me suppliant de lui dire ce qui m'arrivait. Nous sommes sortis pour nous installer à une terrasse où un alcool a pris le dessus sur mes tremblements. J'ai fini par lui mentir, pour la première fois, en lui avouant une sensibilité extrême à l'expression artistique. Je lui ai parlé de Jawlensky, de cette paralysie qui obligeait l'artiste à peindre à deux mains, de l'assombrissement de son univers, de la prison qu'était devenu son pays, à partir de 1933. J'ai trouvé cette phrase :

— Il montre l'humain, dans une époque qui s'est acharnée à le détruire.

J'ai senti qu'elle était rassurée. Je n'ai jamais trouvé le courage, depuis ce jour, de lui dire que chacun de ces tableaux représentait le visage de l'un des cinquante hommes en noir qui se rendaient en car, un matin, sur une tombe aux gravures effacées par le temps.

DANS LA SERINGUE...

« Dans la seringue, tu es dans la seringue », me serine le petit gros à moustache en me crachant la fumée de son cigarillo au visage, tandis que l'efflanqué chauve pique des deux index sur les touches de sa bécane hors d'âge. J'essaie de ne rien en laisser paraître, mais la pression commence sérieusement à me peser sur les épaules. La faim, la soif, la fatigue surtout. Les aveux sont prêts à jaillir quand le dactylographe s'aperçoit que son rouleau encreur vient de rendre l'âme. Ils me remettent dans la cage, le temps d'aller avaler un plat du jour au Café du Palais. C'est peut-être mieux ainsi. Je me recroqueville dans un coin de la cellule, respirant par bribes pour supporter la puanteur. Je pense aux gosses, à Hélène, puis à la façon dont tout s'est goupillé, il y a sept ans de cela.

« On a gagné, on a gagné... » Le pays entier était descendu dans la rue pour hurler sa joie, agiter des drapeaux, et l'orage de la nuit n'avait en rien freiné l'ardeur des foules cocardières. J'avais passé tout le dimanche au laboratoire à vérifier le résultat d'expériences sur l'oxydation des métabolites, dans le cadre d'un programme concernant les liaisons esters-phosphoriques, et c'est par hasard que j'étais tombé, en rentrant à la maison, sur les premiers détachements de fêtards. Il avait bien fallu me résoudre à garer la voiture à trois stations de ma destination, et comme il empruntait mon chemin, je m'étais mêlé au défilé. Accoudés au balcon du Grand Hôtel, le champion, entouré de son équipe, saluait les vagues successives de supporters qui déferlaient sur le pavé lisse des Champs-Élysées. Je les avais tous aperçus à la télévision, écoutés d'une oreille distraite, zappés d'un pouce nonchalant, ne m'intéressant pas vraiment à la compétition en cours. La surprise avait donc été totale quand, huit mois plus tard, j'avais reçu un coup de téléphone en provenance des instances nationales. On s'intéressait enfin, en haut lieu, à mes travaux sur l'énergie labile des nucléotides pyrophosphates ! J'aurais dû me méfier dès le départ, mais quand on vous dorlote la vanité, il arrive que l'esprit critique s'assoupisse. Le dirigeant que j'ai eu au bout du fil n'a pas décliné son nom, il s'est contenté de me livrer celui d'un de mes collègues, membre du Collège de France, qui disait le plus grand bien de moi et vantait ma discrétion. Il m'a donné un premier rendez-vous dans une brasserie du Trocadéro. C'est là, sur la moleskine ocre, encadrés par des miroirs qui abîmaient à l'infini le reflet de notre rencontre, que tout s'est noué. L'homme était âgé d'une cinquantaine d'années, sportif, le visage grave mais avenant. Il ne s'était pas perdu dans des phrases de circonstance, abordant directement le sujet qui nous rassemblait. L'équipe qu'il représentait ne pouvait compter que sur un champion déjà vieillissant. Il devait pourtant conserver son rang, s'imposer dans les sommets, remporter des étapes et renvoyer au pays une image de transparence et de santé lorsqu'en habit, il défilait sur les Champs-Élysées. J'avais compris bien avant qu'il ne fixe son regard sur le mien.

— Nous nous sommes déjà attaché le concours de

médecins, de soigneurs, de diététiciens qui nous assurent un conditionnement et un suivi optimum... Les circonstances nous obligent, aujourd'hui, à dépasser ce stade.

Seul signe de gêne, il s'est éclairci la voix. Je suis resté silencieux, et l'ai laissé aller seul au terme de sa requête.

— Comprenez que je m'adresse à vous de manière tout à fait officieuse, et que si vous décidiez de rejeter notre offre de collaboration, il est évident que tout ce que je viens de vous confier n'aura jamais été prononcé...

Je me suis contenté de hocher la tête.

— Pour nous maintenir en position, nous avons absolument besoin que la science, particulièrement la biochimie, supplée aux carences des organismes... Chacun se plaît à reconnaître que vous êtes le meilleur disciple de Szent-Györgyi. Vos expériences sur le mécanisme de formation de l'acide adénosine-trisphosphatique font autorité... Êtes-vous prêt à nous apporter votre concours ?

J'ai bu une gorgée de café tiède.

— Je ne sais si vous êtes conscient des risques...

Il m'a interrompu.

— Nous sommes disposés à tout mettre en œuvre pour les limiter au strict minimum, et vous pourrez compter sur l'assistance de nos services pour l'approvisionnement en produits, la logistique des soins... De plus, nous veillerons à ce que votre collaboration soit très justement récompensée, tant du point de vue pécuniaire qu'en terme de carrière.

— Ce n'est pas ce que je voulais dire... Les risques que j'évoquais ne sont pas ceux que je suis prêt à prendre, mais ceux que peut encourir le patient. Certains de ces traitements n'ont pas fait l'objet de protocoles. Nous ignorons s'ils présentent de graves dangers à long terme.

Un sourire avait furtivement illuminé ses traits.

— Nous n'avons pas le choix, et nous les assumons. Dans leur intégralité.

J'étais passé aux choses pratiques dès la semaine suivante. Je dosais une partie des produits, j'avais obtenu de pouvoir contrôler les autres substances que me fournissait directement l'entourage du leader. Je pratiquais habituellement les soins au Centre, à Paris, mais il m'arrivait aussi de le suivre dans ses déplacements en province comme à l'étranger. Je mettais ces voyages à profit pour rencontrer d'autres chercheurs, et affiner l'équilibre de mes préparations. Les passages de frontières constituaient toujours un exercice délicat dont nous nous sortions chaque fois avec les honneurs, protégés par la réputation internationale qui auréolait notre champion, nos couleurs. Je me prenais à penser, regardant le drapeau tricolore glisser le long d'un mât, ou écoutant les éclats cuivrés d'une *Marseillaise*, que le prestige de la France était, pour une part, entre mes mains, que les médailles qu'on accrochait à certain poitrail n'auraient pas déparé le mien. Il m'arrivait quelquefois de sortir de l'ombre, de participer à ces fêtes mondaines que suscitent les déplacements des célébrités. J'y rencontrais d'autres biologistes, d'autres biochimistes de réputation internationale, dont la présence en ces lieux ne pouvait s'expliquer autrement que par le fait qu'ils rendaient à leur pays les mêmes services que le mien attendait de moi. Pour être tout à fait sincère, je me suis habitué à sillonner le monde, à partager l'intimité des puissants, à baigner dans ce sentiment de supériorité que confère le fait d'entrevoir le dessous des cartes. Je croyais échapper au lot commun alors que je n'étais qu'un laquais de luxe. J'étais uni à lui comme l'ombre au soleil, mais tellement ébloui par ma propre splendeur, je n'ai pas compris, le jour de sa mort, que la chute de mon maître signait inéluctablement la mienne.

Le petit gros à moustache et l'efflanqué chauve ont fait irruption dans ma vie au lendemain de ses obsèques. Je portais encore au bras le crêpe noir épinglé par sa veuve quand ils sont venus me chercher.

La clef cliquette contre la serrure, les barreaux. Je lève les yeux sur les deux inspecteurs. La porte s'ouvre, le moustachu me tend un sandwich au fromage, que je refuse d'un mouvement de tête. Sa main se pose lourdement sur mon épaule, je traîne mes chaussures sans lacets tout au long du couloir. Je me laisse tomber sur la chaise tandis que l'escogriffe revient se placer devant sa machine à écrire. Son collègue allume un cigare. Il me crache la première bouffée au visage.

— Alors, tu as réfléchi ?

Je regarde avec insistance la photo du nouvel homme fort accrochée à un piton, sous l'horloge, puis je fixe mon interrogateur.

— Vous pouvez me poser et me reposer mille fois les mêmes questions, je m'en tiendrai toujours à ma première déclaration : sans mes soins, mes remèdes, le président n'aurait jamais pu accomplir jusqu'au bout son deuxième septennat.

LES TROIS VOILES DÉCHIRÉS...

Premier voile

C'était il y a longtemps, obscurcissant le ciel, le lourd manteau kaki de Franco pesait encore sur l'Espagne. Accoudé au bastingage d'un ferry dont l'étrave s'affinait vers Ceuta et Melilla, je tentais de distinguer au loin les côtes africaines. Soudain, des dizaines de soldats de l'armée franquiste, qui allaient relever les garnisons des enclaves espagnoles en terre marocaine, ont envahi le pont. L'un d'eux s'est assis près de moi et il a surpris l'hostilité dans mon regard. Plus tard, pendant la traversée, il s'est levé et est venu poser ses bras sur le garde-fou humide d'embruns. Je voyais son profil qui se détachait sur les flots. Ses lèvres se sont tendues, comme pour un baiser dans le vide, et il s'est mis à siffler, doucement, à ma seule intention, les premières notes du *Déserteur*, de Boris Vian.

Deuxième voile

Quelques semaines plus tard, je marchais sur les plages sans fin qui conduisent d'Oran à Aïn el-Turk et au cap Falcon, avec les montagnes, à droite, qui masquent l'horizon et protègent la plaine des Andalouses. Soudain, je me suis retrouvé entouré d'une vingtaine de femmes algériennes qui s'ébattaient dans l'eau, totalement nues. Elles se sont immergées dès qu'elles m'ont vu, et j'ai traversé la crique sans oser tourner la tête vers les chevelures battues par les vagues, le vent. Longtemps je me suis demandé si je n'avais pas inventé cette anecdote troublante. Ce n'est que vingt ans plus tard, lisant *Un rêve algérien* de Jean-Luc Einaudi, que j'appris qu'à cet endroit exact, avant guerre, Lisette Vincent, une Oranaise combattante des Brigades internationales et militante du Parti communiste algérien, organisa un camp de naturistes, entre la ferme Bastos et la Sebka. Au milieu des années soixante-dix, le plaisir du soleil sur la peau offerte ne s'était pas encore estompé.

Troisième voile

Après avoir foulé les vestiges de la guerre, à Moulin-Palestro, je traversais la fraîcheur de l'amorce de nuit, dans les ruelles de Bou Saada qui toutes conduisent à la plus vaste des places du monde : le Sahara. Je me suis tout à coup trouvé face à un homme en djellaba sombre, le front ceint d'un turban, que précédaient trois femmes absorbées par des épaisseurs de tissu. Je me suis arrêté pour leur laisser le passage, et l'une des silhouettes a ralenti, marqué le pas. Une main d'une incroyable finesse a émergé des draps, des doigts effilés ont pincé le voile à hauteur du visage. Il y a eu comme un éclair, un regard où se disait tout l'amour, tout le désir du monde.

Dans les moments de découragement, quand l'esprit va se perdre dans les terrains de vague à l'âme, c'est d'un ferry filant vers Ceuta, d'une plage de la Sebka, d'une ruelle de Bou Saada que me vient la lumière.

LA PREMIÈRE DE *NADINE*

Maxime Lisbonne n'avait pas réussi à trouver le sommeil de toute la nuit. Chacun des mots de Louise agitait ses lèvres, il ne cessait de se retourner dans le lit, se drapant dans la fine couverture comme un comédien outragé. Quelquefois une phrase sonnait dans le silence de la pièce, et Rosalie posait une main sur son épaule pour l'apaiser. Il n'avait pas fini de la remercier que déjà le tourbillon de la soirée précédente l'entraînait à nouveau. La ronde des visages amis, les encouragements, les applaudissements, les cris, les heurts, les protestations pour faire libérer ceux que l'on emmenait vers les fourgons, coupables d'avoir lancé des mots interdits... Tout défilait devant ses yeux avec une précision incroyable. Il tendait le bras pour saisir la main de Vallès, de Clément, soulevait le torse pour embrasser Pyat ou Lucipia, souriait à Séverine. Il se leva alors que les premières charrettes venues des Halles gravissaient les rues du faubourg, chargées de fruits et de légumes, de viande et de poisson, pour aller nourrir les multitudes des banlieues. La balle qui lui avait fracassé le fémur douze années plus tôt, place du Château-d'Eau, alors qu'il défendait l'une des dernières barricades de la Commune, se rappela à son souvenir. Il s'appuya au dossier d'une chaise, le temps que la douleur reflue, puis il se saisit de sa canne. Il traversa la chambre, repoussa les feuillets manuscrits de ses Mémoires étalés sur la table de la cuisine pour boire un bol de soupe tiède. Son regard s'attarda sur les lignes qu'il avait corrigées en rentrant du théâtre, porté par la fièvre des retrouvailles avec tant d'anciens proscrits.

Après huit années de bagne je revois la capitale. Salut à toi, Paris ! ville des martyrs qui as vu couler le sang le plus pur et le plus généreux. Les huit années de tortures que j'ai endurées n'ont fait que rendre plus vif et plus entier mon dévouement à ta cause. C'est au milieu des amertumes de l'exil que j'ai mieux compris combien tu étais grand. Je ne veux rapporter dans tes murs aucun sentiment de haine et de vengeance.

Il trempa la plume dans l'encrier pour ajouter, d'un trait :

Pardonner n'est pas possible après les injures dont nous avons été abreuvés, mais il est un sacrifice que du moins je saurai te faire. J'oublierai !

Malgré sa claudication qui lui rendait pénibles les longues marches, il ne pouvait se passer des traversées de la ville. Elle était là, comme un grand livre ouvert, chaque quartier figurant un chapitre, chaque rue numérotée à la manière d'une page, chaque maison évoquant le relief d'une lettre de plomb, entre les doigts du typographe. La moindre façade gardait, dans sa mémoire, l'empreinte de l'ombre d'un ami disparu, les silhouettes vacillantes des femmes lui rappelaient ces Jeanne aux mains noircies par la poudre et les pavés. Marchant dans Paris, il lisait sa vie sur les pierres, ses rêves foudroyés, les amitiés sauvées du désastre. L'un de ses compagnons du bagne de la presqu'île Ducos, près de Nouméa, possédait une petite voiture rouge tirée par un cheval, le tout acheté au duc de Brunswick. Lisbonne prenait place sur le siège près du cocher qui, à l'occasion, se déguisait en forçat, la cheville rendue solidaire de l'attelage par une forte chaîne.

La masse sombre, désespérante de la prison Saint-Lazare occupait tout le périmètre qui faisait face aux gares du Nord et de l'Est, et du fond de leurs cellules les prisonnières entendaient les sifflets enjoués des trains en partance pour les destinations lointaines. Lisbonne posa le sac de victuailles par terre, appuya sa canne en équilibre contre le mur charbonné de l'ancienne mission des lazaristes. Deux voitures aux fenêtres obscurcies déchargeaient une cohorte de filles raflées aux barrières tandis qu'il sortait son permis de visite de sa poche de redingote. L'une d'elles chantait sur un air lent et langoureux. Il reconnut la *Complainte du condamné à mort* :

C'est dans la rue du Mail
Où j'ai été coltigé,
Maluré,
Par trois coquins de railles,
Lirlonfa malurette,
Sur mes sique' ont foncé,
Lirlonfa maluré.

Un gardien le conduisit le long d'interminables corridors jusqu'à l'infirmerie spéciale où le directeur avait fait aménager un parloir assez vaste pour recevoir les familles des emprisonnées. Louise se tenait debout derrière la table, vêtue de noir, comme à son habitude, un châle mauve sur les épaules, les cheveux rassemblés en chignon. On l'avait condamnée, après une décennie de relégation en Calédonie, à six nouvelles années de prison pour avoir agité un drapeau noir devant une boulangerie lors d'une manifestation de 15 000 chômeurs, près des Invalides. Elle n'attendit pas qu'il ait fini d'installer les charcuteries, le poulet froid, sur une assiette pour le presser de questions.

— Dis-moi tout, Maxime... Comment cela s'est-il passé pour *Nadine* ? Il y a eu du monde ? Et les critiques, tu les as lues ? Les compagnons étaient présents ?

— Tu ne veux pas manger un morceau avant ? C'est de première fraîcheur, tout vient de Montorgueil...

Elle mangeait déjà peu, d'habitude, partageait avec ses codétenues les largesses de ses amis, mais là il comprit qu'elle n'avalerait rien.

— Tu n'étais pas là, mais tu occupais tous les esprits... La salle était pleine à craquer. Cela faisait longtemps que les Bouffes-du-Nord n'avaient pas refusé autant d'amateurs... Il n'y avait pas que des amis : des groupes de Versaillais avaient pris place à l'orchestre pour intimider les acteurs et, croyaient-ils, faire un sort à la pièce de Louise Michel. Dès qu'ils ont ouvert la bouche, une grêle de projectiles leur est tombée dessus, en provenance des galeries supérieures où se massait le peuple de Paris ! Tout le monde a vite compris que la « République de Cracovie » où tu situes ta *Nadine* n'était que le masque transparent de notre Commune, que du fond de ta prison, tu parlais de nous tous. On criait « Vive Ferré », « Vive Varlin », on se battait pour empêcher les argousins d'appréhender les fidèles de la Sociale.

Elle l'interrompit.

— Henry était de la partie ?

Une ombre passa sur les traits de Maxime Lisbonne à l'évocation du nom de Henry Bauer qu'il appréciait assez peu. À son retour du bagne, celui-ci était devenu l'un des critiques dramatiques les plus en vue, une plume féroce, respectée parce que redoutée. Louise Michel, fille non reconnue d'un châtelain, avait de l'affection pour Bauer, enfant naturel d'un homme célèbre dont il affichait l'exact physique. Si Louise s'était laissée aller, adolescente, à signer Demahis de Vroncourt des poèmes qu'elle envoyait à « Monsieur Victor Hugo, de l'Académie française, Place Royale, Paris », jamais Bauer n'avait transgressé le tabou qui pesait sur sa naissance et signé « Henry Dumas » ses articles du *Réveil*.

Lisbonne déplia une feuille de papier.

— Oui, j'ai là un brouillon de son écho à paraître vendredi. Écoute : « L'autre soir, *Nadine* a triomphé sur le théâtre des "Bouffes-du-Nord", cinq actes faits de lyrisme instantané, de constructions endiablées servies par la langue serrée d'une femme emmurée. Les lecteurs qui me suivent d'une attention fidèle comprendront ma joie en cette soirée. Les applaudissements d'un public chaleureux ont retenti bien au-delà du quartier de la place de la Chapelle, et fait trembler les murs de Saint-Lazare derrière lesquels se morfond Louise Michel. Ils ne sont pas encore tombés, mais cela ne saurait tarder. »

Elle piqua sa fourchette dans un morceau de rôti, le porta à sa bouche tandis qu'un gardien, les narines en éveil, allait et venait dans son dos en lorgnant sur les pâtés.

— Tu le remercieras pour moi, Lisbonne. On doit me transférer après-demain à Clermont, dans l'Oise. Je ne sais si je le reverrai avant mon départ. Qu'as-tu, je te sens triste tout à coup ? Tu es contrarié parce qu'il ne parle pas de ta mise en scène ?

Il prit une tranche de saucisson qu'il débarrassa de sa peau du bout de l'ongle.

— Quelle mise en scène ? Il n'y en avait pas besoin, il suffisait de suivre ton texte. Non, je pensais à ce qui s'est passé à la fin de l'acte II...

— La proclamation de la république de Cracovie ?

Il sourit.

— Non, pas dans la pièce. Dans la salle... J'étais dans les coulisses occupé à des milliers de choses, ces illusions qui font que le spectacle existe : la manœuvre des décors, le tombé des toiles peintes, l'intensité des éclairages, le maquillage des figurants, le crépitement de la grêle, le fracas du tonnerre, les râles des suppliciés dans le lointain... Je chargeais les fusils de balles à blanc, quand Armand, mon fils qui travaille aux omnibus, est venu me prévenir qu'il était dans la loge d'angle, côté jardin...

Louise laissa tomber ses couverts dans son assiette. Elle fixa intensément son visiteur. Sa voix traînante, aux accents paysans, résonna contre la pierre.

— Lui ? Il est venu, tu es sûr... Cela fait des mois qu'on me dit qu'il ne sort plus. Tu l'as vu ?

— Une première au théâtre, c'est comme tenir une barricade sous la mitraille. Le moindre relâchement, c'est tout qui se délite. On se remet d'une révolution perdue, pas d'une dramaturgie approximative. Il m'était impossible de quitter mon poste avant l'entracte. Ensuite, je ne pouvais plus faire un pas sans être tiré par la manche, congratulé, remercié, embrassé. On me tendait des verres de vin, des cigares, on ne cessait de me demander de tes nouvelles ! Quand enfin j'ai pu m'extraire de la foule, la loge était vide... Plusieurs personnes qui se tenaient dans cette partie du théâtre m'ont certifié l'avoir reconnu, bien qu'il soit toujours resté couvert et emmitouflé dans une large cape. C'était bien Victor Hugo.

Louise Michel repoussa son assiette, planta ses deux

coudes sur la table, son menton entre ses mains jointes, le regard perdu dans la brume des souvenirs. Elle se rappelait les mots jetés à la hâte sur le papier, dans la tour en ruine de son enfance, « pour toucher nos fronts, la brise n'a qu'une aile »... Elle revivait en un instant toutes ces journées qui se résumaient à l'attente de l'heure du courrier. Rien qu'à y penser, son cœur retrouvait le rythme effréné de ce moment où le facteur avait soulevé sa casquette d'une main en lui tendant, de l'autre, une lettre au format étrange, effilée. Elle avait failli se trouver mal quand le nom d'Hugo avait dansé devant ses yeux, au verso de l'enveloppe. Rien d'autre ne comptait davantage au monde, et pourtant elle doutait que cela fût possible. Elle s'était réfugiée dans sa chambre, tremblante, pour ouvrir le pli avec la pointe d'un couteau. Puis il y en avait eu des dizaines d'autres. Chacune de ses confidences s'était trouvé un écho dans l'esprit du poète : « Votre âme a une voix pour toutes les douleurs. » Puis des rencontres avaient suivi, beaucoup plus tard, où leurs souffles s'étaient mêlés. La voix de Maxime Lisbonne la ramena sur terre.

— Tu pensais à quoi ?

Elle fit un effort pour chasser les fantômes, un autre plus fort encore pour mentir.

— À la bataille du fort d'Issy... C'était au tout début de mai 71, il faisait un temps à ne plus jamais mourir. La nuit, je montais la garde dans le parfum du chèvrefeuille et des roses, au matin je voyais éclore les violettes sur les talus des fortifications... C'est là que j'ai appris à vous connaître, toi et tes Turcos...

Lisbonne ne remarqua pas le trouble de la prisonnière, le rouge soudain qui lui colorait les pommettes.

— Oui, c'était le 8 du mois. Rossel m'avait envoyé

prendre le commandement des Corps Francs pour défendre le couvent des Oiseaux dont il ne restait qu'une moitié de façade. Tout le reste, l'église, le fort, le village d'Issy, était aux mains des Versaillais qui nous bombardaient sans répit. On se servait des morts pour colmater les brèches faites par les obus d'en face ! Tu étais toujours à côté de mon ordonnance, Mohamed Ben Ali. Qu'est-ce que tu pouvais bien lui raconter ?

— Rien, je l'écoutais me parler de son pays, du sud de l'Algérie, des marabouts, des muezzins, des minarets, des hammams, des oasis, des caravanes de chameaux, des vagues de sable dans le désert... Je n'ai jamais compris comment il échappait aux balles, habillé comme il était d'un pantalon bouffant bleu de ciel, d'une chemise écarlate constellée de boutons dorés et rehaussée d'épaulettes blanches qui encadraient son visage d'un noir d'encre.

Lisbonne serra les dents.

— Un éclat l'a fauché quinze jours plus tard, alors que nous battions en retraite par la rue de Vaugirard... Aucun de ses frères africains n'en a réchappé : ceux qui ne sont pas morts au combat ont été fusillés devant un mur sale, sans autre forme de procès.

Il demeura silencieux un long moment avant de poursuivre :

— La première fois que j'ai vu Hugo, c'était le jour du printemps. Nous étions ensemble...

— Oui, il était revenu à Paris pour enterrer son fils, Charles. Nous vivions tous dans la fièvre de la proclamation de la Commune. Nous pensions que la victoire était à portée de main. La révolution triomphait. Partout on riait, on s'enthousiasmait. Les rues avaient la folie au cœur. Et ce trait noir, soudain, sur le pavé hérissé de drapeaux rouges. Je revois le cortège funèbre dans le quartier de la

Bastille, longeant le boulevard Voltaire, contournant les barricades et tout le peuple de Paris, en armes, qui se mettait au garde-à-vous dès qu'apparaissait la silhouette voûtée du poète, derrière le corbillard. Les bataillons faisaient la haie en silence. La tristesse s'installait dans son sillage : le deuil pesait déjà sur l'avènement comme un sombre présage. Je sais que cet hommage des Parisiens insurgés à celui qui n'avait pas fléchi, ne serait-ce qu'une heure pendant vingt ans d'exil, a beaucoup compté dans son combat pour l'amnistie. Il parlait de ce comble de grandeur d'une ville entière qui prête attention à la douleur d'un homme esseulé.

Le gardien s'avança dans la pièce en toussant, pour se faire remarquer.

— La visite va bientôt se terminer... Je vais devoir vous raccompagner dans votre cellule...

Louise Michel replaça la charcuterie, les pâtés, les salades dans les papiers d'emballage afin de les partager avec les femmes qui purgeaient leur peine avec elle dans les étages de la prison Saint-Lazare. Elle embrassa Lisbonne qui, juste avant que son amie ne se dirige vers le couloir, lui tendit une page arrachée à un carnet. Elle s'y reconnut, dessinée à la plume en marge du poème qu'Hugo avait écrit pour la sauver du désastre qu'elle appelait de ses vœux, après la défaite, alors que la voix des juges était couverte par les salves des pelotons d'exécution.

Ayant vu le massacre immense, le combat
Le peuple sur sa croix, Paris sur son grabat,
La pitié formidable était dans tes paroles.
Tu faisais ce que font les grandes âmes folles
Et, lasse de lutter, de rêver, de souffrir,
Tu disais : « J'ai tué ! » car tu voulais mourir.

Elle interrogea Lisbonne du regard, ralentissant la marche des gardes qui l'accompagnaient vers les geôles.

— Je l'ai trouvé posé sur le fauteuil, dans la loge qu'il venait d'abandonner...

*

Quand Victor Hugo mourut, quelques mois plus tard, Louise Michel était toujours incarcérée pour avoir, à la tête d'une armée de Jean Valjean, de Cosette, de Gavroche, agité en riant un drapeau noir devant une boulangerie.

Maxime Lisbonne s'était fait violence en remettant le message du poète à Louise. Il était de ceux qui voulaient demeurer à l'ombre de leurs volets clos alors que deux millions de Parisiens, en se rassemblant dans les rues, des Champs-Élysées au Panthéon, faisaient de leurs corps un monument au père des *Misérables*. Le jour des obsèques nationales, il débuta l'éditorial de son journal, *L'Ami du Peuple*, par ces mots : « Hugo reste un admirable, un incomparable artiste, mais c'est un mort que nous ne pleurerons pas. » La querelle portait sur deux vers de *L'Année terrible* condamnant la justification, par la Commune, de la loi du talion :

On brûle un pont, je brûle une bibliothèque.
On tue un colonel, je tue un archevêque.

Lisbonne se mit à la fenêtre, surpris par l'immense silence qui soudain pesait sur Paris, que seuls troublaient les chants des oiseaux. Une force l'appelait. Il prit son chapeau, sa canne et rejoignit le cortège funèbre en se disant que, dans ses pas, c'est Louise qui marchait.

CEINTURE ROUGE

1

Cité jardin

— Enlève ta casquette. Tu pourrais avoir un peu de respect, quand même.

C'est la première chose qu'elle m'a dite, quand elle m'a vu, même pas « bonjour », même pas « tu vas bien », comme si le calot de toile prolongé par la visière amidonnée effaçait les sentiments. Je l'ai gardée vissée sur ma tête, malgré le regard noir qu'elle m'a lancé, puis j'ai serré les mains des inconnus rassemblés sur la placette dans l'ombre dense des platanes et d'un tilleul centenaire. Je n'avais jamais rencontré aucun d'entre eux, hormis ma mère : un couple d'Espagnols au parler rocailleux, des Africains, un Asiatique chauve, deux vieilles femmes qui se sont présentées comme voisines, plus un adjoint au maire qui tortillait une lettre entre ses doigts. J'ai pris place au premier rang, derrière le corbillard qui a roulé sur une centaine de mètres avant de s'immobiliser à hauteur d'un monticule de terre humide. Le marbre des croix luisait à profusion sous le soleil oblique, des sortes d'éclats qui me faisaient penser au scintillement de l'émail, dans les publicités pour dentifrice. À l'aplomb du mur d'enceinte, les cités du Pont-Blanc dressaient leurs silos devant l'horizon. D'une fenêtre béante des « stroumpfs », un lotissement récent coiffé de toits d'alu bleu layette, s'évadaient les accords du *Clandestino* de Manu Chao. Devant moi, gravé dans la pierre tombale déposée près de la fosse, il y avait déjà le nom de mon père. Et celle qui lui avait donné vie, aujourd'hui le rejoignait. Peu de souvenirs me reliaient à elle, on n'avait fait que se croiser dans des repas d'anniversaire, autour de nappes de pique-nique étendues sur la berge des étangs de la Dame-Blanche, quand il vivait encore. Une femme nerveuse, énergique, aux baisers furtifs, avec un chignon sévère qui lui tirait les traits. Il y a eu le bruit de la corde qui filait entre le bois et les poignées métalliques, le bref discours de l'adjoint au maire, le crissement des semelles sur le gravier. L'employée du protocole m'a tendu une rose rouge que j'ai jetée sur la boîte vernie, près de la mince plaque de cuivre qui portait deux dates séparées par le tiret de la vie : 1931-2001. J'ai filé vers la sortie du cimetière, la tête rentrée dans les épaules. Ma mère m'a rejoint alors que j'ouvrais la portière de ma voiture garée sur le trottoir de l'allée du Repos.

— Tu peux me raccompagner ? J'ai quelque chose à te demander...

Sans un mot, j'ai débarrassé le siège des cassettes que Leïla enregistrait, la nuit, sur toutes les radios du monde. Nos regards se sont croisés quand elle s'est assise. Elle a esquissé un sourire, et j'ai cru un instant qu'elle allait se pencher vers moi, m'embrasser, que sa main allait venir effleurer ma joue.

— Tu te rappelles où j'habite ?

J'ai encaissé. Elle n'avait pas dit ça pour me blesser, non, c'était simplement sa manière d'être. J'ai contourné l'Hospice des Vieillards puis longé la morne façade de brique du lycée professionnel. L'architecte avait pris soin de le faire ressembler à une usine pour bien montrer qu'il en était l'antichambre. J'y avais passé deux années, à apprendre un métier dont même les Assedic ne se souvenaient plus. Mon diplôme me plombait pire qu'un casier judiciaire, alors j'avais fini par signer pour cinq ans un emploi-jeune, au service municipal des sports. Accueil des groupes, maintenance. En fait, je servais surtout de punching-ball aux zonards du secteur qui, par temps froid, s'amusaient à rouler leurs joints, et les mécaniques, dans le hall du gymnase. C'est là que j'avais rencontré Leïla quand elle était venue, avec son équipe, disputer la finale régionale de basket : je n'en finissais pas de la consoler d'avoir perdu la Coupe. Des habitants de la Villette occupaient le rond-point, derrière une banderole bricolée aux lettres dégoulinantes : « Halte au marché sauvage ! » Le tract qu'ils distribuaient expliquait aux conducteurs bloqués dans l'embouteillage que, depuis six mois, le quartier était envahi par des vendeurs à la sauvette de voitures à bas prix, en arrivage d'Allemagne, et qu'il devenait impossible d'y circuler tranquillement... J'ai mordu la ligne blanche, enfilé un sens interdit rageur, pour me retrouver dans l'ombre envahie de mouettes des Grands Moulins de Pantin. Elle s'était installée là, après le divorce, chez mon beau-père, face au clocheton de la mairie, dans un immeuble début de siècle, avec la percée du canal de l'Ourcq flanqué de sa piste cyclable qui partait de biais quand on se penchait au balcon.

— Tu as le temps de monter ?

J'ai fait redémarrer le moteur que je venais de couper.

— Je ne préfère pas... Qu'est-ce que tu avais à me demander ?

Elle a ouvert son sac, sorti deux clefs, l'une brune, l'autre clinquante, rendues solidaires par une faveur décolorée passée dans les anneaux.

— Il faudrait déménager tout ce qui reste dans le pavillon de ta grand-mère et trouver un endroit où entreposer ses affaires, le temps qu'on décide ce qu'on en fait. Henri s'en serait bien occupé, mais c'est devenu impossible, avec son dos...

Le lendemain matin, au volant de la camionnette bringuebalante de la section canoé-kayak, Leïla à mes côtés, j'ai mis le cap sur la cité jardin de Stains. La mélancolie de Radio-Tarifa s'accommodait des claquements de soupapes du vieux diesel. « *Camino de tristezas, sin tus besos, no, no, no* »... À hauteur d'ado, les tags recouvraient le crépi couleur pain d'épice de la petite utopie locative. J'ai traversé la place que dominaient les courbes pleines de l'ancien cinéma, longé le centre médical, les vitres gravées qui, depuis les années trente, vantaient les bienfaits des « Rayons X », j'ai dépassé les bâtiments bas entourés de verdure, pour accéder au maillage serré des ruelles à noms d'arbres le long desquelles, derrière des haies de troènes uniformément sécateurisées, s'alignaient les façades des maisons de poupées. Leïla s'est hissée sur la pointe des pieds pour apercevoir le bout de jardin laissé en jachère par la maladie de ma grand-mère, tandis que j'introduisais la clef brune dans la serrure du portail, sous la petite plaque où était inscrit « Rose Perron ». Le chien du voisin s'est mis à aboyer quand on a grimpé les quelques marches en ciment, sous la marquise vitrée. La tête d'une des deux anciennes qui suivaient le corbillard est apparue près du fouillis des chèvrefeuilles. Elle m'a reconnu, aussitôt le cabot s'est tu. L'appartement de mes souvenirs s'était étréci avec le temps. Un couloir étroit desservait la cuisine et la chambre, sur la droite. La salle à manger occupait, seule, la moitié située à ma gauche. Une salle de bains avait été ajoutée à l'arrière, dans l'ancienne buanderie où je bricolais des épées, des fusils, avec quelques clous plantés dans des morceaux de bois. Leïla a vidé l'armoire, empilant le linge dans des cartons tandis que j'enfournais les quelques chaises, la table, la télé, la machine à laver et la gazinière à l'arrière de la fourgonnette. On a décroché le lustre, les reproductions de paysages provençaux, une corrida de Picasso. Je m'apprêtais à fermer la porte sur le décor rendu à l'anonymat quand je me suis souvenu de l'échelle appuyée au pignon et sur laquelle je n'étais jamais monté, du tonneau d'eau de pluie sous le coude de la gouttière, de la trappe mystérieuse située juste sous le pointu du toit. L'échelle était toujours là, posée à l'abri le long du mur. Je l'ai dressée en direction du rectangle à la peinture écaillée et j'ai entrepris l'ascension, saisi de vertige au quatrième échelon, sous le regard ironique de Leïla. J'ai passé deux doigts dans l'œilleton pour tirer le panneau vers moi, dérangeant des abeilles qui avaient élu domicile sous les tuiles. Je me suis hissé dans le grenier minuscule. Il était impossible de s'y tenir autrement qu'accroupi. Je l'ai traversé en canard pour en dresser l'inventaire. Une pile de vieux journaux, des *Illustration* à l'encre bistre, bouffés par les souris, une ménagère de douze pièces ternies par le temps, un baigneur à tête de porcelaine et, tout au fond, une valise rigide couleur fauve aux arêtes renforcées par des coins métalliques. J'ai d'abord descendu la poupée, les couverts, puis le bagage lors du dernier voyage. Leïla a tenté de faire jouer les serrures.

— Elle est lourde... Imagine qu'elle soit bourrée de fric !

J'ai haussé les épaules.

— Tu as bien vu dans quoi elle vivait...

— Avec les vieux, ça ne veut rien dire. À Créteil, un matin d'hiver, ils ont ramassé un clodo congelé, place du marché. Avant de brûler sa cahute, un pote à mon père, qui bosse à la voirie, est allé faire un tour à l'intérieur pour voir s'il n'y avait rien qui risquait d'exploser... Il a tout remué, il est tombé sur un sac-poubelle rempli de billets chiffonnés en boule ! Qu'est-ce que tu ferais, toi, s'il y avait un million de dollars là-dedans ?

J'ai soulevé la valise.

— Un million de dollars ? J'en filerais la moitié à ma mère. Je crois bien que tu m'aiderais à dépenser le reste... Le pote de ton père, qu'est-ce qu'il a fait ?

— Il a arrosé la découverte du magot avec son chef et les autres types de son équipe, au café du coin. C'est remonté jusqu'aux flics qui ont tout ramassé, dans l'heure. Comme le clodo avait une fille, c'est elle qui a hérité des boulettes. En guise de remerciement, elle a envoyé un chèque de cinq cents balles à la caisse des écoles.

Elle m'a montré la ménagère.

— Il y a plein de couteaux, là-dedans, tu devrais pouvoir l'ouvrir, non ?

— Les surprises, ça se mérite. Je ferai sauter le couvercle ce soir, après le dessert...

La voisine nous attendait sur le trottoir. Elle voulait garder un souvenir de celle qui partageait ses conversations depuis plus de quarante ans. Son choix s'est porté sur la litho de Picasso, des gradins noirs, des silhouettes en chapeau avec un taureau couleur sanguine, au centre de l'arène. Je me suis installé au volant. Le temps de lancer la deuxième vitesse, on longeait le Clos Saint-Lazare, une cité où les fins de mois commençaient dès la première semaine. Des mômes se sont fait serrer par une patrouille, devant nous, à deux sur une mob, sans casques. On a dépassé l'image banale de la fouille au corps, mains sur le capot, tronc fléchi, jambes écartées. J'ai accéléré. « La voie que tu as tracée ne mène à rien »... Les mots rageurs de Rachid Taha, dans l'habitacle, ont couvert le grésillement de la fréquence des flics qui égrenait la litanie des heures ordinaires. J'avais obtenu l'autorisation d'entreposer le matériel pendant quelques jours dans une annexe du gymnase, en attendant que le brocanteur de la rue Réchossière vienne proposer un prix, pour tout le lot. Il était presque une heure quand j'ai rendu la fourgonnette, après on a poussé à pied jusqu'à l'Orange bleue, pour se partager un couscous. Les trois salles en enfilade, décorées à la mauresque, étaient pleines à craquer d'employés des start-up qui investissaient les trente étages rénovés de la tour Pariféric. On s'est installés près du bar. Saïd, le patron, un ancien poids mouche reconverti dans la semoule, est venu nous saluer. Il a pointé son mocassin sur la valise avant de prendre la commande.

— Vous partez où en vacances, les amoureux ?

2

Leader Prince

Juste après, dans l'appartement, on s'est pris une douche ensemble pour se débarrasser de l'odeur d'abandon, de la poussière de la cité jardin. J'ai fait mousser le savon entre mes mains puis je l'ai caressée sous l'eau tiède jusqu'à ce qu'elle se soulève légèrement en prenant appui sur mes épaules, pour que nous ne fassions plus qu'un. Je louais un deux-pièces dont personne ne voulait, au rez-de-chaussée d'une barre HLM, au-dessus du local où répétaient les groupes du quartier. J'avais à peu près les mêmes horaires qu'eux, dans la vie, sincèrement ça ne me dérangeait pas que le plancher résonne au rythme des basses, passé dix heures. Celui que je préférais, c'était Spliff Ganja, une formation moitié haïtienne, moitié kurde qui avait chanté son tube à la télé, chez Drucker, un dimanche où il avait invité Jack Ralite, le maire d'Aubervilliers :

J'vends du shit à Thorez
J'fourgue du crack à Duclos
Mon dealer c'est Timbaud
Si ça peut t'mettre à l'aise.

J'ai passé un boubou gris-bleu éclairé au cœur par un soleil orangé, Leïla est restée nue. J'ai essayé de faire céder les serrures à l'aide de la pointe d'un couteau, d'un tournevis, mais je n'ai réussi qu'à casser la lame, tordre le métal. J'ai fini par me munir d'une pince-crocodile pour tirer de toutes mes forces sur le fer enchâssé. Le cuir, sec comme du parchemin, s'est déchiré d'un coup sur une vingtaine de centimètres. J'ai agrandi l'ouverture, à l'aide des deux mains, on s'est penchés dans le même mouvement, pour voir ce qu'il y avait à l'intérieur. Les billets n'étaient pas au rendez-vous, ni l'or des lingots. Tout ce qu'il y avait à se partager, c'était du papier. J'ai empilé une vingtaine de bouquins sur la table, des romans, de la poésie, plusieurs livres à la couverture jaunie, sur la guerre d'Algérie, d'autres qui parlaient d'Afrique ou d'Indochine. Tout au fond, il ne restait qu'un vieil album de photos aux bords dentelés, avec le nom et l'adresse du photographe, « Chastaud, Paris », en incruste noire penchée sur fond crème. Une dizaine de clichés ont glissé quand je l'ai saisi par la tranche. J'ai tourné une à une les pages cartonnées, protégées par du papier cristal. Il n'y avait rien dans les cadres, les petites incises en biais destinées à retenir le coin des photos semblaient ne jamais avoir été soulevées. Leïla avait plongé le bras dans la valise pour se saisir des bromures éparpillés. Elle les a alignés sur la table après avoir poussé les livres. J'ai pointé le doigt sur le premier cliché qui représentait un groupe d'hommes endimanchés, chaussures cirées sur un chemin de boue, entourant une femme souriante, cheveux lâchés.

— Tiens, regarde, c'est elle, c'est ma grand-mère...

Au second plan, on apercevait une infinité de cahutes en bois, des toits de tôle, des cheminées de guingois qui crachaient une fumée blanche sur le gris plombé du ciel. Elle s'est penchée, je l'ai fait frissonner en passant ma paume sur le moutonnement de ses vertèbres, dans son dos.

— C'est tous des types de chez moi... Il y en a même un qui ressemble à mon père... Elle date de quand ?

J'ai retourné le rectangle de carton. Une date au crayon figurait en plein centre.

— C'est marqué « Rose Perron, 1961 », elle avait trente ans...

— Je lui en donnais au moins dix de plus ! Regarde, là, c'est quoi ? Tu savais qu'elle allait en vacances en Afrique ?

Du bout de l'ongle, j'ai saisi la photo qu'elle me désignait. Ma grand-mère, en pantalon noir, chemisier clair, s'adressait à un auditoire presque exclusivement africain et masculin, juchée sur un tabouret, au milieu d'une cour qui abritait un marché exotique, tissus, patates douces, bananes plantain, taros, ignames et mil.

— Parce que tu crois qu'en Afrique, il y a des moulins à vent ? On le voit, là, tout petit entre deux immeubles avec ses ailes... Et plus loin, on dirait le périphérique...

Elle m'a chiffonné les cheveux.

— Des moulins à vent près du périph, c'est encore plus dingue que s'ils brassaient l'air en Afrique. Tu as fumé quoi, ce matin, le shit à Timbaud ?

Rose se tenait encore devant le mur crénelé d'une usine hérissée de drapeaux, en compagnie d'une vingtaine d'ouvriers, près d'un brasero sur lequel cuisaient des sardines, on la voyait aussi avec des Chinois ou des Vietnamiens dans un square, près d'un bac à sable tandis que derrière elle passait un autobus à plate-forme. La série s'achevait quelques années plus tard, en 1975. La taille épaissie, les traits marqués, elle conversait avec un pope sur les berges de la Seine.

— Le Maghreb, l'Afrique, la Chine, la Russie... Elle faisait quoi au juste comme métier, ta grand-mère ? Ministre des Affaires étrangères ?

J'ai rassemblé les photos, je les ai taquées sur le coin de la table, à la manière d'un jeu de cartes.

— Je ne pige rien à tout ça... Elle bossait à la RATP. Elle vendait les tickets et les cartes hebdomadaires, au terminus de la Porte de la Chapelle. Quand j'étais gamin, mon père m'emmenait au cinéma, à Paris. Il n'allait voir que de vieux films américains en noir et blanc, rue des Écoles. Des trucs qu'on voit maintenant sur le câble. On arrivait de la mairie d'Aubervilliers, avec le bus 65, il achetait un journal au kiosque pour le voyage, et on descendait les marches. Dès qu'elle nous voyait, elle sortait de sa guérite, en uniforme gris, la casquette en équilibre sur ses cheveux, le sac de service en bandoulière, elle venait nous embrasser. J'adorais le métro, foncer à toute allure dans les tunnels, les yeux fermés, comme si j'étais dans le train fantôme... Je me faisais du cinoche : j'imaginais que la grand-mère était la propriétaire de tout le sous-sol, que c'était elle qui autorisait les gens à venir en profiter... Je ne l'ai jamais vue avec aucun de ceux-là. Jamais.

Leïla s'est habillée pour aller suivre un cours sur la littérature francophone des Caraïbes, à la fac de Saint-Denis. Elle n'était pas sûre qu'il ait lieu : des étudiants sans papiers occupaient le hall de l'université depuis une bonne semaine, et une tentative d'expulsion par les flics avait mis le feu aux poudres. De mon côté, je ne reprenais mon boulot d'emploi-jeune au gymnase qu'en début de soirée, une démonstration aux agrès dans la petite salle, un entraînement de hand-ball dans la grande, plus la tchatche des branleurs de la cité d'en face dans le sas. D'un coup de voiture, je l'ai emmenée jusqu'au campus. Une banderole barrait les noms des écrivains du monde, sur la passerelle de la bibliothèque : « Nous, étrangers, toujours peur. »

— Tu ne crois pas que tu vas perdre ton temps ?

Elle m'a répondu en riant, avec un vers de Spliff Ganja.

— *T'es pas mon père, c'est l'temps qui m'perd...*

J'ai cueilli le baiser, sur ses lèvres et j'ai accompagné des yeux le rythme de son éloignement, avant de diriger la pointe du capot sur Pantin. C'est Henri qui m'a ouvert. Pas de « bonjour », ni d'un côté ni de l'autre.

— Je viens voir ma mère...

Un mouvement du menton vers la salle de séjour pour toute réponse. Elle a baissé le son de la télé en me voyant entrer. *Amour et beauté*, un feuilleton à prénoms, comme les appelait Leïla, dans lequel Johnny aime Jenny qui le trompe avec Rocky dont Billy aurait pu faire le bonheur s'il avait eu le courage de se l'avouer. Je l'ai mise au courant, pour le déménagement, puis j'ai sorti les photos.

— J'ai trouvé tout ça dans une valise, au grenier... Elle fait quoi grand-mère, avec tous ces gens ?

Elle les a regardées rapidement, une à une, en les tournant à chaque fois pour déchiffrer la date portée au verso, au crayon noir.

— La première date de 1961, la dernière de 1975... Avec ton père, nous nous sommes rencontrés trois ans plus tard seulement... Je ne connais personne là-dessus, à part elle bien sûr... On est restées à distance toutes les deux, le temps que notre mariage a tenu... Elle ne m'a jamais pardonné de lui avoir pris son fils unique. Elle a eu sa revanche avec la maladie, quand il est reparti finir sa vie chez elle.

Elle ne m'en avait jamais dit autant sur eux deux, pour tout dire ça me mettait mal à l'aise. Depuis des années, j'effaçais tout derrière mon passage. Je répugnais à aller le voir à l'hôpital, à cause de l'odeur de médicaments, de Javel, des éclats de souffrance que l'on vole malgré soi, en longeant les couloirs. C'est seulement depuis Leïla que je me retournais pour revoir les images. Elle avait de nouveau été happée par *Amour et beauté*. J'ai insisté.

— Tu ne sais vraiment pas où elles ont été prises, ni qui c'est ?

— Pourquoi tu t'intéresses à elle d'un seul coup ! Comment veux-tu que je te parle de quelque chose que je n'ai pas connu ? Ça faisait des lustres que tu n'étais pas allé lui souhaiter ne serait-ce que la bonne année... Si j'étais à ta place, je l'aurais demandé aux Africains et aux Chinois qui suivaient l'enterrement.

J'ai levé les yeux au ciel.

— Je ne pouvais pas deviner que je tomberais ce matin sur ces photos !

Sans s'en rendre compte, elle m'avait indiqué dans quelle direction chercher. Je suis redescendu à temps pour décourager une contractuelle qui tournait autour de ma voiture garée à cheval sur le trottoir, dans la foulée j'ai filé droit sur les Quatre-Chemins. La boutique des pompes funèbres était coincée entre une pizzeria signalée par une flotte de dix mobylettes aux couleurs de l'Italie, et un coiffeur turc, Boulba, qui rasait les têtes à la Barthez à des tarifs défiant toute concurrence. Le faire-part de Rose Perron était affiché sur la devanture, au milieu d'une dizaine d'autres. C'était le seul à être dispensé de croix. Je suis entré et j'ai reconnu le type qui distribuait les fleurs au cimetière. Il a levé vers moi un visage d'une totale impassibilité.

— Vous désirez ?

Comme si on pouvait désirer en pénétrant dans ce type de commerce ! J'ai tendu le bras vers la vitrine.

— On a enterré ma grand-mère, hier matin... Je voulais savoir s'il y avait eu un cahier de condoléances, pour envoyer les lettres de remerciement...

Il a planté les coudes sur son bureau, croisé ses doigts, pris sa respiration.

— Bien entendu... Nous avions prévu de vous le faire parvenir en fin de semaine, comme il est d'usage, avec des enveloppes et des cartes imprimées...

Je l'ai interrompu.

— On a besoin d'avoir les adresses maintenant... On ne peut pas attendre.

Il a tendu le cou, la bouche en bec de canard, puis il a déplié sa carcasse pour saisir une enveloppe à mon nom de famille posée sur une étagère. Je l'ai ouverte dès que je me suis assis au volant. Les deux voisines de la cité jardin de Stains inauguraient le livret : Germaine Vieillard, rue des

Acacias, Louise Desmarches, allée des Peupliers. Sur la page suivante, Mohand Senoussi avait fait précéder son patronyme et son adresse, rue Bauer à Saint-Ouen, de sa signature en calligraphie arabe. Albert et Fatou Siko, d'Ivry, devaient correspondre au couple africain, Alvarez à l'espagnol tandis que Ung Kien de Choisy-le-Roi, d'évidence, désignait le vieil Asiatique. Je me suis senti proche d'elle, d'un seul coup, en me souvenant que moi aussi j'avais plein de potes venus de partout. Six mois plus tôt, le journaliste d'une revue branchée m'avait tendu son micro à la fin d'un concert que Gwana Diffusion donnait dans la salle Houdremont des 4 000, à La Courneuve. « C'est quoi pour toi, la société multiculturelle ? » J'avais fait semblant de réfléchir avant de lui servir une vanne que je tenais en réserve. « Tu vois, mec, au milieu de tous mes copains rebeus, feujs, blacks, sri, paki et namiens, je crois que je n'ai pas trop mal réussi mon intégration. » Il avait repris ma réponse au premier degré, sans comprendre que je me foutais de lui, de son incursion en territoire indien, et dans son canard ma phrase se trouvait en regard de celle d'un écrivain qui disait : « Je me suis aperçu qu'il y avait un problème, en France, quand j'ai constaté que sur la photo de sa classe, ma fille était la seule Blanche. » Je pensais depuis toujours que le problème, c'est quand on regarde en tout premier la couleur de la peau, qu'elle sert à masquer la flamme qui brille dans les yeux des humains. Au milieu de mon demi-tour sur l'avenue, j'ai dû piler pour laisser passer Leader Prince, un type un peu fou qu'on surnommait ainsi parce qu'il se baladait, à longueur d'année, avec des sacs de chez Leader Price enroulés sur ses chaussures, ses mains, son crâne. Sous le viaduc de la Villette, un panneau lumineux annonçait qu'il fallait compter plus d'une demi-heure de périph pour rejoindre la porte de Bercy. J'ai pris l'ancien chemin des fortifs, une succession de rues étroites bordées d'entrepôts, de dépôts de voirie qui, au prix de deux ou trois sens interdits, permettaient de snober les bouchons.

3

La légende des banlieues du monde

Je suis sorti à la porte d'Ivry. La première surprise sur laquelle je suis tombé, c'est le moulin à vent de la photo. Il était posé sur un petit monticule face à l'Espace Léo-Ferré, un cabaret anar exilé en banlieue qui s'était niché là, au rez-de-chaussée d'un immeuble social, à la place d'un commerce qui n'était jamais venu. Il a fallu que je demande mon chemin à plusieurs reprises pour trouver la cité Spinoza, deux barres sur pilotis jointes à angle droit, aux façades animées par des escaliers de secours peints de couleurs criardes. Mini-chaîne posée sur le toit, rap à fond la caisse, deux jeunes bricolaient le moteur d'une Twingo. À ma question, ils ont répondu que ça ne craignait pas trop dans le secteur, que si ça se passait comme d'habitude, je pourrais repartir sur mes quatre roues. J'ai repéré le nom, Siko, au milieu des dizaines de boîtes aux lettres. C'est lui qui m'a ouvert la porte d'un appartement, au dernier étage. Il m'a souri, comme s'il m'attendait, et m'a fait entrer dans une pièce aux meubles bas. Les fenêtres donnaient sur une terrasse envahie par les fleurs. Au loin, on voyait les courbes de la Seine ficelées par une multitude de ponts, d'autoroutes, avec au fond les énormes cheminées de l'usine d'incinération qui crachaient des nuages blanchâtres dans le ciel.

— J'étais en train de me faire du café. Vous en voulez ? Asseyez-vous...

J'ai pris place sur une chaise de jardin, près d'une paroi de béton à laquelle s'accrochaient les milliers de minuscules tentacules velus d'une vigne vierge.

— J'ai eu votre adresse par le cahier de condoléances...

J'ai dit ça comme pour m'excuser, quand il est revenu avec le plateau, les tasses et des gâteaux belges, à la cannelle.

— C'est exactement à cela que ça sert, sinon on se contente de signer... Vous êtes quoi pour Rose ? Son petit-fils ?

C'était le premier à me le dire. J'ai senti comme un picotement sous les paupières.

— Du côté paternel... Mon père est mort il y a quelques années, lui aussi...

Il m'a regardé droit dans les yeux, fixement, en me tendant ma tasse.

— C'est bien ce que je me disais. Tu sais que tu lui ressembles beaucoup à Frédéric. À part ce que tu as sur la tête. Frédo n'aurait jamais osé porter de casquette américaine, la seule chose qu'il leur trouvait de bien, aux Américains, c'était leur cinéma... Il avait la même façon que toi d'ouvrir les yeux sur le monde.

Mon cœur battait à tout rompre. J'ai bu une gorgée brûlante, pour me donner le temps de reprendre mes esprits.

— Vous avez connu mon père ? Il venait ici ?

Albert Siko a trempé la pointe d'un Spéculos dans son café.

— Non, je n'habite à Spinoza que depuis quinze ans. Au moment du déménagement, ça faisait déjà quelque temps qu'on s'était perdus de vue... Rose l'emmenait avec elle. Il jouait dans l'impasse avec les gamins du quartier. Plus tard, il préférait rester avec Moktar, le patron d'un petit restaurant marocain qui lui apprenait à jouer des derboukas.

Je me suis souvenu tout à coup de gestes effacés, je l'ai revu qui ne pouvait s'empêcher, dès qu'une musique balançait un peu, d'accompagner le rythme en frappant le bord de la table, les accoudoirs du fauteuil.

— Elle était où, cette impasse ?

Il s'est penché vers moi.

— Tu connais bien Ivry ?

— Non, quand on est de la banlieue nord, c'est rare qu'on mette les pieds dans le coin... Il faut avoir de la famille.

Il a joint les mains avant d'éclater de rire.

— Il va falloir que tu apprennes ma géographie parce qu'à compter d'aujourd'hui, tu en as de la famille par ici ! Presque plus rien n'existe des rues qu'on longeait à l'époque. Aujourd'hui, aucun des étudiants-architectes ou des futurs urbanistes qui viennent du monde entier s'agenouiller devant les immeubles triangulaires du centre-ville, avec leurs jardins en terrasse, ne peut s'imaginer ce qu'il y avait avant. Des sentiers aux pavés disjoints, des murs lépreux, des trottoirs défoncés éclairés par des becs de gaz faiblards... Il restait encore pas mal de maraîchers qui faisaient pousser de la salade et des carottes à deux pas de la mairie, un horticulteur qui fournissait le marché aux fleurs de l'île de la Cité... Je travaillais dans le 15e. Tous les matins je profitais du car qui venait ramasser les ouvriers de chez Citroën pour les déposer aux portes de l'usine de la porte Balard. Je leur faussais compagnie avant le terminus, à un feu rouge proche du Palais des Sports pour remonter à pied la rue de Vaugirard jusqu'à l'atelier de fabrication des boules Quies où je m'occupais du conditionnement.

— Drôle de boulot... On sait que ça existe, mais c'est toujours marrant de rencontrer les gens qui les fabriquent...

Il a repris un gâteau.

— En Afrique, quand je leur en ai envoyé, ils ont tout de suite appelé ça les « suppositoires des oreilles »... L'ambiance était bonne. J'étais mieux là que sur les chaînes, avec les gardes-chiourmes qui minutent tes gestes, qui t'empêchent d'aller pisser, ou alors sur les chantiers, à faire l'équilibriste sur les poutrelles, sans filet de protection... J'ai plein de potes qui ont fait le grand plongeon. Il n'y a pas de plaque, dans les halls, pour rappeler qu'il y a du sang dans le béton...

Il a laissé passer quelques secondes avant de reprendre :

— L'impasse, en fait c'était une ruelle, la ruelle des Malicots. Entre nous on disait le marigot, bien que j'en aie connu de plus hospitaliers. Un véritable cloaque... Il y avait un peu de tout, des pavillons bricolés avec les rebuts des démolitions de Paris, des casernes où habitaient des ouvriers de chez Postillon ou Damoy, de Démolin, des manœuvres de l'usine de roulements à billes. Nous, les Africains, on louait un ancien corps de ferme humide comme un aquarium. Les murs, c'était de l'éponge, on n'avait pas besoin d'ouvrir la fenêtre pour savoir qu'il pleuvait ! Il y avait cinq pièces, et on était cinquante. Dix par piaule. On payait cent francs chacun au proprio, pour le mois. Sans chauffage. Je te parle de ça en 1970. C'était une somme, il fallait presque travailler la semaine pour les gagner. En majorité, les compagnons c'était des Sénégalais, des Maliens, plus quelques Mauritaniens de la région d'Atar ou de Chinguetti. L'hiver a été précoce. Il y a eu un gros coup de froid, en octobre de cette année-là, au tout début du mois. Un des gars, frigorifié, s'est levé au milieu de la nuit pour faire du feu, au fond d'une lessiveuse. Tout était calfeutré. Sur les dix, cinq ne se sont pas réveillés le lendemain matin pour prendre le car. C'est à l'occasion de ce drame que j'ai fait la connaissance de ta grand-mère...

Il s'était levé pour aller prendre un petit dossier dans le tiroir d'une commode, l'avait ouvert tout en continuant à parler.

— Leur mort a provoqué une émotion considérable. Les jours suivants, des dizaines de délégations se sont succédé devant notre gourbi pour nous apporter leur solidarité. Tiens, regarde, c'est un article paru en première page de *France-Soir*...

J'ai saisi avec précaution la coupure de presse jaunie.

« Cinq hommes sont morts vendredi matin à Ivry parce qu'ils avaient froid. Quatre Sénégalais et un Mauritanien ont été asphyxiés par des émanations de gaz parce que leurs camarades glacés ont voulu faire un feu, la veille, dans un couvercle de lessiveuse. Un peu de chaleur et beaucoup de fumée dans cette pièce misérable aux volets clos. »

Il figurait sur la photo, dans la cour de l'ancienne ferme, jeune, les cheveux coiffés à l'afro comme Jimmy Hendrix sur les pochettes de CD, près d'un homme râblé au crâne rasé, regard pétillant, qui tirait nerveusement sur une cigarette.

— Là, je ne sais pas si tu as lu ses livres, mais c'est Jean Genet, un grand poète. Il nous a soutenus jusqu'au bout, et pas seulement par les mots. Rose, elle est venue accompagnée d'une autre star de l'époque, un chanteur, Jean Ferrat. Elle s'est mise à notre disposition, elle a organisé des conférences de presse, accumulé des documents sur la situation dramatique des travailleurs immigrés en région parisienne : la tuberculose et même des choses dont on reparle aujourd'hui en faisant semblant de les découvrir, comme le saturnisme, les peintures à base de plomb qui bouffent les globules rouges des mômes. C'est à partir de ce moment-là que le gouvernement a commencé à construire des foyers. Pour nous, c'était un progrès.

Je me suis retenu de lui dire qu'en contrebas du périph, près de chez moi, on empilait six cents de ses frères dans un « foyer » délabré prévu pour moins du tiers. J'ai plongé la main dans la poche intérieure de mon blouson, posé sur le plateau la photo retrouvée dans le grenier, et je me suis levé. Avant qu'on se quitte, il m'a demandé ce que je faisais dans la vie.

— Emploi-jeune. Et vous ?

— J'aurais envie de te dire « emploi-vieux »... Sauf que ce n'est pas vrai. Cette histoire a bouleversé ma vie. La mort injuste qui provoque la force des rencontres... Je ne suis jamais plus retourné mettre en boîte les suppositoires des oreilles. Je suis devenu comédien. Théâtre surtout, plus un peu de cinéma. Depuis deux ans, je raconte les légendes des banlieues du monde, partout où on veut de moi. Les écoles, les bibliothèques, les hôpitaux... Tu es mon invité permanent : tu connais l'adresse et je ne suis pas sur liste rouge.

Sur le parking, la voiture était intacte. J'ai eu droit, en prime, au sourire des bricoleurs. Au lieu de repartir vers Paris, j'ai décidé de suivre le cours du fleuve, jusqu'à Choisy-le-Roi. Des centaines de camions venaient emplir leurs bennes et leurs citernes sur les quais de déchargement du port d'Ivry. Leur passage soulevait une poussière blanchâtre qui recouvrait le paysage et les péniches alignées.

Ung Kien occupait un pavillon d'angle, près de l'avenue de la République. Lui aussi s'est immédiatement souvenu de moi quand il a tiré la grille. Il m'a fait signe de pénétrer dans un jardin entouré de rosiers grimpants. Il avait échangé quelques mots avec ma mère, au cours de la cérémonie, et savait qui j'étais. Sa femme, une Européenne, est venue me saluer avant de disparaître dans la maison. Il s'est assis sous une tonnelle, a approché de ses yeux le cliché sur lequel on le voyait, discutant avec Rose près d'un square pour enfants, avec un bus à plate-forme qui filait au deuxième plan. Il me l'a rendu.

— C'était la guerre, jeune homme. Je pense que ça va vous paraître curieux, mais c'est un temps que je regrette...

— Quelle guerre ?

Il a fermé les yeux, dodeliné de la tête.

— Celle du Vietnam, contre les Américains... La photo a été prise en 1967, cité Robespierre, à Aubervilliers. Avec Dan Quang Minh, Tao et Mih, j'avais été désigné par Hô Chi Minh pour entreprendre des pourparlers secrets avec les émissaires de Nixon. Les journalistes étaient sur notre piste. Ils nous cherchaient dans tous les hôtels parisiens. Aucun n'a eu l'idée que nous étions hébergés par des familles de militants communistes, dans des cités de banlieue. J'étais logé chez Rose, à Stains. Elle me traitait comme son fils. Il avait une dizaine d'années. Pour lui, j'étais un chef indien qui se battait contre les Tuniques bleues. Le matin, près de ce square, je retrouvais mes autres compagnons avant qu'une voiture nous conduise à la rencontre des envoyés spéciaux américains, dans un lieu qui changeait chaque jour. Par la suite, les négociations sont devenues officielles. La délégation a pris ses quartiers ici, à Choisy, sous la direction du général Xuan-Thuy.

— Vous en faites toujours partie ?

La tristesse a étouffé son rire.

— Non. Quand le Mal est incarné par l'étranger, on ne

s'interroge pas sur ceux avec lesquels on le combat. La paix revenue, souvent, on ne se sent pas très fiers de ses alliés de circonstance... C'est ce qui m'est arrivé à mon retour à Hanoi. Je n'avais plus envie de marcher au pas. Nous nous sommes un peu fâchés, avec votre grand-mère. Elle ne comprenait pas que la seule solution, pour moi, c'était la prison de l'exil. Je vous embête avec tout ça... Ce sont de vieilles histoires dont personne n'a envie de percer les secrets... Tout ce que je peux vous dire, c'est que c'était quelqu'un de très généreux.

Sur le chemin du retour, tout était saturé. Le temps de commander un sandwich brochettes-frites au Tunisien de la place de la Mairie, j'avais dix minutes dans la vue. L'équipe de hand, des féminines, piétinait devant le gymnase. L'entraîneur, pour frimer devant son harem, m'a menacé d'un rapport. Je l'ai traité de flic, pour ne pas qu'il perde la main : avec l'injure, il avait matière à en faire deux !

4

La Campa

Je suis rentré tard, après une prise de tête avec les désœuvrés d'eux-mêmes de la cité d'en face. Dans la salle du dessous, il y avait juste un gars qui chantait en s'accompagnant à la guitare sèche. Je n'ai rien entendu, même pas Leïla quand elle a ouvert la porte, seulement deviné, dans mon sommeil, qu'elle était là. Une éternité plus tard, je me suis redressé sur l'oreiller, alerté par l'odeur du café. J'ai surpris sa silhouette qui passait devant la fenêtre, absorbée par la lumière blanche du soleil. La police était intervenue sur le campus pour déloger les sans-papiers.

— On les a empêchés de rentrer dans l'amphi où ils s'étaient réfugiés. Résultat des courses, ils se sont mis en grève de la faim...

— Qui, les flics ?

Elle m'a bousculé d'un coup de hanche, au passage. Ma tartine a plongé dans le bol, éclaboussant ma chemise.

— En plus, tu te crois drôle !

Comme ses cours étaient suspendus jusqu'à nouvel ordre, je lui ai proposé de m'accompagner pour les prochaines visites que je destinais aux amis de Rose. En chemin, je lui ai raconté mes entrevues de la veille avec Albert Siko et Ung Kien. On a traversé la Plaine-Saint-Denis. Tout au long de la rue du Landy, la soucoupe du Stade de France apparaissait dans les creux laissés par les usines abattues. On a tourné à gauche, après les ateliers de réparation des TGV pour rejoindre le quartier des Puces. Mohand Senoussi habitait rue Bauer, à Saint-Ouen, face au stade mythique du Red-Star. De ses fenêtres, la vue plongeait sur la pelouse envahie par les herbes folles, hantée par les chats errants. Mohand n'était pas chez lui, et c'est grâce à la présence de Leïla, à son « bonjour » en kabyle, que sa femme Yasmina s'est effacée pour nous laisser entrer. Elle a tiré les rideaux sur le terrain à l'abandon, les tribunes défoncées.

— C'est une véritable désolation. Avant, nous étions aux premières loges, pour les matches. On invitait les amis, c'était mieux qu'à la télé... J'espère qu'ils vont finir par nous le refaire...

Son visage s'est épanoui dès qu'elle a retrouvé les traits de jeunesse de Mohand sur la photo que je lui ai tendue.

— Il est là, maigre comme un jour sans pain... Il est trois fois comme ça maintenant. Il faut dire que je le nourris bien !

— On s'est croisés hier, c'est vrai qu'il a changé...

Leïla lui a prêté la main pour faire le thé. Nous nous sommes installés sur des banquettes qui couraient tout le long de la salle de séjour. Le mur qui nous faisait face était décoré de cadres.

— Mohand s'est mis à la calligraphie arabe depuis plusieurs années. Ça le passionne. Il donne même des cours aux enfants, à la mosquée.

— Le cliché a été pris en 1961, il date exactement de quarante ans. C'est ce qu'on appelait un bidonville, non... Vous avez une idée d'où il se trouvait ?

— C'est la Campa, des champs à pommes de terre entre Stains et La Courneuve, là où aujourd'hui ils ont fait le parc de loisirs, avec la forêt, le lac. On était des milliers entassés dans ces cabanes en tôle et en planches... Beaucoup d'Espagnols, de Portugais plus des Kabyles et des Gitans. La photo, je peux même vous dire que c'était en octobre, dans la deuxième quinzaine du mois, parce qu'on voit la moitié de ma tête, près du mur en toile goudronnée. Moi, je ne suis arrivée du bled que le 14. C'était un samedi. On s'était mariés à Tigali pendant l'été, c'est sur la route de Tigzirt dans les montagnes, et Mohand avait réussi à me faire venir près de lui...

Leïla a reposé sa tasse, cognant la porcelaine sur le plateau de cuivre.

— Le 14 octobre 1961 ? Vous avez dû entendre parler des manifestations qui ont eu lieu quelques jours plus tard à Paris...

— Bien sûr. C'est même pour cela qu'elle était venue, cette dame, pour nous aider. Tous les Algériens de la Campa sont partis ensemble ce soir-là, à la tombée de la nuit. Il pleuvait. Je les revois défiler dans les ruelles, comme si c'était hier... Ils s'étaient lavés, ils avaient mis leurs habits du dimanche, avec des gabardines, des manteaux par-dessus, pour aller dans les beaux quartiers. J'avais ciré les chaussures de Mohand. Je faisais attention à ce qu'il ne marche pas dans la boue. Ils ont pris l'autobus, le 150, jusqu'à la porte de la Villette. Les premiers d'entre eux sont revenus vers dix heures, le regard fixe, épouvantés. Il y avait des blessés. Des plaies sur le crâne, à cause des matraquages, des doigts, des poignets brisés quand ils essayaient d'éviter les coups. Plusieurs avaient reçu des balles. On a organisé une infirmerie dans l'épicerie des Yayaoui qui se trouvait près de la fontaine où on faisait la queue pour tirer de l'eau. On déchirait des morceaux de drap, pour fabriquer des compresses. Tout le monde nous apportait l'alcool à 90°, le Mercurochrome, l'eau oxygénée, les calmants qu'il y avait dans les maisons. On faisait bouillir de pleines lessiveuses sur le poêle à charbon. Et des blessés, il en arrivait tout le temps...

Leïla, bouleversée, n'a pu retenir un cri du cœur.

— Et Mohand ?

Yasmina a posé la main sur la sienne.

— Il est rentré à pied de la place de l'Opéra, en longeant les murs, en se cachant dès qu'il voyait un uniforme ou même un passant... La chance l'accompagnait : pas une égratignure. Il n'a rien voulu me raconter. C'est par les autres, peu à peu, que j'ai su ce qui s'était passé. Rien que pour la Campa, il y a eu au moins cinq morts, et des dizaines d'autres voisins dont on ne savait plus rien. Le lendemain, c'est là, sur la photo, que j'ai vu Rose pour la première fois. On voulait avoir des nouvelles des disparus. Il n'y avait pas de portables comme aujourd'hui, il fallait faire un kilomètre, jusqu'aux Six-Routes, pour trouver un téléphone, au café des Sports. Elle appelait partout, elle remuait ciel et terre. Les fonctionnaires, au bout du fil, ils raccrochaient dès qu'ils entendaient notre accent mais ils répondaient à une Française... Le vendredi, nous les femmes, on a décidé d'aller demander des explications devant la préfecture de police, à Paris, avec les enfants.

J'écoutais son récit avec avidité, découvrant un pan de l'histoire dont on ne m'avait pas parlé à l'école, qu'aucun de mes amis algériens n'avait évoqué devant moi, ni Leïla qui, pourtant, semblait en avoir connaissance.

— On n'a pas eu le temps de prendre le métro. Les gardes mobiles nous attendaient en embuscade sur le grand terrain vague où ils ont construit le boulevard périphérique. Je dois à la vérité de dire qu'ils ne nous ont pas frappées, juste forcées à monter dans leurs paniers à salade, direction l'inconnu ! Pour empêcher les enfants de pleurer, on poussait des « youyous », comme dans les moments de fête, on chantait des airs traditionnels. On a traversé tout Paris. Je n'étais jamais sortie du bidonville, c'est comme ça que j'ai découvert la ville, derrière des grillages... Ils nous ont fait descendre devant l'hôpital psychiatrique Sainte-Anne, puis enfermées dans la chapelle. Les infirmiers, les médecins se sont révoltés. Ils ont ouvert une porte qui donnait sur une autre rue, et on a pu s'enfuir. Dans ce monde de fous, c'est là, à Sainte-Anne, que les gens étaient normaux !

Nous sommes repartis en silence. Des nuages d'orage s'appesantissaient sur la ville. Tout ce qui nous entourait, derrière les vitres de la voiture, prenait la teinte grise des souvenirs de Yasmina. J'essayais de revivre des moments enfouis, quand la famille était rassemblée, de partir à la recherche des paroles enfuies, des éclats de voix, des confidences, de recomposer les visages, les sourires. Les premières gouttes ont éclaté, laissant des impacts larges comme des pièces de cinq francs dans la poussière qui recouvrait le capot. Une rafale de vent a fait voler un parasol, des chaises en plastique, à la terrasse d'un café. Une tornade a plié les jeunes arbres plantés sur la dalle qui recouvre l'autoroute du Nord, faisant vibrer les candélabres et claquer les rideaux des commerces. Les passants, courbés par la violence soudaine des éléments, se hâtaient vers l'abri des halls d'immeubles. Des trombes d'eau s'abattaient maintenant sur la ville. De véritables cascades prenaient naissance sur les croisillons métalliques des voies aériennes du pont de Soissons, d'autres jaillissaient des tuyaux d'évacuation crevés, les égouts refoulaient le trop-plein qui stagnait sur la chaussée avec son accompagnement de pochons, de cartons, des débris quotidiens que charrie la vie d'une cité. Je me suis arrêté sur le bord de la route, j'ai fermé les yeux pour capturer les images qui me revenaient en mémoire. Une autre pluie, d'autres ruissellements. Mon père me tenait la main droite et ma mère emprisonnait la gauche. On m'avait épinglé un carton au revers de la veste, avec mon nom, mon adresse, si jamais je leur échappais et que j'échouais aux « enfants perdus ». Il y avait de la musique, toutes sortes de musiques, des gens qui criaient dans des mégaphones, de la viande, des brochettes qui cuisaient sur des braises, des panaches de fumée âcre, de la barbe-à-papa, des pommes d'amour, des loteries, des enveloppes toutes gagnantes, de la joie et de la bonne humeur sous un ciel constellé de drapeaux rouges. Des collines avaient poussé sur la plaine lugubre où jadis se serraient les baraques du bidonville de Yasmina et Mohand. Des manèges, des restaurants, des buvettes, des stands de livres avaient pris leur place, pour une fête de fin de week-end. J'avais voulu goûter à toutes les attractions, le train fantôme, la Grande Roue, puis l'énorme tambour de machine à laver sur les parois duquel la force centrifuge vous plaque tandis que sur les gradins les spectateurs payants guettent les soulevés de jupes. Il avait fallu que je trépigne pour que mon père accepte de grimper avec moi à bord du drakkar viking dont le mouvement, pareil à celui du balancier d'une horloge, allait s'accentuant jusqu'à ce qu'il effectue un tour complet sur lui-même. Je criais de terreur et de plaisir, mêlant mes hurlements à ceux de tous les autres passagers. Lorsque j'étais descendu, j'avais vu quelques gamins de mon âge se précipiter sur la pelouse pour récupérer les pièces, les objets tombés des poches pendant le looping. Ma mère nous attendait, le cœur plus chaviré encore de nous avoir simplement regardés. L'orage avait éclaté alors que la nuit s'appesantissait sur la ville-guinguette. Un déluge qui avait transformé presque instantanément les allées forestières, les chemins en bourbiers. Les plus courageux se déchaussaient, remontaient leurs jambes de pantalons et traversaient le torrent de terre visqueuse, d'autres entouraient leurs escarpins au moyen de sacs plastique, comme Leader Prince dans les rues d'Aubervilliers. La grande majorité faisait contre mauvaise fortune bon cœur. La famille s'était retrouvée au grand complet autour d'une immense paella, au stand du Parti communiste espagnol. Rose était là, en bout de table. J'ai fait un effort pour ne pas perdre son image, obligeant à revenir de l'enfance les senteurs mêlées de forêt mouillée, de riz, de safran. Elle s'est levée et s'est mise à parler, en français d'abord, puis en castillan. Quand elle a eu terminé, ils se sont tous levés pour chanter *El Paso del Ebro*, un hymne de la république espagnole.

Carmela ay, Carmela...

Plus tard dans la nuit, un guitariste est venu, un accordéoniste l'a rejoint. Ils jouaient des chansons tristes que je n'ai plus jamais entendues, depuis, sur lesquelles les couples se sont formés. Mon père et ma mère se sont enlacés. Quand j'ai rouvert les yeux, la pluie avait cessé. Nous sommes descendus de voiture. J'ai pris Leïla par la main, et nous avons marché sur le terre-plein, dans l'odeur des évaporations.

5

Moussiou Renault

Je commençais très tôt le lendemain matin : un tournoi de football à sept opposait les équipes des différents quartiers de la ville sur le parking du théâtre de la Commune délesté, pour l'occasion, de ses amas de tôle. Il fallait délimiter les terrains, installer les buts, dresser les tentes pour accueillir l'intendance, vérifier les listes des joueurs, préparer les maillots. La matinée a filé sans que je m'en aperçoive. Je n'ai réussi à m'éclipser qu'en début d'après-midi, après avoir promis de revenir assez tôt pour aider à ranger le matériel. Je suis passé prendre Leïla, mais elle m'avait laissé un mot pour m'avertir que la situation s'était à nouveau tendue à la fac, qu'elle m'appellerait. La radio annonçait des embouteillages monstres sur le périphérique. Pour les éviter, je suis allé prendre la route des berges de la Seine, à la hauteur de l'île des Vannes. Un de mes copains, emploi-jeune lui aussi, s'occupait du gardiennage de la cité des sports, une nef de béton échouée au milieu du fleuve. Certaines nuits, il nous arrivait de profiter de son trousseau de clefs et de disposer, à quelques-uns, d'une piscine olympique. Dès que l'on quittait le territoire de la Seine-Saint-Denis, des marinas, des ports de plaisance, des résidences prenaient peu à peu la place des immenses friches dont les lambeaux témoignaient encore d'un temps révolu. Au loin, sur les vertigineux totems de verre fumé et d'acier poli de la Défense, brillaient les noms des sociétés qui faisaient la une des journaux depuis des années, Elf, Total Fina... Je me suis engagé dans le dédale du boulevard circulaire. À la hauteur de l'Arche, juste avant la carcasse d'un viaduc inachevé, une déviation permettait de filer sur Nanterre. Angel Alvarez m'avait fixé rendez-vous en bas de chez lui, à la terrasse d'un café du centre. Je l'ai reconnu à la casquette de marin, à la canne à tête de chien dont il m'avait dit, au téléphone, ne jamais se séparer. Il a esquissé un sourire désolé quand j'ai commandé un Coca avant que son regard ne se voile de nostalgie devant la photo où Rose se tenait près d'un mur de brique, entourée d'ouvriers qui se partageaient les sardines grillées sur les flammes d'un brasero.

— Il y en a beaucoup que j'ai perdus de vue. Et d'autres qui sont partis, comme ta grand-mère. C'était en 1968, à la fin du mois de mai. On se faisait encore des souvenirs en noir et blanc. Toutes les boîtes de Nanterre étaient en grève avec occupation des locaux, les papeteries, Lachant et Quesnel, Milliat Frères... La plus importante, Citroën, ne voulait rien savoir, à cause du quadrillage du syndicat jaune, à l'intérieur. On est venus donner un coup de main aux copains, et c'est ce jour-là qu'ils ont basculé... Le drapeau rouge flottait sur Citroën ! On pensait que tout était possible... On y croyait dur comme fer à la révolution.

Le serveur m'a apporté le soda. Je n'ai pas eu le temps de mettre la main à ma poche qu'Angel ramassait déjà sa monnaie.

— Je vous remercie, c'est gentil... À la télé lorsqu'ils parlent de Nanterre et de Mai 68, c'est surtout la révolte des étudiants et les coups de gueule de Cohn-Bendit...

— Ils ont raison aussi. C'est là que tout a démarré, le 22 mars, avec l'occupation de la tour administrative du campus universitaire. On ne comprenait pas grand-chose à ce qu'ils demandaient... Ou plutôt, on ne voulait pas. La liberté pour les gars d'aller dans les piaules des filles, ça nous faisait peur. Nos revendications, nous, c'était du béton : « à bas les cadences infernales », « salaire minimum à mille balles », « retraite à soixante ans »... Peut-être que les choses seraient différentes, aujourd'hui, si on avait su se rencontrer.

Il a sorti un paquet de cigarettes Ducados, blanc et bleu, en a allumé une.

— C'est à cette époque que vous avez fait la connaissance de ma grand-mère ?

Alvarez a avancé les lèvres pour rejeter la fumée.

— Non, on a été mariés quatre ou cinq fois ensemble, au début des années soixante. On passait nos voyages de noces en Espagne...

Il m'a donné une tape sur l'épaule.

— Rassure-toi, c'était en tout bien, tout honneur... Je viens d'une famille de républicains. J'avais dix ans à la fin de la guerre civile. Ma génération n'avait qu'une idée en tête, venger les trois oncles morts au combat contre les franquistes, le cousin fusillé à Barcelone... Chaque minute de notre vie, on se disait que le dictateur allait tomber la minute d'après. Il a gardé le pouvoir jusqu'à son dernier souffle, à quatre-vingt-trois ans... Je faisais partie d'une filière qui introduisait du matériel de l'autre côté des Pyrénées. On prenait le train à Austerlitz, direction Madrid. Je ne savais pas ce qu'il y avait dans les valises qu'on me confiait. J'avais trouvé cette ruse des jeunes mariés. On louait un compartiment couchette, on y mettait des fleurs, des paquets cadeaux et, bardé de faux papiers, je jouais le rôle de l'immigré qui n'arrive pas à se faire à l'idée de ramener une petite Française au pays. Elle était belle, Rose, tu sais. On y croyait vraiment à notre bonheur. Pas un garde civil n'a mis son nez dans nos affaires. Au contraire, ils nous souhaitaient les meilleures choses du monde.

Une fraction de seconde, j'ai essayé de m'imaginer ce qui se passait dans la tête de mon grand-père quand sa femme se préparait à partir en compagnie de son faux époux. J'ai chassé l'idée.

— Vous avez arrêté à quel moment?

— Notre dernière escapade date de 1970. Guy, le fils d'une amie, s'était mis dans la tête de se rendre utile à la Cause. On a su par un douanier qu'il avait été repéré dès son entrée en Espagne, qu'il servait à son insu de poisson pilote vers des groupes armés clandestins. On a réussi à se mettre dans le sillage de ceux qui le poursuivaient, mais il a été impossible d'établir le contact. Nous étions là quand il est tombé dans le traquenard, sur la place, devant la cathédrale de Santander. Ils ne lui ont pas laissé la moindre chance. Trois balles dans le dos. Ça a été la fin des voyages de noces.

Je n'ai pas osé lui parler de mon père. Avant de le quitter, je lui ai présenté la dernière photo trouvée dans la valise, au grenier de la cité jardin de Stains, celle où Rose discutait avec un pope le long des berges de la Seine.

— C'est le seul qui n'était pas à l'enterrement. J'aurais pourtant aimé connaître son histoire à lui aussi...

Angel Alvarez a éclaté de rire en découvrant le cliché.

— Victor ! Je l'avais complètement oublié celui-là ! Il se baladait toujours habillé en curé, hiver comme été...

— Il n'était pas pope ?

Sa réponse m'a davantage désarçonné que lorsqu'il m'avait annoncé ses mariages successifs avec Rose.

— Pas du tout, son boulot c'était savant atomiste.

Le carnet d'Alvarez gardait la trace d'une adresse ancienne de Victor Grichine, à Boulogne-Billancourt. J'ai repris la route des berges. Quai du Quatre-Septembre, les vents de la grande tempête avaient décapité les arbres centenaires du bois de Boulogne. Le long des étangs, là où la terre gorgée d'eau ne retenait pas les ancrages, des souches de chênes, de saules, de pins exhibaient leurs racines inutiles. Des boîtes de com, d'informatique, d'ingénierie, où les écrans affichent des taux de croissance à deux chiffres grignotaient les anciens terrains de Renault. L'île Séguin ressemblait à un dragon oxydé, terrassé. Grichine logeait dans la cité du square de l'Avre, mille logements répartis en quatre groupes d'immeubles autour de cours plantées auxquelles on accédait par trois monumentales portes cochères. Il avait appris la mort de ma grand-mère, mais n'avait pas trouvé assez de courage, ce matin-là, pour traverser Paris.

— Je n'ai pas de voiture. Je ne voulais pas pleurer devant tout le monde, dans l'autobus ou dans le métro... Je m'en veux. Si j'ai pu m'en sortir, elle y est pour quelque chose.

— Pourquoi êtes-vous déguisé en pope sur la photo ?

Il a passé une veste sur ses épaules.

— Je n'aime pas discuter coincé entre quatre murs. Les paroles ont besoin d'air et d'espace.

Victor a dévalé les escaliers en silence. Il s'est mis à parler dès qu'il a franchi le hall.

— Plus personne ne se souvient de moi, aujourd'hui,

mais il y a un quart de siècle, pendant quelque temps, j'ai eu mon heure de gloire...

— Vous avez fait une découverte scientifique, dans le domaine atomique ?

— Il ne faut pas écouter Alvarez, il raconte n'importe quoi ! Non, j'étais avant tout dissident, du temps de l'Union soviétique. Je m'étais insurgé contre le fait qu'un de mes amis avait été placé en hôpital psychiatrique en raison de ses idées. J'ai suivi le même chemin. C'est grâce à une incroyable mobilisation internationale que j'ai pu sortir de cet enfer. J'ai été échangé contre un espion russe. Tous les journalistes du monde cherchaient à me rencontrer. Je leur ai échappé plusieurs fois en empruntant les habits d'un ami pope, et ce déguisement, c'est devenu une sorte de légende. Là, avec Rose, je m'étais préparé pour la photo...

On a marché jusqu'au cimetière de Boulogne-Billancourt. Une affichette informait les visiteurs de l'emplacement de la sépulture du chanteur C. Jérôme. De multiples croix orthodoxes surplombaient des pierres tombales.

— Je me suis arrêté dans cette ville comme des milliers et des milliers de Russes au cours du siècle qui vient de s'achever. Les premiers, c'étaient les soldats vaincus des armées blanches de Wrangel, de Denikine, juste avant que n'arrivent les rescapés des groupes anarchistes de Makhno, puis les maigres troupes de communistes, de trotskistes, qui échappaient aux purges... Toutes les histoires de chez nous ont besoin de mêler l'ironie au tragique, et ça n'a pas manqué : pour gagner leur vie, ils se retrouvaient tous sur les chaînes, à construire les voitures de « Moussiou » Renault... Prolétaires de tous les partis, unissez-vous...

J'ai pris ma place dans l'embouteillage qui ceinturait Paris. La cassette de Radio-Tarifa entamait un deuxième passage lorsque je me suis garé devant le parking du théâtre. Il ne restait que deux ou trois bricoles à ranger dans le gymnase. L'entraîneur a regardé sa montre. Il m'a demandé d'où je venais.

— Nanterre, Boulogne-Billancourt...

— Tu as fait le tour de Paris...

— Mieux que ça : le tour du monde !

Le soir, Leïla est rentrée en compagnie de deux sans-papiers.

— J'ai amené des copains... Ça craint pour eux en ce moment. Ils vont rester une petite semaine, si tu n'y vois pas d'inconvénient...

J'ai posé la collection de photos sur le buffet puis j'ai décroché le téléphone. Le brocanteur a répondu à la troisième sonnerie.

— Je voulais vous dire, ce n'est pas la peine de passer au gymnase la semaine prochaine, pour les meubles de la grand-mère. On garde tout.

Œuvres de Didier Daeninckx (suite)

Aux Éditions Manya

PLAY-BACK, prix Mystère de la Critique 1986 (repris en « Folio », *n° 2635*).

Aux Éditions Verdier

AUTRES LIEUX.

MAIN COURANTE.

LES FIGURANTS.

LE GOÛT DE LA VÉRITÉ.

CANNIBALE (repris en « Folio », *n° 3290*).

LA REPENTIE (repris en « Folio policier », *n° 203*).

LE DERNIER GUÉRILLERO.

LA MORT EN DÉDICACE.

LE RETOUR D'ATAÏ.

Aux Éditions Julliard

HORS LIMITES repris en « Folio », *n° 3205*).

Aux Éditions Baleine

NAZIS DANS LE MÉTRO.

ÉTHIQUE EN TOC.

LA ROUTE DU ROM.

Aux Éditions Hoebecke

À NOUS LA VIE ! Photographies de Willy Ronis.

BELLEVILLE-MÉNILMONTANT. Photographies de Willy Ronis.

Aux Éditions Parole d'Aube

ÉCRIRE EN CONTRE (entretiens).

Aux Éditions Éden

LES CORPS RÂLENT.

Aux Éditions Syros

LA FÊTE DES MÈRES

LE CHAT DE TIGAL'

Aux Éditions Flammarion

LE PAPILLONNE DE TOUTES LES COULEURS

Aux Éditions Grandir

LA PÉNICHE AUX ENFANTS

Aux Éditions Rue du Monde

IL FAUT DÉSOBÉIR

Aux Éditions Casterman

LE DER DES DERS (dessins de Tardi)

Aux Éditions l'Association

VARLOT SOLDAT (dessins de Tardi)

Aux Éditions Bérénice

LA PAGE CORNÉE (dessins de Mako)

Aux Éditions Hors Collection

HORS LIMITES (dessins d'Assaf Hanuka).

Aux éditions EP

CARTON JAUNE (dessins d'Assaf Hanuka)

LE TRAIN DES OUBLIÉS (dessins de Mako)

Composé et achevé d'imprimer
par la Société Nouvelle Firmin-Didot
à Mesnil-sur-l'Estrée, le 20 mars 2003.
Dépôt légal : mars 2003.
Numéro d'imprimeur : 63017
ISBN 2-07-070210-3/Imprimé en France.

122989